ゴールデンタイム
GOLDEN TIME
7
I'll Be Back

竹宮ゆゆこ
イラスト●駒都えーじ

振り返ればそこになにがあるのか、私にはわかっていた。

愛があるのだ。

見つけ出して、大切に温め、壊《こわ》れないよう包み込み、何度か見失いかけながらも、二人《ふたり》でどうにか育ててきた愛。私は愛を置き去りにして歩き出した。

これが、この愛のために私ができる最後のことだった。

振り返ってはいけない。立ち止まってはいけない。一刻も早く、できるだけ遠く、私はここから離《はな》れなくてはいけない。

出力を上げて、エンジンを燃《も》やせ。速度を上げて滑走路を奔《はし》れ。こんなふうに項垂《うなだ》れず、きっちり機《き》首《しゅ》を持ち上げて、一気に加速し、そしてここから離《り》陸《りく》せよ。そうして高く、舞《ま》い上がれ。

夕暮れに染まるあの雲を突き抜け、遥《はる》かな高度を目指すのだ。そしてどこまでも遠く、どこまでも高く、遥か彼方《かなた》へ飛んでいけたら——そうしたら、いつか私もあなたの夜空に静かに瞬《またた》く星の一つになれるだろうか？

それとも私はたった一人《ひとり》、誰《だれ》にも知られぬ高高度の世界で、無様《ぶざま》に壊れて空中分解して終わり？

バラバラになった私の破片は、鋭《するど》く尖《とが》った火の雨になるのかもしれない。あなたの上にも降り注ぎ、あなたを残酷に引き裂くのかもしれない。

だとしても、私は立ち止まらない。二度と後ろは振り返らない。どこまでもどこまでも、限りなく遠くまで、愛をそこへ置き去りにして、離《はな》れていく。

1

「アンパンだアンパンだ」

と、ハンドルを握った母が言う。

大口開けて今にもかじりつこうとしていたロールパンから一旦《いったん》口を離し、

「……は？」

と、助手席の万里《ばんり》は返すしかない。

車内には二人《ふたり》きり。今のは明らかに自分に向けられた言葉だろう、が。アンパン、て。

アンパンとロールパンの違いがこの近距離《きんきょり》から見てもわからないなんて、自分の母親ながらさすがに耄碌《もうろく》が早すぎはしまいか。それとも帰郷していた息子《むすこ》が再び一人暮《ひとりぐ》らしの東京《とうきょう》へ戻るのが寂しすぎて、パンの種類もわからなくなるほど知覚機《き》能《のう》に変調《へんちょう》をきたしてしまったのか。

だとしたら優《やさ》しくしてやらぬこともない。

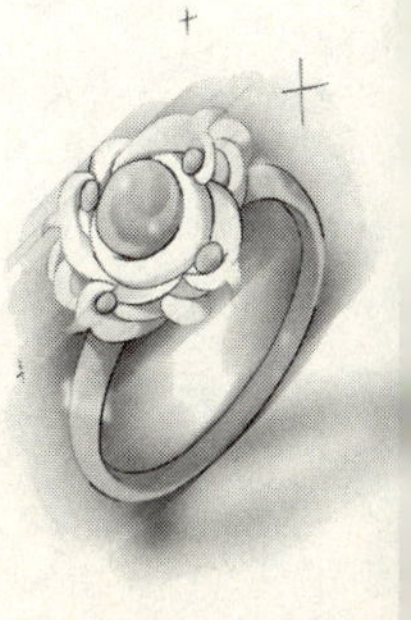

「……これはな、母《かあ》さん、世間では『ロールパン』って呼ばれている食品なんだよ。ほら見てごらん、見るからにロールされたフォルムだろ？　そして全体的にはパンだ。だからこれは人呼んで『ロールパン』」

手にしていたロールパンをずいっと母の鼻先に近づけてやる。

「ちょっと、運転中に邪魔《じゃま》くさいことするんじゃ……」

迷惑そうに息子《むすこ》の手を片手で押し返そうとして、いきなり母は大きく目を剝《む》く。

「うーわ！　なーにこれ！　すっごいいい匂《にお》い！」

来ると思った、この反応。

「だろだろ？　たまらんだろ？」

「うん、たまらんたまらん、こーれーは、タマランチ会長！」

「そうだろ、会長だろ？　辛抱《しんぼう》たまらずいきなり食っちゃうことを決断した俺《おれ》の気持ちもわかっただろ？　なんならお先に一口、どう？」

「いやー歳《とし》とると口の中パサつきがちだから。モサモサしたらいやだし、『パフ』だけちょうだい。『パフ』」

合点承知《がってんしょうち》。万里《ばんり》はロールパンが小分けされて一つずつ入っているビニール袋を軽く膨《ふく》らませ、その口を手で握り、孕《はら》んだ空気をパフ、と母の鼻先に発射してやる。焼きたてパンのたまらん香りを直撃《ちょくげき》で食らって、はぁ～、とハンドルを握ったまま、母は悶絶《もんぜつ》する。

「なんかもう、純粋に幸せな匂いがする……ていうかこれほんと、アンパンだ」

「……いや、だから、さっきも言ったように、これはロールパンだってば。母さんが他所《よそ》で恥かいたらかわいそうだからこの際はっきり訂正しておくけど、アンパンっていうのは通常丸いものなんだ。そして中には餡子《あんこ》が入っている。ちなみにウグイス餡が入っているものはウグイスパンといい、それは餡が緑でお豆感が強い……」

「うるさいな」

「そう来たか！」

「さっきからなに言ってんのあんたは。お豆感って、バカか。あんた本気でお母さんがロールパンとアンパンの区別もつかないグレーゾーンの不思議《ふしぎ》おばさんだと思ってんのか」

「あっ、違うの⁉　だってさっきからアンパンアンパンって言うからさ、俺《おれ》てっきり……」

「あんたがそれ食べようとしてた恰好《かっこう》がアンパン遊びみたいだった、って話でしょうが」

アンパン遊び——というと、台に置いたアンパンを指で弾《はじ》いて、別のアンパンにぶつけて弾き飛ばすというアレか？　それとも三つのアンパンを歌に合わせて器用に宙に放り投げてはキャッチするというアレ？　もしくは、いくつものアンパンに同時に手を出しておいしいところだけ適当に食い散らかすというアレ？

「いやどれも違うな……最初のはおはじきだし、次はお手玉、そして最後のは女遊びだ。はて、アンパン遊びとは一体……。ひょっとして、思いっきり叩《たた》きつけて、その勢いで別のアンパンをひっくり返せば自分の物になる、みたいな……？」

「もういい。あんたと喋《しゃべ》ってると老いる」

赤信号でブレーキを踏み、母はラジオのスイッチを入れた。日本中《にほんじゅう》の恋する女子が勇気を与えられた上に背中押されて前向きに突っ走り出し、明日《あした》の私に生まれ変わってキラキラ輝《かがや》いてしまいそうなほどハッピーな、がむしゃらなやる気に溢《あふ》れた曲がステレオから流れる中、ややあって、

「……アンパン遊びっていうのは、有機《ゆうき》溶剤をビニール袋に入れて、口許《くちもと》に当ててパフパフして酩酊《めいてい》するという不良の遊びのこと。脳が溶けるからやるんじゃないよ」

――予想よりもずっとずっと、ろくでもない話であった。

誰《だれ》がやるかよ、と目だけで答えながら、万里《ばんり》はビニール袋を半分剝《む》いたロールパンにようやく改めてかぶりつく。その途端《とたん》、

「ん……⁉」

鼻に抜けていったのは小麦粉の香りと濃厚《のうこう》なバター感。柔らかく口の中で溶けていく、この絶妙な舌触り。さくっ、ふわっ、もちっ、そしてほんわかと広がる優《やさ》しい砂糖《さとう》の甘み。

「うっ、まっ！　うそっ⁉　なんだこれ、めっちゃうまい！」

驚《おどろ》いた。思わず姿勢を正して大騒《おおさわ》ぎしたくなるほどに、想像を超えたおいしさだった。

「え、そんなに？」

「そんなにそんなに！　もう全然違う、そこらで売ってるのと別物！　衝撃《しょうげき》！　なんにもつけなくていい！　このままでうますぎ！　すっげえしっとりで絶対パサついたりしないから、食ってみ！　ていうかお願《ねが》い、食って！　分かちあいたい、この喜びを！」

「そう？　あんたがそこまで言うなら、じゃあ、ちょっとだけお味みてみようかな」

万里は手に持っていた食べかけのパンを一口分毟《むし》り、母に手渡す。母はそれを口に放り込み、

「……んーっ……!?」

零《こぼ》れそうなほどに目を見開いた。結婚から出産、親の葬式に至るまで、人生のあらゆるビッグイベントをすでに経験《けいけん》し、息子《むすこ》を大学にまでやったアラフィフですら、この新鮮《しんせん》な反応。

「な？　な？」と万里が視線《しせん》で問うと、「うん！　うん！」と激しく頷《うなず》く。「もっと？　もっと？」「うん！　うん！」

残りを万里が半分にして親子で分け合い、そのまま二人《ふたり》してあっという間にロールパンを一つ、車内でむしゃむしゃと食べ尽してしまう。ちなみにこの間、わずかに一分足らず。信号もまだ変わっていないし、曲も終わっていない。

「やっべ、最高だなこれ、もう一個食べる？　ていうかたくさんもらったし、いくつか分けようか？」

「いやいや、せっかくもらったんだから、後はあんた持って帰って食べなさいよ。食べきれなかったら東京《とうきょう》のお友達にも分けてあげてもいいし」

「そう？」

東京《とうきょう》のお友達——万里《ばんり》の脳裏に真っ先に思い浮かぶ顔は、もちろん、『お友達』などではないあのひとの顔。きっと今も万里の帰りを待っていてくれているであろう、あの、麗《うるわ》しい恋人の完璧《かんぺき》な笑顔《えがお》。こんなふうに思い浮かべるだけで、万里の心は速攻で、時空を超えて一直線《いっちょくせん》に東京までかっ飛んでしまいかける。香子《こうこ》、とその名を呼んでしまいそうになる。ついつい頬《ほお》も溶け落ちるみたいに緩《ゆる》んでしまうが、ここがまだ静岡《しずおか》で、しかも母親の運転する車中だと思い出し、

「そう言うならそうするけど」

シートベルトのねじれを直す振りで、恋人を想《おも》って緩んだツラを、母には気づかれずになんとか取《と》り繕《つくろ》った。

「しかしお母《かあ》さん知らなかった、手作りパンってこんなにおいしくできるのね」

「うちでもやれば？　そしたら毎日食い放題だ」

「むかーし一度、ご近所で教わってやったのよ。でも全然こんなに上手《じょうず》にはできなかったし、あんたもお父《とう》さんもそんなに喜んでなかったな」

「そうなんだ？　じゃあメイコのテクが特別ずば抜けてんだ。すげえな」

「すごいすごい。こんなパン焼いてくれる奥さんいたら、ダイくんは幸せだよねぇ」

「そりゃ幸せだろー、奥さん運転はちょっと荒っぽいけど」

「だいぶ荒っぽいけど、でも幸せは全然有り余るよね」

メイコがやって来たのは、ついさっきのことだった。

母の運転する車で実家のガレージから出発しようとしていた、まさにそのとき。

車二台のすれ違いもまともにできない多田《ただ》家《け》の前の細い道を、かわいらしいイエローのビートルがこちらへ向かって爆走《ばくそう》してくるのに気が付いて、母は怪訝《けげん》そうにブレーキを踏んだが、ガレージからはみ出している車の鼻先に構わず、ビートルは万里たちの行く手を阻《はば》むようにまっすぐこちらへ向かってくる。「やだ、ぶつけられる！」と母は慌てて車をバックさせる。ほぼ同時にビートルは荒っぽいブレーキをかけ、轟音《ごうおん》立てつつ盛大にスリップし、多田家のガレージの出入口を思いっきり塞《ふさ》ぎながらようやく斜めに停《と》まった。なんだなんだ、と多田母子が顔を見合わせる中、運転席の窓からひょこっとメイコは顔を出し、「よかったぁ、間に合った～！」と、零《こぼ》れるような笑《え》みで手を振ってみせた。

メイコは、万里が今日《きょう》の三時過ぎの新幹線《しんかんせん》で東京に戻ると知り、朝から得意のロールパンを焼いてくれたのだ。数日前にダイやリンダたちも交えて遊んだ時に、メイコの趣味《しゅみ》がパン作りだと聞いて、万里はほとんど反射的に「食べたい！」と喚《わめ》いた。それをメイコはちゃんと覚えていて、わざわざ焼き立てを届けに来てくれたらしい。

「ごめん、荷物増やしちゃうけど。気を付けて東京まで戻ってね。また帰省したら絶対連絡して。そして絶対絶対、またみんなで集まろ！」

メイコはそう言って、万里《ばんり》にパンをふかふかに詰めた紙袋を渡してくれた。そしてこれから仕事に向かうとかで、再び荒っぽく、ぎこっ、がこっ、と顔に似合わぬワイルドさでUターンし、慌ただしく来た道を戻っていった。

手渡されたパンは、まだ温かかった。一つ一つを包んだビニール袋の内側には細かな水滴がついていて、まるで生き物のようだった。息づき、血が通っているように思えたのだ。万里は思わず、パンの袋を大事に抱っこするように胸に抱えていた。

東京《とうきょう》の妖精系《ようせいけい》女友達にどこか雰囲気が似ているメイコからは、さっき母が言ったように、本当に純粋な幸せの匂《にお》いがしていた。

「……あの子さ、惜しかったよね」

青信号に変わって、車を発進させながら母が呟《つぶや》く。

「なにが？」

「タッチの差で、あんたのお嫁さんだったかもしれないのに」

ぶっ！　と、万里は口に残っていたパンの余韻《よいん》を吹き出した。

「な、なに言ってんの……!?」

「だって高校時代はあんたもメイコと仲良くしてたんだよ。ダイくんより先にカップル成立してたら、今頃《いまごろ》あの子はあんたのお嫁さんで、お母《かあ》さんは毎日あのパンを食べられた」

「……ねえ、あのさ、あなたさ、ダイのことあんま覚えてないだろ？　覚えてたらそんな神をも恐れぬ不遜《ふそん》な発言できるわけねえもん。奴《やつ》はすらっと背が高くて、顔もかっこよくて、しかもサッカー上手《うま》いんだぞ。ていうか、こんな俺《おれ》にも現在ちゃんと付き合っている人がいるということをお忘れなく！」

ふふん！　と鼻息も荒く胸を反らすが。

「出た出た。はいはい。いるいる、と」

「……ちょっと。本当にいるんだぞ。写メ見せただろ」

「うんうん、そうだね。見た見た。いるいる。いるよね。芸能人みたいな綺麗《きれい》な彼女」

「いや、本当だからね？」

「またまた〜」

くそ、と万里は口を尖《とが》らせた。母は全然、香子《こうこ》の存在を信じていないのだ。

加賀《かが》香子なる人物が息子《むすこ》と同じ大学にいて、親しくしていること自体は一応承知している。なにしろあのラーメン親父《おやじ》から多田家に電話がきたこともあるし。でも、「これがその彼女の香子だよ」と見せた写メの人物と、自分の息子が本当に付き合っているとはどうしても信じられないらしい。「またまた〜」と笑って流され続け、今この瞬間《しゅんかん》に至るまで、「またまた〜」で通されている。

香子が美人すぎるせいか、決まりすぎたキメ顔のせいか、自撮《じど》りでも1ミリたりとも揺るがぬ鉄壁《てっぺき》角度のモデル立ちのせいか。とにかく写メはマイナーな女優《じょゆう》のブログかなにかから適当にとってきた画像だろうと、母は勝手に決めてかかっているのだ。父親に至っては「これ先月の文春《ぶんしゅん》のグラビアの子じゃないか？」などとまで。

いいさ、と万里《ばんり》は窓の外に目をやる。そう遠くないうちに香子《こうこ》をこっちに連れてきてやるから。そのときにはせいぜいご夫婦揃《そろ》って、香子の完璧《かんぺき》美女っぷりにぶっ飛ぶがいい。シートからちょっと背を浮かし、デニムの尻《しり》ポケットに手を入れ、万里はそこにある丸くて平たくて硬い物体をそっと触る。

これだって、香子と自分が付き合っている証拠の一つだった。プレゼントしてもらった、お揃いのミラー。……今は、自分のは、粉々に割れてしまったけれど。

万里を乗せて母親が運転する車は、ちょうど川を渡る橋に差し掛かっていた。

市街へ向かう車で橋の上は少々混んでいて、半分ほど渡ったあたりで車列の流れは止まってしまった。

ブレーキを踏みながら、母は「最近の曲って全部同じに聞こえる」とつけたばかりのラジオを切った。運転席側の窓を開ける。水辺を渡る涼しい風が、パルプ工場のケミカルなにおいと微妙に混じり合いながら車内に流れ込んでくる。

万里も助手席の窓を半分ほど開けた。風がさらによく抜ける。すこし遠くには、ゆったりと幾筋にも分かれながら流れる川の上を、真横に跨《また》ぐ長い木の橋が見えている。

あそこにはあの夜以来、近づいてもいない。市街の方へ出る時は母親か父親、高校時代の友人の誰《だれ》かが車に乗せてくれて、今ちょうど渡りかけている通行量の多いコンクリの橋を使っていた。

そして今日《きょう》、自分は再びここを離《はな》れる。東京《とうきょう》の、あの狭い一人暮《ひとりぐ》らしの部屋《へや》へ戻る。

（……お。）

ガラスの窓の縁《ふち》に顎《あご》を押し付け、一度大きく口を開きかけ、しかしすぐに思い直して閉じた。

なにをやっているんだか。

おーい、なんて呼びかけてなんになる。あいつはあの夜、川底の深い闇《やみ》に沈んでしまったではないか。

何度呼んだってもう自分の声は届かないだろうし、もしも届いたところでどうしようもない。

おーい、俺《おれ》はもう行くぞ、とでも言うつもりか？　それとも一緒に来るか、とでも？　あいつを連れていきたい気持ちなどさらさらないではないか。

（もしなにか言うとしたら……『さよなら』、だよな）

それしかない。そのはずだ。

そうだろう、自分。

同窓会の夜、不思議《ふしぎ》な出来事に遭遇したあたりをじっと眺める。自分と同じ顔をして、過去の時間をずっと多田《ただ》万里として生きてきた奴《やつ》が、諦《あきら》めた目をして手を離し、落ち、沈んでいったあたりを。橋脚を暗く呑《の》んで渦巻く、あの淵《ふち》の深みの黒さを。

「そういえば万里《ばんり》」

母親の声に「なに?」と振り返る。

「あんた、ばあちゃんに住所のメモ書いてあげたの? 目が悪いから、大きく書いたのちょうだい、って頼まれてたじゃない」

「あ。やばい。忘れてた」

「えー、忘れたの? ったくもう、なにやってんだか……」

「しまった、どうしよう。思いっきりデカく書いて、ハガキで送ろうかな」

「そうしなさい。お母《かあ》さんが書いてやってもいいけど、あんたからハガキもらったらその方がずっと嬉《うれ》しいに決まってるんだから。ばあちゃん、なんかあんたのところにみかんとか送ってやりたいんだって。ほんっとにもう、悪孫め。ばあば心を弄《もてあそ》んで」

へい、すんません、と頭を掻《か》き、万里は再び窓の外を見る。橋の先まで続く車の列は、やっとゆるゆる流れ始めている。

あそこに今も沈んでいるあいつを、置き去りにしていこうとしている。

(……俺《おれ》を見ているのか? そこから今も)

窓を閉め、前を向く。万里を乗せた車は進んでいく。

あの夜の出来事のことは、今日《きょう》まで幾度も繰《く》り返し考えてきた。一体なにが起きたのか。なにを意味しているのか。なにかの変化の前触れなのか。失われた記憶《きおく》が戻る兆《きざ》しだったりするのだろうか。

親や友達には言わなかったが、予定されていた診察の際、事故以来ずっと診《み》てくれている担当の医師には言った。

まるで幻覚でも見たかのように、あの橋の上でもう一人《ひとり》の自分と出会ったこと。忘れていた事故の状況が再現されたのを、他人事《ひとごと》のように見ていたこと。そしてそいつは川底に沈んでいって――それ以来、不安でたまらないことも。なにが起きているのかわからなくて、自分がどうなるかもわからなくて、怖くて怖くて仕方がないことも。

MRIを撮《と》って診てもらったが、特に異常は見つからなかった。カウンセリングでは時間をかけて万里の話をきちんと聞いてくれたが、それは大変、記憶が戻ったのだ！　とも、それは残念、頭がおかしくなったのだ！　とも言われなかった。「この先のことはわからない」という、事故当時のシンプルな診断が覆《くつがえ》ることもなかった。できるだけ普通に生活をしたい、という、入院中から今まで一貫して変わらない万里の基本スタンスも、否定されることはなかった。

診察中、一旦《いったん》トイレ休憩《きゅうけい》をもらって、万里はカウンセリングルームの外に出た。ぺたぺたとスニーカーで廊下を歩いていると、ここに入院していた長い長い日々のことを思い出さずにはいられなかった。肉体の回復は順調《じゅんちょう》で、でも記憶に関してはリハビリの成果がまったく出ず、家族だという人々にも馴染《なじ》めず、とにかくわけがわからないまま、ただ息をして、メシを食い、眠り、時の流れだけを感じていた。月曜《げつよう》、火曜、水曜、木曜、金曜、土曜、日曜……そしてまた月曜《げつよう》と。

あのときから、自分はずっと生きている。病院の廊下に佇《たたず》んで、万里《ばんり》はしばし、辺りを眺めた。一続きの時を進んできたのだと実感する。今では病院の忙しない風景を、こうして「懐《なつ》かしむ」こともできる。空になった思い出が一から蓄積《ちくせき》され直しているのだと思う。それだけの時が、自分の人生を流れ去っていったのだとわかる。

カウンセリングルームへ戻る途中、「あら、多田《ただ》万里だ！」と入院中にお世話になっていた看護師《かんごし》さんが声をかけてくれた。立ち話のまま、今は東京《とうきょう》で一人暮《ひとりぐ》らしして大学生を普通にやっていると言うと、看護師さんは「すごい！　素晴《すば》らしい！　本当に頑張ってるんだね！」と喜んでくれた。

そうか。素晴らしいのか、俺《おれ》。

なぜかそのとき、万里はちょっと笑ってしまった。こんな全方位的にしょうもない、グダグダだめ大学生生活でも、「素晴らしい」なんて人に言ってもらえることがあるのか。笑いながら、午後の陽《ひ》ざしで眩《まぶ》しいほどに明るいカウンセリングルームの中へ戻った。

——同じようなことはまた起きるかもしれないし、二度と起きないかもしれない。今後も様《よう》子《す》をみる必要はある。今回のことについては、事故の状況を他人事《ひとごと》のように新たな出来事として見ていたのなら、記憶《きおく》が戻ったと判断するのは難《むずか》しい気がする。事故後に見聞きした状況から作り上げた偽の記憶かもしれない。これは自分自身の過去にかつて起きたこと、という既知感で「今現在」と繋《つな》がっていなければ、それは確実《かくじつ》な記憶とは言いにくい。よくはわからなかったが、とにかくそういうことらしい。説明を終えると、担当医は不安が強い時に飲むように頓服薬《とんぷくやく》を処方してくれた。

大丈夫そう？　という問いには、大丈夫そうっす！　と、高らかに答えてみた。口にすると、本当に大丈夫そうな気がしてきた。

他《ほか》に話しておきたいことはないか、と最後に訊《き》かれ、万里は一つ、かつて起きたことを思い出した。しかし、喉元《のどもと》までせり上がってきていた「そういえば」の言葉を飲みこんで、そのまま病院を辞した。

うまく話せる気がしなかったし、話し始めても要領を得ずに長くなってしまう気もして、予約していたカウンセリングの時間を超えては悪いと思ったのだ。それに、話すまでもない些細《ささい》なこと……のような気もするし。

話そうとしてやめたのは、夏前の出来事。ある夜、突如「過去の自分」が戻ってきて、リンダのもとへ走ろうとして転び、唇にひどいケガをした時のこと。

ほんの数秒のことだったが、まるで夢から覚めたように、「過去の自分」がこの肉体で生きていた。既知感で今現在と繋がる、というわかりにくい医師の説明は、あの事態にぴたりと当てはまる気がする。現在を生きている自分自身と、リンダへの片想《かたおも》いも含めた過去の感情のすべてが、あのときは完全に繋がっていた。失われていた記憶のすべてが、自分の過去のことだとはっきりとわかっていた。

そして、その数秒間。今の自分自身は、この世のどこにもいなかった。

これこそがどう説明すればいいのかわからない、その最も意味不明な部分なのだけれど……自分を自分だと知覚する「主体」は、あのときは、戻ってきた「過去の自分」を、自分自身だと知覚していた。

記憶《きおく》を失ってから生きてきたこの自分、今の自分は、そのとき、本当に、どこにもいなかった。誰《だれ》にも知覚されていなかった。自分ではない他者としてどこかにいたわけでもなくて、完全に「無」だったのだ。

やがて我に返って、その状態が解けて、感情の余韻《よいん》だけを不思議《ふしぎ》に残して、「今の自分」は自分に戻ってきた。この身に起きた数秒間の出来事は、まさに他人事《ひとごと》のように思えていた。あのとき自分の肉体を占めていた自我は、とにかく絶対に、この自分自身ではなかった。

病院では言わなかったそのことを、でも結局「些細《ささい》なこと」では済ませられず、万里《ばんり》は実家に帰ってからも一人《ひとり》改めて考え続けた。

そして思ったのは、今、たくさんの感情とともに、時間の連続性の中で記憶を積《つ》み重ねて生きている「俺《おれ》」と、「あいつ」……「過去の自分」は、どうやら同時には存在し得ないのではないか、ということ。

あいつが意識《いしき》に表出したら、俺は消える。

俺が意識に表出していれば、あいつは消える。

俺とあいつがぴたりと一点で繋《つな》がり、一つのラインとなることはない。一人の人間ではないのだ。別人なのだ。でも肉体は一つしかない。だからどちらか片方しか生き残れない。この状態は、いうなれば、「多田《ただ》万里」の自我の奪い合いなのかもしれない。

そんな結論《けつろん》に至って、万里はその夜、頓服薬《とんぷくやく》を飲んだ。なんとなくだが、効いた気はした。

そしてそれ以来、薬の世話にはなっていない。

落ちて沈んだのは、あいつの方。

今を生きているのは自分。

ここにいるのは、現に、自分。

そう開き直ってみれば、不安も恐怖も脇《わき》へのけておくことができそうだった。そして高校時代の友人たちと誘い誘われ、たくさん遊んだ。お茶の手伝《てつだ》いのバイトもしたし、いとことばあちゃんにも会いにいった。両親とは県内小旅行もした。愛猫《あいびょう》の正式名称も決定した。まつしまニャニャ子《こ》デラックス、通称まつ子《こ》だ。先日は野良猫とケンカになって耳の付け根をざっくりやられ、動物病院送りになったまつ子だが、その際はっきりと正式に、カルテに「多田まつしまニャニャ子デラックスちゃん」と記載してもらった。

たくさんたくさん、本当にたくさん、楽しいのもしょうもないのも、とにかくたくさん故郷で思い出を作ったと思う。香子《こうこ》との約束どおり、話したいことをこの身のうちにたくさん抱え込んだ。

　車はとっくに橋を越え、市街に入っている。

　そう、川の底から浮かび上がり、生き残ったのは自分なのだ。今ここにいる、ここに生きている自分だけが多田万里《ただばんり》なのだ。そしてこれからもこの自分が多田万里として生き続けていく。

　——だからおまえは、そのまま川の底に沈んでいればいい。

「万里」

「はいよ」

　駅が近づいてきて、寂しさが募ったのだろうか。やや声のトーンを落とした母の方に顔を向けた。

「お母《かあ》さん、あんたがうちにいる間は言わないで隠していたことがあるの。混乱させたらいけないと思って」

「え。なに」

　思わず息を飲み、母の横顔を見る。楽しかった帰省生活の間、不甲斐《ふがい》ない自分は知らず知らず、母の心になにか負担をかけていたのだろうか。

「……言っていい？」

「言ってくれよそんなの、もちろん」

「……最近、すっごく福山雅治《ふくやままさはる》が好きなの」

ずる、と背中がシートからずり落ちた。まっすぐに澄《す》んだ目をして、母はきっちり前方を向いたまま運転を続けている。

「……あ、ああ……そう……」

「顔も曲もいいけど、演技もいいけど、でも一番好きなのは性格かな。早くいい女の人と結婚しなさいよ～誰《だれ》かいるんでしょ絶対も～ベシベシッ、っていうおばちゃん心と、そうは言いつつ本当に結婚しちゃったらどうしよう、っていう乙女心《おとめごころ》が、さながら白と黒の、ほらあるじゃん、あのぐにゃぁ、と向かい合って丸くなってるヤツ、あんな感じで、」

「……陰陽のマークのように？」

「そう、そんな感じでせめぎ合いながら一体となってお母さんを狂わせるのよ。おかしいよねえ、昔は全然なんとも思ってなかったんだけど、あるとき急にビンッ！　来たのよ。なにかのウェーブが。さらわれたのよね、突然に」

「……ま、まあ、いいんじゃない？　そういう潤《うるお》いがあっても」

「年末、ライブ行こうと思ってる」

「へえ？」

「お父《とう》さんも」

「……へ、へえ……ほんとに？」

「それどころか、あんたも」

「……ていうかチケット取れんのかよ？　もしやファンクラブとか入ったの？」

「いや、それは入ってない。チケットもわからない。そういうのやったことない。でも、そうしたいと思ってるのよ。あんたそういうののやり方わかる？　わからないよね？」

「うん、俺《おれ》もコンサートみたいなの行ったことないから……でも友達に訊《き》けばわかるかも。やなっさんとか、教えてくれそうな気がする」

「ああー、あの子ね。やなっさんね。イケメンの欠食児童ね」

「そうそう、その子。腹減りの貴公子」

「福山《ふくやま》に似てる？」

「似てない」

「じゃあいいや。ま、チケットの取り方わかったらお母《かあ》さんに教えて。首尾よくできたら、家族でそのまま温泉旅行して年越ししよう。予定明けておきなさいよ。ていうか、ちゃんと講義《こうぎ》に出なさいよ。朝もちゃんと起きて、きちんと生活しなさいよ。外食とかコンビニばっかりじゃなくて、できるだけ自分で食事作りなさい。でも火事にだけはとにかく気を付けて、火の始末。それと部屋《へや》に友達呼んで遅くまで騒《さわ》いだりしたら迷惑だからね。あとお母さんが電話したら必ず出ること。出られなかったらその日のうちにかけ直してくれないと、こっちはずっと心配してるんだから。洗濯《せんたく》なんか溜《た》めてないでしょうね？　ゴミも大丈夫？　いつか不意打ちでお父《とう》さんとあんたの部屋を見にいくからね」

話題は福山発、温泉経由、そしていつの間にやら生活上の諸注意へ。へい、へい、と顎《あご》を突き出して聞き流しているうちに、車は駅へ到着した。これにて夏の帰省は終了。東京《とうきょう》へ戻って、明日《あした》から……明日から!?　そう、明日から！　大学も後期の講義の始まりだ。

ポケット六法《ろっぽう》と教科書をださいバッグに詰め込んで、満員電車に詰め込まれて、学食とロビーでだらだら馬鹿話《ばかばなし》を垂れ流すだけ、そして時折阿波踊《あわおど》り、なにより幸せなのは彼女との楽しくも甘いひと時……そんな変わらぬ日々も再開だ。あまりにも長かった夏休みがやっと終わって、妙にさっぱりとした感慨もあった。

さあ、それでは帰還《きかん》しましょうか。『素晴《すば》らしい』日常に。

「……よっしゃ、ついたついた！　母さん、送ってくれてサンキュー」

一つ大きく伸びをして、シートベルトを外す。後部座席に積《つ》んだ荷物を掴《つか》み、忘れ物はないか確《たし》かめる。とにかくメイコのパン、こいつだけは絶対に潰《つぶ》さないように持ち帰らなくては。

「気を付けなさいよ」

「はいよ。母さんもな。おれおれ、って変な電話がかかってきてもお金渡したりするなよ」

「大丈夫。うちにはそもそも渡せるお金がございません」

「そーですか。そりゃー安心だ」

「はいこれ」

「ん？　なに？」

ドアを開いて車を降りようとした万里《ばんり》の膝《ひざ》に、母は突然ダッシュボードから小さな紺色《こんいろ》のビロードの箱を出してきて置いた。

「あんたから渡してよ。いつもうちの息子《むすこ》がお世話になっています、ありがとう、って。長いことこっちに引き止めてごめんなさいね、これからもどうかよろしくお願《ねが》いします、サイズは直してね、って」

いっひっひ、とろくでもない顔をして、母は運転席で笑っている。

不思議《ふしぎ》に思いながら万里がその小箱をぱこっと開くと、そこには白と黄色《きいろ》の小さな色石が花を象《かたど》って嵌《は》められた、金色《きんいろ》の指輪《ゆびわ》が入っていた。

＊＊＊

あまりに見慣《みな》れたいつもの駅。いつものホーム。いつもの階段。久しぶりだというのに、新《しん》鮮味《せんみ》ゼロ。しばらく帰省していた間に変わったことといえば、改札の手前の大きな広告がビール片手に微笑《ほほえ》む美人女優《じょゆう》から、スナック菓子にかじりつくお笑い芸人に変わったことぐらいだろうか。そんな変化も、毎日毎日ここを忙しく行き交う人々は多分意識《いしき》などしていないだろう。駅の風景は、万里の帰還《きかん》程度のことでは揺らぎもしない。毎日変わらぬ鉄壁《てっぺき》の日常で今日《きょう》も通常運行中らしい。

Ｓｕｉｃａで改札を通り抜け、肩を「よっ！」と一度跳ね上げ、さっきからずっと食い込んで痛かったスポーツバッグのベルトの位置をなんとかずらす。右手には大きなナイロンのボストン、左手にはメイコのパンの紙袋。

大荷物で午後六時前、万里は一人《ひとり》で暮らすこの町へ帰ってきた。

陽《ひ》が落ちたせいか秋の空気はひんやりと澄《す》んで、うっかり半袖《はんそで》の腕が心許《こころもと》ない。みんな長袖を着ているし、サンダル履《ば》きの人もいない。万里だってさすがにビーサンはもうやめて、スニーカーを履いている。帰省する前は死にかけたセミが地面のそこらに落ちていて、つつくと震《ふる》えるバイブ地雷と化していたが、そんな奴《やつ》らももういなかった。東京の空気は万里がいない隙《すき》に入れ替わりが完了していたようで、たいして変わらないように思える風景の中で、季節だけはくっきりと明確《めいかく》に夏から秋へ変わっていた。

スマホをいじりつつ突進してくるギャルを華麗《かれい》に避け、三時間ほどかかった移動の疲れに思わず一息つく。ただいま、俺の町。

とにかくこの大荷物では買い物に寄ることも不可能で、ひとまず万里はマンションへ向かって歩き出した。「今駅についたよ」と香子《こうこ》に連絡したいが、両手は塞《ふさ》がっている。電話もメールもとにかく一旦《いったん》部屋《へや》に戻って荷物を下ろし、落ち着いてからの方がよさそうだった。

新幹線《しんかんせん》の中からメールを送った時には、香子《こうこ》は「きゃー！　やっと会える！」と返信してきた。一体誰《だれ》に撮《と》らせたやら、「うおー！」と片手を突き上げながらものすごい形相《ぎょうそう》、路上でジャンプしている写メ付きで。思い出すだけで笑えてきてしまう、あのテンション。夕暮れの商店街を歩きながら、万里《ばんり》は一人《ひとり》、俯《うつむ》いてにやつく自分の顔を世間から隠す。

香子は、自分が戻るこのときを、ずっと待っていてくれたのだ。そしてあんなにも、自分の帰りを喜んでくれる。

こんな幸せなことって他《ほか》にあるだろうか。帰りを待つ恋人がいるなんて、きっと誰にとっても幸せなことだろうが、自分の幸福は通常サイズより一際大きく、特別に深いように思えてしまう。

（去年の春に、俺《おれ》は生まれた）

生まれたばかりの頃《ころ》は、自分にはなんにもないと思っていた。帰る場所も迎える人もない。全部忘れ、失ってしまったところから始めるのだと思っていた。

荷物の重さも忘れて、万里は自分の部屋のドアを目指して足を動かし続ける。

あの春に生まれて、それ以来、一体いくつのドアを開いてきたことだろう。

おっかなびっくり、そろそろと、時には恐れのあまりに立《た》ち竦《すく》み、スルーしようとしたドアもある。

だけど自分は、怖がりながらも、いくつものドアを開いてきた。そして踏み込んだ。閉ざされ、冷たく押し返されたドアなど一つもなかった。自分を受け入れてくれなかったドアなどどこにもなかったのだ。開こうとチャレンジしてきたからこそ、それを理解できた。

きっとこれからも無数のドアが人生には出現する。そして自分は、どのドアを叩《たた》き、開くこともはや恐れない。自信をもって堂々と、まあ時にはへっぴり腰かもしれないけれど、自分は次のドアを開くだろう。そうやって生きていくだろう。そんなふうに、自分を信じることができる。

自分の存在を喜んでくれる人がいる場所なら、それが自分の居場所なのだ。家族のいる場所、高校時代の友人たちのいる場所、この町もそうだ。大学でできた友人たちがいて、恋人もいて、ロビーでぐだぐだしているおまけんの先輩《せんぱい》たちもいる。無数の居場所が自分にはある。どこにでも自分はいていいんだと思える。

そして新たな居場所を作ることも、きっと自分にはできる。恐れることなどなにもない。まだ見ぬドアの向こうには、まだ見ぬ居場所が待っている。

(……生まれて今、ここにいるんだ。俺は生きてるんだ。これからも生きていく。うん、それって案外、)

――素晴《すば》らしい！　のかもしれない。

堪《こら》え切れず、本格的に笑い出しそうになってしまいながら、万里はスポーツバッグのポケットを外側からそっと叩《たた》いた。ナイロンの生地《きじ》越しに、四角い硬い感触。よし、ちゃんと入っている。

この指輪《ゆびわ》は、母親が独身時代、短大を出て就職《しゅうしょく》してすぐの頃《ころ》に買ったものらしい。大人《おとな》の世界の理不尽に生まれて初めてブチ当たり、毎日毎日会社が嫌《いや》で、明日《あした》の仕事に行きたくないと泣いてばかりいたという。その日も泣きながら家に帰る途中、通りがかったデパートのショウウインドウでたまたまこの指輪を見つけたのだ、と言っていた。

当時の価格にしてもそれほど高額《こうがく》なものではなかったが、二十歳の新人ＯＬ・美恵子《みえこ》ちゃんは、それを人生最初の一年分割ローンで買った。このかわいい指輪を指に嵌《は》めて、右手も気分もキラキラしながら生きていこう。そしてとにかく一年は、このキラキラのために仕事を頑張ろう。そう決めたのだという。

指輪のローンを完済した頃、母は取引先の会社に勤めていた地味顔の男と知り合った。その一年後、指輪が光る母の手は、地味顔の元友達で現恋人としっかり繋《つな》がれていた。そしてさらに一年後、母の左手の薬指には、地味顔の夫が送ったシンプルなプラチナの結婚指輪が輝《かがや》いた。何年かして地味顔の息子《むすこ》が生まれ、育児と畑の忙しさに取り紛れ、金色《きんいろ》のかわいらしい指輪のことなど存在自体を忘れていたという。

しかしろくでなしの息子は事故にあい、それまで必死に育ててきた母のことすら忘れ果てた。ここどこ？　あなた誰《だれ》？　ていうか俺《おれ》誰？　……がっくり、の境地など遥《はる》かに通り過ぎて、呆《ぼう》然《ぜん》としている暇すらなく、ただひたすらに息子を治してやりたくて半狂乱の日々が母の人生を侵《おか》し始めた。

そんなとき、何年も思い出しもしなかったこの指輪が、ポロリと簞笥《たんす》から出てきたのだという。あの頃と少しも変わらぬキラキラが、母の目の前に輝いた。しかし長年の畑仕事で日に焼け、年相応の貫録《かんろく》もつき、節も大きくなってしまった今の手にはもはや似合いはしなかった。昔の自分のように（……）、若くて綺麗《きれい》なお嬢《じょう》さんに使ってもらえたらきっと指輪も喜ぶだろうな……と、思っていたのだそうだ。そしてそこに、加賀香子《かがこうこ》なる人物が登場した。

特別いい物でもないけど、気持ちだけはたっぷりこもっているからさ。じゃあね。そう言って母は笑顔《えがお》のまま、車で去っていった。きっと一人《ひとり》になって思う存分、福山《ふくやま》のＣＤを車内に流しまくったことだろう。

ただいま！　と香子のもとへ帰還《きかん》して、そしてこの指輪を渡したら。彼女は一体どれだけ喜んでくれるだろうか。どんな笑顔を見せてくれるだろう。綺麗に輝くその瞬間《しゅんかん》を、一瞬たりとも見逃したくないと思う。

部屋《へや》を目指して歩く万里《ばんり》の足はどんどん速くなっていく。急いで部屋に戻り、荷物を下ろし、香子に連絡したかった。

香子のことだから、連絡するなり速攻でこっちに飛んでくるかもな……へら、と笑いかけたその脳裏に、ふと、ある一つの思い付きが閃《ひらめ》く。待てよ。万里は一度足を止めた。この通りの先を曲がればもうマンションだが。

あの加賀香子《かがこうこ》が、黙《だま》って大人《おとな》しく連絡など待っているだろうか。経験上《けいけんじょう》、否。奴《やつ》ならきっと、張っている。思い出してみろ。新幹線《しんかんせん》で受け取ったあの写メ……背景は、よく考えりゃ、この辺りと妙に似ていなかったか？

まさか、いやしかし、でもありうる。ありうるぞ十分に。万里《ばんり》は両手の荷物を揺らし、猛然と走り出した。香子ならきっと張り込みしている。誰《だれ》より早く自分の帰還《きかん》を迎えるために、一秒でも早く再会するために、奴は近くにいる！

曲がり角を荷物の重みで膨《ふく》らみながら駆け抜けて、万里は「やっぱり！」と声を上げた。マンション前の通りからへこんだエントランス。ひらりと翻《ひるがえ》った、長い髪。

「香子！」

その声に振り返った、完璧《かんぺき》な美貌《びぼう》。

見開かれて星がこぼれるみたいに煌《きら》めいた瞳《ひとみ》も、瑞々《みずみず》しい桃色《ももいろ》の柔らかそうな頬《ほお》も、ハイヒールから弓のように立ち上がるあまりに麗《うるわ》しい脚線美《きゃくせんび》も。見間違いようのない、この世にただ一人《ひとり》の運命の恋人だ。やっぱり待っていてくれたのだ。

「万里！」

上《うわ》ずった声で名を呼びながら通りに駆け出してきて、香子は笑顔《えがお》を弾《はじ》けさせ、両手を大きく広げてみせた。一直線にその腕の中を目指して万里は走った。足より速く、心が走る。

やっと帰れる。ずっと帰りたかったのはそこだ。

君の所にずっとずっと帰りたかった。まっすぐそこを目指していつでも走り出しそうだった。

加賀香子の心のド真ん中に、矢のように突き刺さりたかった。

「香子ー！」

荷物の重さもなんのその、万里も駆け出した香子をしっかりとこの胸で抱きとめるために両手を大きく広げた。

「万里ー！」

しかし、

「万里ー！」

「万里ー！」

「万里ー！」

わらわらわら、と、香子の背後から、同じ勢いでまっしぐらに万里の胸に飛び込もうと走り出した連中がいた。香子も入れて総勢四名。揃《そろ》って通りをこちらに向かって全速力、

「あ、ちょ、ちょ、まっ……」

思わず怯《ひる》むが、奴らの勢いは止まらない。

先頭の香子を軽々と抜き去ったのは二人《ふたり》。ターミネーターT1000そっくりの走り方で素《す》晴《ば》らしく膝《ひざ》を上げつつ恐ろしいほどにこにこと、あけっぴろげな笑顔で突っ込んでくる。そし

て、

「万里《ばんり》ーっ！　おひさおひさ、めちゃおひさーっ！」

「へーい！　元気そうじゃねえか、うすら日焼けなんかしやがって！」

だしっ！　がしっ！　と——まっしぐらに帰還《きかん》しようとしていた柔らかに膨《ふく》らむ胸の中、ではなく、万里は固い二つの胸板に、左右からバーン！　と力いっぱいプレスされた。

「んぐ……！」

右の逞《たくま》しく引《ひ》き締《し》まったマッチョめ胸板が柳澤《やなぎさわ》。左のそれほどでもない胸板が二次元《にじげん》。むわっとむせ返るような二人分《ふたりぶん》の男のオーラに、万里はとりあえず息を止めた。肺胞が濃厚《のうこう》な男臭を体内に取り込むことを拒否している。温かいを通り越してひたすら熱《あつ》い、そして挟まれて普通に苦しい、野郎どもの友情サンド。

そして遅れて、

「わぁい、おっかえり〜！　んも〜久しぶりすぎるよ！　会いたかったぁ、万里がいないとやっぱいまいち締まらないよ〜！　実家はどうだった!?」

背後に回り込んで「にゃは！」とかわいくしがみついてきたのは、ふわふわのニットキャップをかぶった妖精《ようせい》。いや、天使。いや、千波《ちなみ》だった。ああ、岡《おか》ちゃんが……凹凸《おうとつ》控えめの身体《からだ》の前面で……俺《おれ》の尻《しり》にぴったりと接している……などと思う間もなく、その千波を速攻、力いっぱい引《ひ》き剝《は》がし、腰を落とした重い突っ張りで道路の端まで「そいや！　そいや！　痴女《ちじょ》！

退散！　そいや！」と追いやり、

「なんであんたが私より先におかえり宣言してるわけ⁉　ていうかみんな、わきまえてよ！」

鬼の形相《ぎょうそう》で一吼《ひとほ》え。勢いで野郎どもも蹴散《けち》らして、

「……ああ！　万里！」

改めましての切なげな笑顔《えがお》。もちろん、当然、その人は、香子《こうこ》。

「私だよ、香子だよ！　久しぶりの再会だよー！」

そりゃ見りゃわかるよ、なことを万里の真正面で高らかに宣言し、すこし離《はな》れて勢いをつけ直し、ハイヒールダッシュをかましてくるが。

「え⁉　あなた誰《だれ》だっけ⁉」

ふざけてひょいっと避けてやると、「ちょ、ちょっと〜！」とたたらを踏んで、香子は振り返りながらたちまち泣き顔になった。

「うそうそ！　冗談《じょうだん》！　ただいま！」

「その冗談、絶対、絶対、必要なかったよね⁉」

ようやく、やっと、今度こそちゃんと。

荷物を両手に持ったまま、万里は香子をしっかりと抱きしめた。肩口に顔を埋めたまま、おかえり、おかえり、おかえり！　と、香子は三回囁《ささや》いた。

2

まあ、あれだ。万里《ばんり》にだってわかってはいた。

こちらへ戻って来た自分を友人一同、揃《そろ》って熱烈《ねつれつ》に出迎えてくれたからといって、あれ？ 俺《おれ》ってそんなに人気者だった？ 実はすごい愛されキャラだった？ みんなして一刻を争うほど俺に会いたくて？ なんだよおい参ったな（照）……なんて勘違い、もちろんしていない。

わかっていたとも。このお出迎えの半分は、単なるノリでできている。
万里が久しぶりに帰ってくるっていうし？ 夏休みも今日《きょう》で最後だし？ そんじゃとりあえず、集まりますか？ 暇だし、メシでも食いますか？ 集合場所は、ま、万里んちの前でいいか。時間は、万里が到着する頃《ころ》でいいか。んじゃ後ほど～よろ～……程度のノリ。だらだら目的なく遊ぶための口実と言い換えてもいい。１００％ピュアな、本気の万里目当てで出迎えてくれたのは、きっと香子《こうこ》だけだろう。

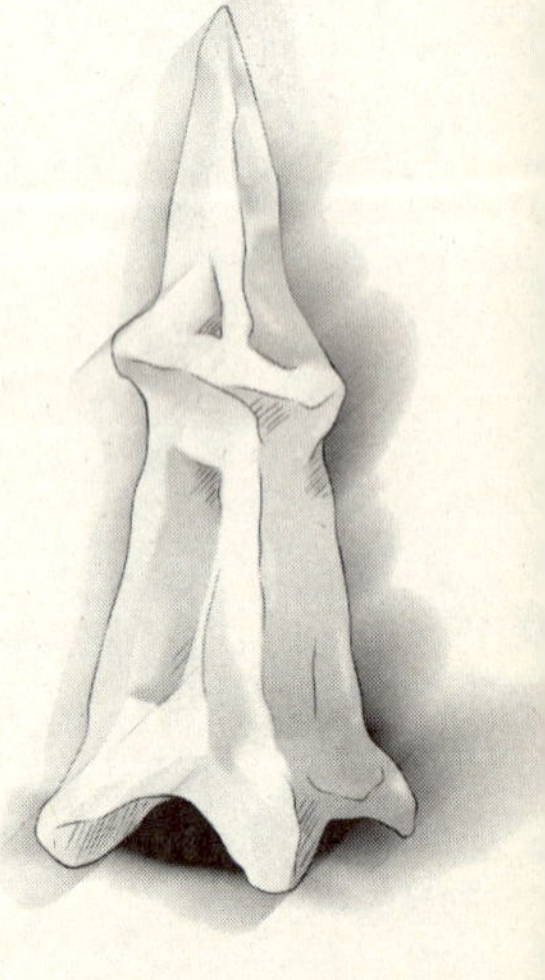

だから当然、感動の再会、熱《あつ》い歓迎、抱擁《ほうよう》でもみくちゃ、「多田《ただ》万里くんおかえりなさい！」ムードもそう長くは続けてもらえるわけもなく、

「どうかしてんだろ！　ばかたれ！」

冷たい罵声《ばせい》を二次元《にじげん》くんから食らう。（本当に帰ってきたんだなあ……）と、通常運転の日常にしみじみ浸《ひた》る。

「でも……」

「でもじゃない！」

おしゃれな眼鏡《めがね》をぎらつかせて怒髪天《どはってん》をつく二次元くんの背後、千波《ちなみ》が「『でも』といえば、さて、あたしは誰でしょう？」とロールパン二つをハの字にして口許《くちもと》につけ、妙にキリッとしてみせる。あれは……え？　誰だ？　ヒゲ……？　『でも』といえば、ヒゲ、きりっ……？

香子が「はい！」と片手を上げる。「デモ、デモクラシー、そしてヒゲとくれば、板垣退助《いたがきたいすけ》」

「加賀《かが》さん、正解！」「やった！」……って、なんだそのゲームは。

「おい、なによそ見してんだよ万里！　俺の話、聞いてねえのか⁉」

「あ、や、だって……」

「だってもない！」

千波からロールパン二つを受け取り、今度は香子が。ロールパン二つを横長になるようにくっつけ、額《ひたい》に掲げる。「『だって』といえば、私はだーれだ？」片目をウインクするようにつぶ

って見せるなり、即座に「あっ！　もう俺《おれ》わかったぜ！」と柳澤《やなぎさわ》。「伊達政宗《だてまさむね》だろ！」「光央《みつお》、正解！」「いよっしゃ！」ガッツポーズ！「今のあたしもわかってたのに悔しい〜！」……いきなり三人だけでなかなか特殊な盛り上がり方をしている。「続きまして次のお題は……」ちらり、と三人揃《そろ》ってこちらを見やるが、いや、本当になんなんだそれは。なぜお題を求められている。

「ちょっと君らさあ……マジで黙《だま》っててくんない……⁉　ばかばかしさにもマナーってあんだろ……⁉」

怒りの矛先《ほこさき》が背後のクイズトリオに逸《そ》れた隙《すき》をついて、万里《ばんり》は改めて弁解を試みる。

「まあまあ、聞いてくれよ二次元《にじげん》くん。本当にこれ、すっごいうまいんだって。地元の友達の手作りなんだよ。一番おいしい今日《きょう》のうちに、ぜひみんなにも味わって欲しくて……」

「だからってばか野郎！」

弁解の結果、ばかたれからばか野郎へ華麗《かれい》なる進化を遂げることができた。

「これから肉の食い放題って時に、ロールパン持ってくる奴《やつ》があるか！」

まあ、確《たし》かに。はい。それはそうなのだけれど。

万里の部屋《へや》からほど近い、帰省している間にオープンしていた焼き肉食べ放題レストラン。その店の入り口前に、ノリ半分、出迎え半分で集まりし大学生一行の姿はあった。

1980円で90分、肉も野菜もライスもソフトドリンクも、ついでに寿司《すし》やら惣菜《そうざい》やら麺類《めんるい》やら、ケーキやアイスの甘味各種まで食べ放題のバイキングで、何度も情報番組で取り上げられたせいか、この近隣《きんりん》では初出店の珍しさもあってか、ついた頃《ころ》にはすでにファミリーや若者のグループで長いウエイティングの列ができていた。

30分近く待つことになるかもしれない、と店員さんに説明され、んー、でもまあー、せっかく来たしー、それぐらい待ちますかー、別の店ってのも面倒《めんどう》だしー……となったところに、

「じゃあ、これでも食って待とうぜ！　地元の友達の手作り！」と万里は持参したロールパンを一人《ひとり》に一つ配った。荷物を置きに一度部屋に上がった際に、お土産《みやげ》として渡すため、人数分だけ持って出てきたのだ。そして、このように二次元くんの逆鱗《げきりん》に触れた。

「肉を前に胃のスペースをパンで埋めるなんてこと、許されると思ってんのか⁉　俺は絶対に許さねえぞ！　クラスのみんなだって許さねえぞ！　なあ⁉　『はい、多田《ただ》くんはおかしいと思いまーす』『わたくしもですわ』『吾輩《わがはい》もおかしいと思うナリよ』『お、おいらも許さないドン！』『万里クンったらおかしいンだわ♪』『俺様も同意だゼッ☆』『朕《ちん》も』『拙者《せっしゃ》も』『ばぶー、あーあー！』……ほらクラス全員がそう言ってるぜ！　なあ、やなっさん先生！　先生も、万里はどうかしてると思うよな！」

脳内学級会をダダ漏らし、個性豊かなメンツのＣＶを堂々すべて担当しながら、二次元くんは同意を取り付けるように柳澤にグイグイ迫るが。

「ていうかそんなことでここまで熱《あつ》くなれるなんて、二次元、おまえはほんとすごい奴《やつ》だよ。

すっごい器《うつわ》の小さい奴《やつ》だよ」

「ほーら！　やなっさんも許さねえって言ってんぞ！　あーあ！　どうすんだよ！　やなっさんブチ切れてんぞ！　中学の超こええ先輩《せんぱい》連れてくっぞ！　先輩のチャリのハンドルめっちゃチョッパってんぞ！　手の甲と手の甲がぶつかるほどチョッパってんぞ！」

「言ってねえしキレてねえし連れてこねえしチョッパってねえよ。……そんな、パン一個ぐらいで怒らなくてもいいじゃんかよ。万里《ばんり》と会うのも久しぶりなんだし。見ろよこの顔……すっげえ目ぇつぶら。ちょっと日にも焼けてる。見様によっちゃそこそこかわいいぞ」

なあ、と柳澤《やなぎさわ》はイケメン風を吹かせて万里の肩をそっと抱き寄せてくれた。ぶひ、と万里は美しくも優《やさ》しき友の肩口にうっとり頰《ほお》を寄せるが、

「いいや！　だめだね！」

器の小ささも剝《む》き出《だ》しに、二次元《にじげん》くんは仲良し男子二人《ふたり》をメリメリを引きはがす。そして、

「ただでさえ俺《おれ》たちはこんな足手まといを抱えてるんだぞ⁉　それもダブルでよぉ！」

びしっと指した先には、香子《こうこ》と千波《ちなみ》の姿があった。

「あれ。あたしたちいきなり足手まとい呼ばわりされてる」

「なーによ二次元くん。それってどういうことよ？」

「俺は予言する！　君ら女は、すぐに、肉に飽きる！　やさいも食べなきゃ～とか、え～うどんがある～とか、カレ～かけたらカレ～うどんになる～とか、珍しくもない上にたいしておも

しろくもないことで散々大騒《おおさわ》ぎした挙句、や〜綿あめやりたい〜、わ〜ソフトクリームだ〜、は〜かき氷だ〜、トッピングあれこれ〜、きゃっきゃ〜、あ〜……おなかいっぱい……って、なる！」

激《はげ》しく指弾されつつ、

「それのなにが悪いの？　ていうかすでにあたし、着席したらまず真っ先にかき氷の上にソフト巻こうって決意してるけど」

けろりと千波は言ってのける。香子もそれに同調《どうちょう》して「だよね」と。

「なんならその上に生クリーム&チョコソースいっちゃうけど。綿あめだって当然やるよ、飽きるまで。全員分の白アフロ、作っちゃうよ。楽しく食べられればそれでいいじゃない。あ、でもあれだ……食べ順が……」

「あ、そうだそうだ。まず生野菜食べなきゃだよね」

「生野菜をまず食べて、で、そこからはフリーダムだよね。やあね、それだけのことでピリピリしちゃって」

「ピリピリもするわ！　ああなんてこったー！　我が部隊の五分の二がカス！」

「カ、カス……⁉」

「加賀《かが》さん、とうとうカス呼ばわりだよぉあたしたち……」

「カス……！」

　顔を見合わせ、嵐《あらし》の夜に取り残されたひな鳥みたいにぴたっとくっつく女子二名の心中たるや。柳澤《やなぎさわ》は二次元《にじげん》くんの直球暴言《ぼうげん》に大喜びしてゲラゲラ笑っている。万里《ばんり》もつい、一緒《いっしょ》になって「ぎゃはは！　カスって！」と爆笑《ばくしょう》してしまう。カスの片割れは自分の彼女なのに。

「いいか全員よく聞け！　俺《おれ》は、食い負けたくねえんだよ！　元を取りたいんだ！　原価の高そうな肉を中心に、グループ一丸となって戦略的に勝ちを取りにいきたいんだ！　それなのにおまえらはなんだ⁉　かき氷って……バカか⁉　水だぞ⁉　かぼちゃが焦げて墨になっちゃう～、なんでみんな食べないの～、も～わたしが食べるしかないじゃ～ん、あ～お肉入らないや、そろそろ時間だね～、ほら男子もちゃんと食べてよ～消し炭……って、もうね、誰《だれ》なの⁉　カスだよ‼　そもそも誰がかぼちゃなんか持ってきていいって言った⁉　みんなでサラダ取り分けようよ～って、どんだけでかい鉢で運んでくる⁉　なぜ従わないの⁉　俺という指揮官がいるこの幸運になぜ気づかないの⁉　そしてそこにきておめえだよ、万里！」

「えっ！」

　ビクッと2センチほど飛び上がる。いきなり理不尽なもらい事故……みたいな気分になるが、違う違う、考えてみれば違った。元はと言えば、自分が切れられていたのだった。二次元くんは真正面からがしっと万里の肩を摑《つか》み、

「ロールパンを？　店の前で？　むしゃむしゃいけと？　おまえは……なにか？」

　しゃくれと白目のコラボで顎《あご》からぐりぐり迫ってくる。怖い。具体的に顔が怖い。

「俺を背後から撃《う》ち殺すつもりか……？」

「そ、そんなまさか……！　滅相《めっそう》もない！」

必死に首を横に振って、怒れる指揮官の怖い顔から目を逸《そ》らす。

「俺はただ、純粋な気持ちでみんなにパンをあげたくて……ていうか、そうだよ、別に今ここで食ってもらわなくてもいいんだって！　それぞれ持ち帰ってもらえれば俺はそれでもう満足だから！　でもまあなんなら、どうぞパフッとだけでも！　匂《にお》いだけでも楽しんでもらえたら本当に全然それだけで……」

迫りくる二次元くんの背後で、千波《ちなみ》が「そういや確《たし》かにさっき、ヒゲからほのかにいい匂いしてたんだよな～」と、さっそくパフッ。そしてスー。やがてハー。多田家《ただけ》の母言うところのアンパン状態で、

「……ぬぁっ!?　えぇっ!?　うぁぁ……!?」

驚《おどろ》いたように目を見開く。虚空《こくう》を見つめたまま、全身が麻痺《まひ》する毒ガスでも食らったみたいに動かなくなる。まあ、実際に食らったのは、メイコパンの衝撃《しょうげき》の香《かぐわ》しさなのだが。

「どうした千波」

三度呻《うめ》いたきり静かになってしまった千波の顔を、柳澤が覗《のぞ》き込む。

「超音波？」

香子も不審《ふしん》げに千波の様子《ようす》を窺《うかが》おうとして、

「あんた一体どうし……いやーっ！　死んでる！」

口許《くちもと》を覆《おお》いながら慄《おのの》いた。死んではいないはずだが、見た目的には死んでいるといっても過言ではないかもしれない、見事な驚《おどろ》きっぷりではあった。

もちろん万里《ばんり》にとってはそんなリアクションも想定内のことだ。ほーらな⁉　と騒《さわ》ぎたい。すげえだろ⁉　食い放題の前にもかかわらず、ついお勧めしてしまった俺《おれ》の気持ちもわかるだろ⁉　と。でも二次元《にじげん》くんが怖いので、にやりとする程度に収めておく。そうだろう岡《おか》ちゃん、たまらんバターの香りだろう。思わず死んでるっぽく成り果てるほどに絶品だろう。こうなることはわかっていたとも。

「さてはこのパンになにか仕掛けられていたのね！　よし、この私があんたの死因を確《たし》かめてあげるから感謝《かんしゃ》しながら昇天しなさい超音波！　それっ！」

パンの匂《にお》いをかぐのになにもそこまで、と言いたくなるほどもったいつけた動作で、香子《こうこ》もパフッ、そして、

「……ん～～～～～～～……っ！」

立ったまま絶句し、なぜか数秒ぐりんと白目。二体目のデスボディ、店先に建立《こんりゅう》。

なにやら妙に誇らしくて、万里は「どうだ！」とばかり、両手をピーンと広げて女子二人《ふたり》の間に立った。マジックに成功したマジシャンか、十点満点の着地を決めた体操《たいそう》選手か、はたまた「ＴＨＩＳ　ＩＳ　ＩＴ」のジャケット写真か。とりあえず、この獲物《えもの》たちは見事に仕留め

た。この光景、見てるかメイコ……（見ていない）。

二次元くんは「はっ！」と目を剝《む》いてそんな万里と女子たちの様子《ようす》を鼻先で笑い飛ばし、

「パンの匂いごときでなーにを大げさな！　こうなったら実力行使！」

女子たちの手からロールパンを取り上げてしまおうと腕を伸ばしてくるが、

「ああんもー二次元はうるっさい！　あたしはじゃあカスでいいよ！　おカス千波《ちなみ》でいい！

我慢できない、たべちゃおーっと！」

千波は二次元くんの手をひょいっと大きく避けて、ついにロールパンにぱくっと大きくかじりついた。千波に思いっきり避けられてたたらを踏んだポーズのまま、「あ〜っ！」と二次元くんが喚《わめ》くがもう止められない。

「……んっ⁉　ん〜〜〜〜っ……！」

千波はニットキャップをかぶった頭をブンブン縦《たて》に振り、手にした食いかけのパンをガン見する。それ以上の人語は発さず、むしゃむしゃさらに食べ進める。限界を超えた美味に耐えようとするみたいに、ほとんど苦痛顔で思いっきり眉《まゆ》を寄せ、奥歯でもちゃもちゃとパンを嚙《か》み締《し》め、香子にも「いけ！　いったれ！」と目で合図を送ってみせる。

「いや、確かにすっごくいい匂いだけど、あんた、なにもそんな顔までして……」

香子はそんな千波の表情を見て笑ってしまいそうになりながら、指先でお嬢様《じょうさま》らしく上品に一口分をむしり、それをぱくっと頰張《ほおば》った。そして、

「……!!」

くわっ、と目を見開く。パンに今度は直《じか》、そのまま前歯でかじりつく。リスみたいに頬《ほお》を膨《ふく》らませ、もぐもぐ夢中で顎《あご》を動かして、なにも言わないまま千波《ちなみ》と視線《しせん》を交え、「パーン！」と高らかにハイタッチ。万里《ばんり》にはわかる。彼女たちにはもう言葉など必要ないのだ。花は咲けばよい。風は吹けばよい。人には添えばよい。そしてパンは、食えばよい。見交わす目線とかぶりつく勢いだけで、それぞれの歓喜と衝撃《しょうげき》を伝え合っているのだ。

ふらふらと足をもつれさせ、二次元《にじげん》くんは柳澤《やなぎさわ》の肩にもたれかかる。

「し、信じられない、こいつらマジで食ったよ……食べ放題の行列に並びながら、ほんとにパン食ったよ……！　なあ、ありえないよな、絶対ありえないよな、やなっさ……」

「ありえない奴《やつ》って、こんな顔だったか？」

「……うわあぁぁぁ〜〜〜！」

振り返った柳澤の顔を見て、二次元くんは悲鳴を上げながら転がるように飛《と》び退《すさ》った。その勢いといい、表情といい、声の通り方といい、リアクションの教科書に載せたいぐらいに見事な反応だった。

そう。柳澤は空のビニール袋片手に、万里に自分のスマホを渡して「超うまいパン食った記念ピース！」のシャッターを切らせているところであった。二次元くんの目が女子に向いているのに乗じてイケメンは気配《けはい》を消し、とっくの三口で食い終わっていたのだ。

「俺《おれ》もうやだ！　やなっさんまですっごい裏切りぶり見せてくるじゃん！　俺が信じてきた世界ってなんだったの⁉」

「いや、相当うまかったぞこのパン。おまえもいいから騒《さわ》いでないで食ってみろって。世界観《せかいかん》変わるから。俺、普段《ふだん》そんなにパンって特別好きでも嫌いでもなかったけど、これはもう、めっちゃ好き。こんなうまいならいっくらでも食える。万里、超グッジョブ」

「いや〜そこまで言われるとなんだか照れますな！　またいつでもご要望があれば……って、いけねえ、俺が作ったような顔しちゃった。あとでパンくれた子に『友達も喜んでた』って伝えるよ」

万里がにこやかに答えると、一拍遅れて柳澤も笑った。そんな二人を交互に見やり、二次元くんは「はあぁぁ……」と大げさに肩を落としてみせる。そして目には見えない帽子を両手で脱ぐそぶり。

「もういい。わかった。俺は所詮《しょせん》、指揮官の器《うつわ》じゃなかった。確《たし》かに俺は小さいよ。ていうかあれだ。小さすぎて、もはやカスだ。カスは俺だった。すまない女子たち、三次元の女にはどうしても当たりがきつくなってしまう俺……というキャラを維持しようと思って、無理やりなことをあれこれ言った。許せ」

自決、みたいな目をして頭を下げた男・二次元に対して、香子《こうこ》は「いや、許さないよ？」といきなり冷たい美鬼の真顔。千波もいつもはキラキラの両目の光をのっぺり暗く塗《ぬ》り潰《つぶ》して、

「カス呼ばわりは忘れがたいよね」と。

「くっ、なんだかんだでこいつらもやっぱ小せえ……！　まあいい、今いくぞ諸君、俺《おれ》も同じところまで堕《お》ちるぞ！　追いつくぞ！　……ああっ⁉　ふおお⁉　うっま！　なんだこれ、やだー！　マジでめっちゃうめえじゃん！　超びっくり！　サクサクなのにふわっふわ～！」

見ている側もついていけないほど、誰《だれ》より早く、即、陥落。二次元《にじげん》くんはペロリと一瞬《いっしゅん》でパンを平らげて、その挙句に「もっとないの⁉」とまで。

散々文句を言っていたわりにあっさり即落ちだったのがおかしくて、二次元くん以外の全員が、脱力しながらも笑ってしまった。膝《ひざ》まで笑ってふにゃふにゃしながら、千波《ちなみ》は万里《ばんり》の顔を動物めいた仕草《しぐさ》でひょこっと覗《のぞ》き込んでくる。

「やったね万里、度を超えたおいしさの前では人はこんなにも無力だ」

「おう！　二次元も秒殺仕った！」

「ほんっとに、今まで食べたパンでこれ一番おいしかったもん。地元のお友達、すっごい上手《じょうず》なんじゃない？　もしかしてプロの職人《しょくにん》さん？」

「いや、パン作るのが趣味《しゅみ》なんだって。同級生で、でももう結婚してる人妻女子なんだけど」

「わーお！　いいないいな、早婚だあ。十代のお嫁さんだあ」

無邪気な仕草で、千波はかぶっていたキャップをなにげなく脱いだ。その瞬間、

「……あ⁉　え⁉　あれ⁉」

万里は、思わず間抜けな声を上げてしまった。

キャップの中でまとめているんだと思い込んでいた髪が、千波の髪が、……ない！

「岡《おか》ちゃん、髪……!?」

「おっと、そうか。万里に見せるの初めてか。どうどう？　こないだ切ったんだー」

綺麗《きれい》な黒髪を背中のかなり下の方まで長く伸ばしていたはずなのに、今の千波の髪はいわゆるベリーショート。万里よりも短いぐらいで、

「……うっおぉ！　すっげえ似合う！」

衝撃《しょうげき》のコケティッシュが炸裂《さくれつ》していた。

細い首が隠されることなくすんなりと見え、整《ととの》った卵型の輪郭《りんかく》も丸出し。真っ白な素肌に愛らしく配置された目鼻立ちの良さが強調《きょうちょう》され、千波はまさに「美少年みたいなものすごい美少女」そのもの。恵まれまくった天然の素材が、髪を切ったことによって今まで以上に際立ってみえるのだ。妖精《ようせい》だとか天使とか、そういった呼び名が本当にぴったり似合ってしまう華奢《きやしゃ》な姿に、万里は改めて見とれてしまいそうになる。

が。

「うわあ、でもでも……やっぱなんか、もったいねえ……！」

ほとんど反射的に発してしまった本音の声に、「あはは、だよな」「やっぱ男はそれ言うよね」と、柳澤《やなぎさわ》と二次元くんも頷《うなず》いてみせる。万里が見るより先にこの髪形を披露《ひろう》されていた

二人《ふたり》も、もったいない、に同意見だったらしい。

そうなのだ。いくらショートがかわいくても、本人にものすごく似合っていても、長くて綺《き》麗《れい》な髪というのは男にとっては永遠の憧《あこが》れ、かわいい女子の記号みたいなもので――とはいえ、すでに切ってしまった後で言うには「もったいない」はあからさまに禁句だったか。今のは失言だ、つい口から出てしまった。

「私は全然もったいなくないって思うけど。だって絶対に似合ってるもの」

香子《こうこ》はデリカシーに欠ける男どもに反論《はんろん》するように、彼女にしては珍しく、素直な言葉で千《ち》波《なみ》の髪形を褒《ほ》める。

「超ガーリーで、超シックで、めちゃくちゃスタイリッシュ。これ見てると、私もさっぱり切りたくなっちゃう」

そして自分の持ち物みたいにグリグリと荒っぽく千波の頭を触り、「いやーん」と嫌《いや》がられている。

「いやいや、いいよ。俺《おれ》も超いいと思う！」

万里《ばんり》はちょっと慌てて失言をフォローしに入る。もちろん「超いい！」の部分は、ただのフォローなどではなくて、これもれっきとした本音だ。

「ただ前触れもなしにいきなり随分短くしたな、と思って。マジで驚《おどろ》いた。切った髪、すっごい量だっただろ？」

「うん、もう、ヅラが三人前ぐらいできそうだった」

じゃあ将来のために俺《おれ》にそれくれよマジもったいねえよ！　と柳澤《やなぎさわ》（パーマ経験有・地肌やや透け）。俺にもくれよ！　と二次元《にじげん》（カラーリング経験有・父頭髪残存度三割）。俺にもくれよ！　と万里《ばんり》（猫毛・遺影《いえい》の祖父が禿頭《とくとう》）。しかし見るからに毛量たっぷりの千波《ちなみ》には、そんな男たちの冗談《じょうだん》に混じるリアルな未来への危機感《ききかん》など一切伝わりはしなくて、

「なにアホなこと言ってんの、ゴミだよゴミ。もったいなくなんかないの。何年か分のあたしのロング全部、そのまんまゴミ箱行き」

スルーっと笑顔《えがお》で流される。

「ていうかね、最初は美容師さんもびびって、肩ぐらいのボブにしとかない？　とか言ってたんだけど、いーえ！　せっかくなんでいっそベリショまでいっちゃってください！　って、思いっきり短く切ってもらったんだよ。どう？　自分的にはかなりイメチェンできたかな、って」

「できてるできてる、大成功だよほんとに。へえー……見れば見るほど似合ってるよ岡《おか》ちゃん。でも、なんでまたイメチェンなんて思い立ったんだ？」

「え。……なんで、っていうか……」

柔らかそうな唇をくにゅ、と触って、千波は数秒、黙《だま》ってしまう。あら、と万里は待ってしまう。そんなに悩ましいことを尋《たず》ねただろうか。なにも昭和時代《しょうわじだい》のおっさんみたいに「おっ、

髪切ったってことは失恋かな〜？　なんつって、がっはっは！」……的な無神経ノリで訊《たず》ねたわけではないのだが。

「……別に、なにか理由があったわけじゃないけど……。まあ、なんていうのかな？　いわゆる、気分転換、って感じ？　あと、そうそう、あれだよ。排水溝。今のあたしの部屋《へや》のお風呂《ふろ》、ユニットバスじゃん。浴槽《よくそう》の中であーんな長い髪流すと、すぐ詰まっちゃうんだよね。それも嫌《いや》になって」

「ああ、それはあるかも。なるほどなあ」

「でしょ？　とにかく一度、短くしてみたかったたし。こんなにショートにしたこと今までの人生でなかったし」

えへへ、といつもの超絶無垢なとろけるスマイルで、千波は自分の短い前髪を指先で引っ張ってみせる。

古着のデニムに小さなバレエシューズ、クラシックな襟付《えりつ》きのレースのブラウスに小さながま口バッグ。ターコイズの石を皮ひもで首に下げ、秋らしいニットのストールを引っかけ、千波は今日《きょう》も、いかにも千波らしいテイストのファッション。

長い髪を垂らしているのも、大きな団子にしているのもかわいかったが、鳥を思わせるしなやかな首筋がすっきり露出《ろしゅつ》している分、意外にもこの髪形の方が千波は女らしく見えた。かつ、一筋縄《ひとすじなわ》ではいかない気の強さや、見た目より多分《たぶん》ずっと複雑な感性、そして豪快な部分も垣間見《かいまみ》

えるようで、

「……なるほど、なるほど」

万里《ばんり》は繰《く》り返し、頷《うなず》いてしまう。

「そんなに納得した？」

「したした。どんどんしてきた。その髪型、なんか本当に岡《おか》ちゃんっぽいよ。岡千波《ちなみ》・ストロングバージョンって感じ」

万里の言葉を聞いて、千波の笑顔《えがお》が嬉《うれ》しそうに弾《はじ》けた。千波はふざけて全然さまになっていないくにゃくにゃのファイティングポーズを作り、

「それいいねえ、あたし・ストロングバージョン！　……まあ、でも、実のところさ、」

不意に、大きな夜空色《よぞらいろ》の瞳《ひとみ》をくるりとめぐらせる。

そのとき、ウエイティングの列が動いた。お次の五名様もお席へどうぞ〜、と呼ばれる。思っていたよりも早く席が空いたようだった。

店内へと歩き出しながら、千波は万里を振り返り、途切《とぎ》れてしまった言葉の先を小さく継ぐ。

「……髪切ったら防御力、むしろ落ちたかもしれない。毛皮一枚剝《は》がれたみたいな心許《こころもと》なさで、なんだかスースーするんだよね。思ったよりずっと。だからこういうのも、」

片手に持ったままだったニットキャップをちょいっと持ち上げて万里に見せ、「つい、かぶっちゃうし」と。

「剝《む》かれて実力をつける時期なのよ」

香子《こうこ》がいきなりしたり顔で口を挟んでくる。万里と千波の会話をさりげなく聞いていたらしい。それにしても実力？　とは？

万里にはまったくピンと来ない香子の言葉だったが、千波にはそうでもなかったようで、小さく一言、

「……かもなあ」

と呟《つぶや》いて、納得したみたいに薄《うす》い肩を竦《すく》めてみせた。意味がわからないのは万里だけで、女子二人《ふたり》の間ではちゃんと意志の疎通ができたらしい。千波はそのままくるりと踵《きびす》を返し、前にいた柳澤《やなぎさわ》を脇《わき》からするりと追い抜いて、先頭を行く二次元《にじげん》くんの後に「カス軍曹ー！　待って下されー！」とくっついていく。「おお、カス一等兵ではないか！」……心温まる戦場の光景だ。

つい白いうなじを見送ってしまった万里の肩を、ちょん、と香子がつついた。

「ね。ところで万里、さっきから超音波のことばっかり見てるけど、私の変化には気づかない？」

「えっ……？」

艶《あで》やかに笑う香子の姿は、久しぶりに再会した今日《きょう》も、いつもどおり、覚えていたとおり、想像していたとおりに完璧《かんぺき》！　としか、言いようがないのだが。

――なぜだろう。この質問に正しく答えられなかったら、ものすごく怒られそうな予感がする。万里《ばんり》は「えー、なんだろうな」とのんきなふりでへらへら笑い返しながらも、かなり本気で目を見開き、愛する彼女の全身を改めて必死にチェックし直しにかかる。

髪……は変わらぬダークブラウンのつやつや巻髪。肌も変わらぬ、白磁《はくじ》の透明ぷりぷり肌。漆黒《しっこく》のマスカラも透けるグロスも、万里の好みの「すこし薄《うす》め」に仕上げられて、毎度おなじみの美しさ。胸の膨《ふく》らみとウエストの細さを最大限に強調《きょうちょう》するジャージー素材のラップワンピースは本当によく似合っているが、前にも着ていたのを見た記憶《きおく》があるし、ブランドもののショルダーバッグも前から愛用しているものだ。靴はどうだろう。目を離《はな》せば似たようなハイヒールばかり買っている香子のことだから、目新しい感じはしないが、とりあえず新品の可能性は、他《ほか》の持ち物に比べれば高い。そしてなぜか片手には、そういえばあまり香子らしくはない、大き目の紙袋。……もしかして、それのことか？

靴か紙袋かで迷って、決めた。紙袋を指さしながら、恐る恐る口に出してみる。

「……紙袋を……？　持っている？」

言いながら、香子の表情を死ぬ気のガン見でチェックする。もしこれが正解ではなさそうだったら、即座にこの指を下に向け、「……と見せかけて、実は靴がおニュー？」へ、解答を変えるつもりだが。どうしよう、表情が読めない。

香子はなぜかにやり、と、悪巧《わるだく》みの顔で笑ったまま、床に杭打《くいう》ちされたみたいに揺るがぬ鉄《てっ》壁《べき》のモデル立ちで万里を眺め続けている。会計を終えた客がドアを開いて出て行って、巻き起こった風に長い髪がふわりと舞《ま》い上がる。見た目だけで言うならば、さながら強盗団の女首領。求心力はもちろん美貌《びぼう》。今にも銀行員の万里にマシンガン突き付け、「ありったけの札束を金庫から持ってくるのよ」だとか言い出しそうな風情《ふぜい》ではあったが。

「まあ、そうね。持ってるといえば、持っているよ」

ふふん、と乱れた髪をかき上げて、華麗《かれい》なる流し目。

「でも紙袋の件は、全体の変化からいえば、ほんの一割程度のことなの。……正解は、じゃあ、後で二人《ふたり》になった時にゆっくり教えてあげる」

「……？」

とりあえず、怒られこそしなかったが。

出題側の意図が結局見えなかったし、その上解答も後回しでは、どうにもこうにも釈然としなかった。万里としては、かなりの本気で考えたのに。

香子はぴょんと飛びつくようにくっついて、腕を絡ませてくる。そして万里と一緒《いっしょ》に席へと向かいながら、耳元にやたらホットに囁《ささや》いてくるのだ。

「まずはお肉、だよ。万里」

食べ放題にしては意外とちゃんとした肉である。——ということで、みんなの意見は一致した。

もちろん特別おいしいお肉！　とまでは言わない。でも普通に全然うまいと万里《ばんり》も思う。鮮《せん》度《ど》もいいし、タレの味もいい。なにより種類がたくさんあって、あれこれ食べ比べられるのが楽しい。これが食べ放題なのだから、店の人気も頷《うなず》けた。

＊＊＊

今日《きょう》はことさら切れやすい刃物のような男・二次元《にじげん》くんを立ててというわけでもないが、一応、取れるものなら元は取りたい、という基本スタンスでいくことになっていた。だから一同席につき、荷物を置くなり張り切って出動。手分けしてどっさりと盛りつけてきた肉各種の一巡目をどんどん焼き、どんどん食べていたのだが、

「な？　あいつら帰ってこねえだろ？」

二次元くんが呆れたように呟《つぶや》いて、向かいの空席を顎《あご》でしゃくってみせる。

香子《こうこ》と千波《ちなみ》はいくらも肉を食べないうちに「ちょっと他《ほか》のも持ってくる」「すぐ帰ってくる

から大丈夫」と、仲良く連れ立ってテーブルを離《はな》れていったのだ。それからかれこれ五分ほどは経《た》っている。帰ってこない二人《ふたり》の姿は肉コーナーの冷蔵棚に遮《さえぎ》られ、なにをしているのかこの席からは見えない。

「つるみだしたらつるみだしたで、ろくでもねえな。俺《おれ》がついでに頼んだライスのことも忘れてんだろうな」

柳澤《やなぎさわ》が言うのに「忘れてるよそれ」「絶対忘れてるよ」と万里も二次元くんも深く頷く。

そういえば時間制限があるんだっけ、と万里は携帯で時間を確認《かくにん》し、

「はっ。あと14時間後には、俺、語学の授業受けてるんだ……うわー、一限……」

肉を口に含んだまま、すーっと意識《いしき》を失いかけた。

明日《あした》、休みが明けるなりいきなりの一限か。夏を丸々だらだら過ごして、もはや身体《からだ》が「朝、目覚ましで起きる」という行為さえ忘れていそうだ。訳の予習をやらなければいけなかったのも、今の今まで完全に忘れ果てていたし。柳澤も万里の向かいで肉を続けざまに二枚、ワイルドに口へ放り込みつつ、感慨深げに頷いてみせる。

「びっくりするよな。俺は明日、二限から。大学って学期ごとの始業式みたいなの、マジでやらねえのな。やるとこもあんのかな？」

「あるかもよ。おれの友達が行ってる大学なんか、中学高校みたいなノリでクラスがあるって言ってたし。ていうか式的な区切り、あってほしいよ。一か月半まるごと休みで、十月に入る

なりいきなりシームレスに次の講義《こうぎ》ってなあ。こっちも調子狂《ちょうし》うっていうか……あ、ほらほら、見て、あの人たち。食べ放題開始からわずかに十五分で、もうソフトクリーム持ってきちやった」

二次元《にじげん》くんが行儀《ぎょうぎ》悪《わる》く箸《はし》で指す先で、香子《こうこ》と千波《ちなみ》が機嫌《きげん》よく、ソフトクリームの器《うつわ》を運んでくる。それも自分たちの分だけではなく、お盆で手分けして全員分。随分時間がかかると思ったら、ちょこまかとフルーツやチョコソースで綺麗《きれい》にトッピングまでしているし。ことさらでかく、一際豪華に飾り付けられているのを、香子は万里《ばんり》の目の前にドン！　と置いた。

「はい！　白い冷気が、もわぁ、と立ち上る。万里のは、香子の愛情てんこもりスペシャルだよ！」

「で、でか……！」

「嬉《うれ》しい？　嬉しいでしょ？　嬉しいよね！　はい、喜んで！」

「……これ見て喜んだりしたら、あのジャックナイフがまた切れちゃうじゃんかよ……」

「どれだけ切れられても、カス呼ばわりされても、私は万里に対するビッグな愛情を正々堂々表現することをやめはしないよ！」

そりゃ嬉しいが。どうよ！　となぜか得意げな香子も愛《いと》しいといえば愛しいが。なにしろでかい。じゅうじゅう音たてて焼ける肉をバックにそびえたつ、このオリジナルソフトクリームパフェのド迫力。目からだけの情報で、胃腸は早くも負担を予感している。それを万里はありありと腹部に感じる。

ジャックナイフこと二次元くんは、切れるを通り越してすでに呆《あき》れ顔《がお》だった。

「ソフトクリームごときで表現できる愛情ならば、ならもう好きなだけ巻けよ。巻き上げとけよ」

千波は三つの器をテーブルに置いて笑う。

「まあまあいいじゃん二次元くん、自由でいこうよ！　食べたいように食べようよ！」

「……勝手に巻いて盛ってくるのは、強制という不自由の一つの形ではないだろうか」

「そんな難《むずか》しいこと言わないの！　楽しいのがやっぱ一番じゃん！　はい、お二人《ふたり》のは千波が作りました～、どうぞ～二次元くん」

「わあー、味気ない、色気もない、岡《おか》ちゃんの俺《おれ》に対するフラットでインビジブルな感情が見るからに適当にてんこもりだあ」

「いやいや、友情てんこもりだってば。ヤナもどうぞ～」

「ああ、まだ完全に肉で食事のタームなのに……そして俺が頼んだライスなんかもちろん忘却の彼方《かなた》へ……」

「あ。ごめん」

「いいさ、そもそも自分で持ってくればいいだけのこと……」

「ていうか、思い出した！」

今更思い出しても遅いんだよ、とライスを取りにいこうとする柳澤《やなぎさわ》の服の裾《すそ》をちょいっと摑《つか》み、「違う違う、万里《ばんり》と加賀《かが》さんにあの話しなきゃじゃん」と千波《ちなみ》が引き止める。

「あの話……？　ん！　そうだ、忘れるところだった！　俺《おれ》、万里たちにちょっと頼みたいことがあったんだ」

なになに、と万里がさっそく聞く態勢に入るのを、二次元《にじげん》くんは失敬にも焼いた肉で押しとどめ、「いいからとりあえずイケメンはライス取って来いよ。ついでに俺のも大盛りで」とクールな指示を出す。

自分のと二次元くんの、ついでに万里の分までライスをとってきてくれてから、席に着いた柳澤は改めてその頼みごととやらを口にした。

万里にも、そして恐らく香子《こうこ》にも、それは意外な内容だった。

「おまけんの活動を、しばらく見学させてもらえないかな。練習風景とか祭りに参加しているところとか、できたら近くでハンディカム回させてもらって、撮影《さつえい》したいんだよ。サークルの代表の人に許可してもらえるか、万里と香子から話してもらえないか？」

と。

柳澤が言うには、来月の学祭で映研の発表会があり、それに出品する作品の素材として、ぜひおまけんの面々が踊る姿を撮影したいのだそうだ。個人認識《にんしき》できるような撮《と》り方《かた》はしないし、あくまで欲しいのは踊る人々の群像だから、顔とかはできるだけ避けるようにする、とも言う。

「今一応イメージしてるのは、ミュージックビデオみたいな体裁《ていさい》の、映像と音楽がとにかく気持ちよくリンクするっていうのを目指した、せいぜい五分程度の短い作品なんだけど」

香子がちらっとこちらを見たのがわかる。多分《たぶん》、同じことを考えている。

「話してみるのは全然かまわないけどさ……でもいいのか？」

「私たちがやってるのって、阿波踊《あわおど》りだよ？　光央《みつお》が考えてるようなオシャレなものじゃないと思うけど」

「いやいや、阿波踊り、超かっこいいだろ」

「ていうか俺が言うのもなんだけど、正直、他《ほか》のちゃんとしたグループの踊り手さんたちと比べると、うちのサークルの踊りはあんまり上手《じょうず》なもんでもないし……まあ、リンダとかは別次元ですごいことになってるけど。岡《おか》ちゃんも一緒《いっしょ》に？」

万里が訊《たず》ねると、千波は肉が焼けるのを待つ隙《すき》にソフトを口に運びながら、ふるふると小動物のように首を横に振る。

「ううん、あたしはあたしで別の企画があるんだ」

「そっか。まあ、話してはみるよ。多分普通にオッケー出ると思うけど」

「ほんとに光央、私たちの映像でいいの？　期待外れでやり直し、とかになって、制作の時間なくなっちゃっても責任とれないよ？」

「や。大丈夫。それは。……ていうか……、その……、実はさ……、ぶっちゃけ……、なんていうか……、ぶっちゃけ……、」

早くぶっちゃけろよ……と一同イライラする前で、柳澤《やなぎさわ》は妙にじっくりとカルビを焼き、ひっくり返し、またひっくり返し、さらにひっくり返し、それをタレにつけ、口に入れ、

「……ぶっちゃけ、万里《ばんり》の言葉は図星《ずぼし》、というか……おおーう!?」

ライスと間違えてソフトクリームを思いっきりかっこんでびっくりしている。万里はそのびっくり顔を眺めながら一応訊《たず》ねてみる。

「俺《おれ》、やなっさんの図星的部位を刺激《しげき》するようなこと、なんか言ったっけ……?」

柳澤はウーロン茶で口の中のびっくりなあれこれを一気に飲み下しながら、万里の顔をちらりと見やった。そして唇を舐《な》め、息を吸い、そっと吐き出すように、

「……おまけんに、目当ての人が、いるんだよ」

言った。

その頰《ほお》が、瞬間《しゅんかん》いきなり火照《ほて》ったのが万里の目にもはっきりとわかった。他《ほか》のみんなにもわかったのだろう。

はっ！　とその瞬間、火照り中の柳澤を除いた四人の視線《しせん》が空中で交差する。

そう、なにを隠そうこの四人の面々は、この夏の間ずっと「光央《みつお》をそっと見守り隊」として静かなる不行動で通してきた面々でもあった。

「……俺が本当に撮《と》りたいのは、ていうか見ていたいのは、リンダ先輩《せんぱい》……なんだよ」

──ついに、か。

「これを機会《きかい》に、あの人ともっとお近づきになれたらみたいなのも、まあ、実のところ、なきにしも、すまん、あらず……っていうか……もちろんそれだけじゃねえ。作品のために、おまけんの踊るところを撮影《さつえい》させてもらいたいってのは本当だし、俺にとってはそれが一番大事なんだけど。……けど、ちょっと前からどうしてもあの人のことが気になって、なんていうか、好きで……片想《かたおも》いを……ああもうなんだよ!? だめ！　これ！　俺なに言ってんだ！　すっげーうぜえ！　いやだ！　なんかこういうの、耐えられねえ……！」

顔を真《ま》っ赤《か》にしたまま、柳澤はやけになったように白飯をがつがつと食い始める。万里は思わず、彼の白飯の上に焼けた肉をそっとあしらってやってしまう。

ついに、白状したのだ。

柳澤がリンダと店に入っていく現場を目撃《もくげき》してしまったあの日から、思えばほぼ一か月半。リンダのリの字も出さないで、よくぞこれまで黙《だま》っていたものだと思う。見守るモードでいた面々のことなどつゆ知らず、柳澤は「だぁっ！」と気合の一声。白飯を完食して伏せかけた顔をがばっと上げるなり、やたらめったら、また肉を焼き出す。堰《せき》を切ったように語り出す。

「実は、何度か、飲みとか、行ったんだけどさ……！　もう完全に俺の片想いで……！　だめなんだよ、なんかもう全然、普通に思いっきり一方通行っていうか……どうすりゃいいのかわからないグズグズ状態……！」

万里《ばんり》は二次元《にじげん》くんを見た。(やっと自らの口で白状したな)と。
それに頷《うなず》いて、(ああ、ついにだな)と二次元くんは千波《ちなみ》を見た。
千波は肉を食いながら、(でもあたしたちが知ってたってことはもちろん伏せるよね)と。
ああ、もちろん。伏せるよな。そうだよな。それが見守りモードの最終形態だよな。声には
ならないそれぞれの思いが、焼き肉臭の充満する空間に飛び交う。そして音もなくぴたりと合
意に達する。さあ、思いっきり驚《おどろ》いた顔をしてやろうぜ、せーの……。
しかし世の中には、そんな空気も読めない奴《やつ》がなぜだか一定数混じっているもので、ここに
おいては、
「あらあらあら! なーにを今更! ほほほほほ! 光央《みつお》が片想《かたおも》いに悩んでいたことぐらい、
私たちはず〜〜〜〜〜〜〜〜〜……っと前から知っていたよ! ほほほほほほ!」
香子《こうこ》であった。なぜだか楽しげに高笑いまで交えて。座ったままで器用に仰《の》け反《ぞ》って。
えっ……!? と呻《うめ》いた柳澤《やなぎさわ》とシンクロして、さらに他《ほか》の三人も同時にえっ……!? 言葉を
失う。いきなり静まり返ったテーブルの空気にも、多分《たぶん》香子は気づいていない。
「実は私たち四人はね、夏休み中に目撃《もくげき》しちゃったの! 光央がリンダ先輩《せんぱい》と二人《ふたり》でいるとこ
ろ! 見ただけでとりあえず事態はだいたいわかったし、黙《だま》っててあげようか、みたいな話に
なって、私たちみんなでそっと光央を見守っていたんだよ! ねえー! そうだよねぇー!
みんなぁー!」

君はライブ中の歌手か、と言いたくなるようなテンションで、香子は耳に手を当ててオーディエンス（三人）のレスポンスを待っている。彼女の右手にマイクでもあれば、絶対こちらに向けてきている。

「……そ……そうなのか……!?」

柳澤もみんなのレスポンスを待っている。照れとか恥ずかしさといった繊細《せんさい》な感情よりはむしろ、剝《む》き出《だ》しの人間不信をあからさまに顔面に張り付けて。

「つまり……俺《おれ》のみっともない片想いっぷりを……はたから眺めていたのかよ……？　みんなして、ずっと……おもしろがってでもいたのかよ……？」

万里も、二次元も、千波も、固まってしまってレスポンスなど返せない。明らかにこじれかけたこの空気、もはや取り返しがつかない。一人《ひとり》元気なのはKY界のすっとぼけ女最終兵器、加賀《かが》香子だけ！

「まあそういうわけだから、撮影《さつえい》の件は了解だよ。私たちに任せておいて。ちゃーんと話を通してあげるから。光央はどーんと片想いヅラぶら下げて待っててよ。ね、万里！」

「う、うん……通します、ええ、そりゃもう……全力で」

この世の果てまで突き抜けた挙句に虚無の限界に正面衝突《しょうめんしょうとつ》、そのままバラバラに砕け散りそうになっていた柳澤の視線《しせん》が、そのときいきなり万里の顔の真ん前にレーザービームの如《ごと》く収束した。イケメンが見ている。じっと見ている。俺を見つめている。なぜかはわからない。

わからないが、とにかく不穏《ふおん》な予感が満載ではあった。

「……なあ万里《ばんり》。ちょっと、二人《ふたり》で肉、取りにいかねえ？」

くい、と親指で肉ゾーンを指し示され、はい……と万里は頷《うなず》くしかなかった。

子供たちが大騒《おおさわ》ぎしながら綿あめマシンに群がり、その歓声は肉ゾーンにまで響《ひび》き渡っていた。

万里はとりあえず、とりあえず、という以外のなにものでもない行動原理でとりあえず、皿とトングを手に取った。とりあえず、ハラミでも……と思ったが、

「……それ、一旦《いったん》置いとけよ」

「あ、でも、取り皿に接触させちまった……生肉戻すのってNGっぽい……」

「……じゃあ、持っとけよ」

柳澤《やなぎさわ》は整《ととの》った顔をやや硬く引《ひ》き締《し》め、人が通らない冷蔵スペースの片隅に万里を誘った。

他《ほか》のみんなには聞かせられない話をされるのは、もう確実《かくじつ》のムード。そしてあまり楽しい話ではなさそうなのも、また、同じレベルで確実なムード。片手に生肉を載せた皿を持ったまま、

万里はとりあえず、

「ごめん、やなっさん……」

謝《あやま》ってみた。

「別に俺《おれ》たち、やなっさんのことおもしろがってたわけじゃないんだ。そういうつもりじゃなくて、外野が余計なことをしない方がいいよなって思って、知らないふりしてたんだ。それがやなっさんのためだろう、って……でも、確《たし》かに感じ悪かったよな。ごめん。ほんとに」

とりあえず、ではあったが、そして片手には生肉というふざけたスタイルでもあったが、万里は今、心の底から本気で謝りたいと思っていた。そしてそれは、ちゃんと柳澤にも伝わったのかもしれない。

恐る恐る柳澤の顔を見やると、そこに怒りの色はもはや一切なかった。ただすこし曇《くも》った表情をして、「いいよ。それはわかった」と柳澤は頷いてみせてくれた。

「……そもそも、先にみんなに隠し事なんかしてたのは俺だもんな。それがばれてたからって、気を悪くするなんて大人《おとな》げねえよな」

そして、ちょっと息を詰め、

「……俺がリンダ先輩《せんぱい》とのことを一切誰《だれ》にも、おまえにも話さないでいたのは、なんていうか……簡単《かんたん》には説明しがたい、心の……なんていったらいいんだろうな、屈折？　そんな感じのがあったせいでさ」

だから俺こそごめん、と。

「な、なんだよやなっさん、謝ったりすんなよ！　友達だったら恋愛事情をなんでもあけすけに話さなきゃいけないなんて決まりはないって！　そんなの自由でいいんだって！」

「いや、ていうか、なんていうか……俺《おれ》は、おまえに、変な嫉妬《しっと》みたいな……妄想で勝手に悔しい、みたいな、そういう気持ちが実はあったんだ」

「し、嫉妬？　って、やなっさんが？　俺なんかに？」

自分が知っている男の中でも恐らく一番「かっこいい奴《やつ》」の意外すぎる言葉に、万里《ばんり》は虚を突かれた。まさか、と思う。この柳澤光央《やなぎさわみつお》が嫉妬するような要素が、自分のつまらぬ身の上などに存在しているとは到底思えないのだが。

「……俺の目には、おまえとリンダ先輩《せんぱい》の間には、サークルの上下関係だけじゃなくて、もっと別のなにかがあるように見えた。俺にはわからない、教えてもらえない、強い関係で繋《つな》がってるんじゃないか、って」

「——え」

息を飲んだ。柳澤は、やや俯《うつむ》いたまま言葉を継ぐ。

「一度そう思い始めたら、たとえば前におまえがケガしたとき、リンダ先輩が部屋《へや》で看病してたこととかさ、なんか他《ほか》にも色々……本当にいろんなことが際限なく気になり始めて……自分でも嫌《いや》になるぐらい、すげえ暗い気持ちで、おまえのこともなんていうか……万里は本当には俺のことを、受け入れてくれてはいないんじゃないか？　俺には決して踏み込ませてもらえない部分があるんじゃないか？　……って、疑い始めたりもして」

身体《からだ》が固まって、動けなかった。

心臓《しんぞう》だけが、嫌《いや》な高鳴り方をしている。

万里が今まで柳澤に話さずにいたことに、柳澤は自力で辿《たど》りついてしまったのだろうか。

「そんなふうに疑うなんて、全然いいダチじゃねえよな。俺、こんな状態でいる自分が嫌なんだよ、心底」

「……」

「だから一度だけ。これっきりにするから、はっきり訊《き》かせてくれ。俺が知っている多田《ただ》万里と林田奈々《はやしだなな》は、おまけんの先輩と後輩。——それ以外に、なにかあるのか？」

「……」

「隠してることとか、なんにもないか？」

柳澤の目が、万里の目をまっすぐに覗《のぞ》き込んでくる。

ずっと話さずにいたことを、今、話す時がきたのだろうか。

きたのかもしれない。

肉なんか片手に持ってしまっているが、そして肉に取り囲まれてもいるが、でも、こうまでまっすぐ訊かれてはもはや答えを逸《そ》らすのも変だ。言うのは今だ。

そう思い、息を吸う。

「あのさ」

話しそびれてしまったまま、隠し事があるまま、自分はここまできてしまった。それはやっぱり無理があった。そのせいで友達を苦しめている。だから今こそ、本当のことをすべて話さないといけない。

それに元々、知られてまずいことなんかではなかった。ただ、始めに言いそびれてしまったから、その後改めて言い出せなかっただけだった。話さずにいたこと、純粋にそれ自体こそが、本当にそれだけが、なにより気まずい事実だった。

話せばいいんだ。切り出す機会《きかい》を柳澤《やなぎさわ》がこうして作ってくれた。

これで全部がうまくいく。ちゃんと治る。いいようになる。

「……あの、さ……」

——自分とリンダは、高校の同級生で友達だったと。そう言え、自分。

(自分は事故で記憶《きおく》を失っていて、大学で再会してもしばらくはリンダのことがわからなかった。自分はかつて、リンダに片想《かたおも》いをしていた。その感情があるとき戻ってきたことがあって、それは香子《こうこ》を傷つけた。二度とそんなことにはならないように、自分とリンダの間では、過去の関係はなかったこととしておこう、という話になった。)

(でも、今は、そんなふうに無理矢理《むりやり》なかったことにしなくてもよかったと思っている。今の自分は今の自分のまま、過去にそういう自分がいたことを知った。でもそいつは消え、自分が生まれた。一人分《ひとりぶん》の人生を引き継いだ。ただそれだけのことなのだと、自然に受け入れることができた。)

(自分自身もだし、リンダもだし、かつての友人たちも、家族も、今の自分が生きているこの現実をすごく尊重してくれている。大切に思ってくれている。だから、全然大丈夫。今はなんの問題もない。)

——そう言え。多田万里《ただばんり》。

「……あの……」

大丈夫だろ。

なんでもないいんだろ。

今はなんの問題もないんだろ。

(大丈夫だ、大丈夫、大丈夫、大丈夫……)

だって大丈夫じゃないか、もう大丈夫じゃないか、大丈夫になったじゃないか。あいつは川の底だ。落ちて、沈んで、死んだのだ。この目でみたじゃないか。あいつがここにいる俺《おれ》の存在を脅《おびや》かすことなんてもはやできやしない。あいつが戻ってきて、俺が消えて、目の前の友達とも二度と会えなくなるなんてこと、家族とも恋人とも二度と永遠に会えなくなるなんてこと、誰《だれ》も俺のことをわからなくなってしまうなんてこと、絶対、絶対に、あるわけがない。

それになんだかんだでここまでこうして生きてきたじゃないか。これからもこうやって生きていくんだ。時々は妙なことになるかもしれない、でもそれだけだ。今まで通り、これからも、何十年も自分の人生は続くのだから。

だから、大丈夫——

「……」

なのに。

どうして声が出ないのだろうか。

突然に血の気が引き、全身が一気に冷える。激《はげ》しく震《ふる》え始めた片手を、気づかれないようにデニムのポケットに無理矢理《むりやり》ねじこんだ。切り刻まれて血の汁がまだ滲《にじ》み出ている肉の皿を持った手は、しかしどうにもできない。どうしよう。気づかないでくれ。ガタガタ赤い生肉震わせて、意味不明に黙《だま》り込んでいるこの挙動の不審《ふしん》さに、気づかないでくれやなっさん。

ひたすらそれだけを願《ねが》う万里《ばんり》を見て、柳澤《やなぎさわ》はどう思ったのか、

「……ごめん！」

もう一度、万里に謝《あやま》った。

最初のも、これも、柳澤が謝る必要など本当は全然なかった。

「俺《おれ》、ほんとどうかしてるな。ごめん、万里。おまえを変なふうに疑ったりして、あんな言い方……俺は嫌《いや》な奴《やつ》だ。片想《かたおも》いがうまくいかなくて、ちょっとおかしくなりかけてんだ、多分《たぶん》。許してくれよ。俺、おまえとこれからも友達付き合い続けたいし」

やめてくれ、と背中が凄《すさ》まじく硬直する。叫び出してしまいそうだった。

謝るなんて、許してくれなんて、そうじゃないんだ。俺がおかしいんだ。隠し事をして、話す勇気もなくて、なにも言えなくなっているこの多田《ただ》万里がすべて悪いんだから。

「も、」

どうして、こんなふうになってしまうんだ。自分の弱さに苛立《いらだ》った。最悪。最低。嘘《うそ》つきだ、自分は。しかも、この嘘はなんの利益にもならない。ただプレッシャーに耐えられなくて逃げ出したというだけなのだ。

「……もちろん、そうだよ。ずっと友達だろ、そんなの、当然……だからもうやめようぜ、謝ったりとか、そういうの……」

「……なんかおまえ、すごい顔色……大丈夫か？　俺が変なこと言い出したせいか？」

ぶんぶんと首を横に振り、どうにか笑顔《えがお》を作ってみせる。「大丈夫」と答え、頷《うなず》いてもみせる。

「なんでもない、照明の加減だろ」

そうだ。最悪で最低だけど、でも——大丈夫だ。大丈夫にするんだ。

今日《きょう》は突然のことでうまく話を切り出せなかっただけ。もっとちゃんといいタイミングで、上手《じょうず》に話せる機会《きかい》を作ればいいのだ。

大丈夫。全然大丈夫。ただ、柳澤に申し訳ない。それだけだった。絶対に次は話すから、すべて、と声に出さずに万里は誓った。もちろん二次元《にじげん》くんにも。千波《ちなみ》にもだ。こんな自分を受け入れてくれている、新しい友達みんなにだ。

「よし、じゃあ、肉とって戻ろうぜ。それはなんだっけ、ハラミ？」

「おお、ハラミハラミ。実はちょっと野菜食いたいけど、二次元《にじげん》くん切れちゃうかな」

「いやあ、なんかもうソフト食いまくってるしいいんじゃやね？」

席に戻ると、香子《こうこ》の顔が若干暗くなっていた。ジャックナイフな二次元くんプラス千波《ちなみ》に、さっきのＫＹぶりを責められたのかもしれない。

「おかえり、万里《ばんり》、光央《みつお》。……あのー、えーと、光央、さっきの件だけど……」

いいよいいよ、と柳澤《やなぎさわ》は、珍しく下手《したて》に出てきた幼馴染《おさななじみ》に鷹揚《おうよう》に手を振ってみせた。全然気にしてねえよ、と。ちょっと安心したように息をつき、香子は肩を竦《すく》めて万里の顔を覗《のぞ》き込んできた。やっちゃった、と言うように、小さく舌を出す。

その顔を見てちょっと笑ってしまいそうになりながら、

（まあ、実際、大丈夫、なんだけど……）

万里は、傍《かたわ》らの香子の手を、テーブルの下でぎゅっと強く握った。

（ぶっちゃけ……頓服《とんぷく》が欲しい気分かも……）

薬は全部、部屋《へや》に置いてきてしまった。だから今は、不安に対抗する手段がこれしかない。

さらに強く力を入れて、温かな、大切な、たった一人《ひとり》の人の手を握る。

「……？」

ちょっと驚《おどろ》いたように万里の目を見て、しかしすぐににっこり微笑《ほほえ》み、香子は同じぐらいの強さで手を握り返してきてくれた。真《ま》っ赤《か》な生肉を捧《ささ》げ持って晒《さら》したまま、必死に震《ふる》えを隠そうとしていたグズの手を。

＊＊＊

明日《あした》からの後期の講義《こうぎ》に備えて、満腹の一同は駅で解散することにした。

香子だけが、「ちょっと万里の部屋《へや》に寄っていってもいい？」と、みんなと一緒《いっしょ》には帰らなかった。

もちろん、悪いわけなどありはしない。じゃあまた明日〜、とみんなと手を振り合って改札で別れ、遅くまで開いているスーパーとドラッグストアで買い物をし、二人《ふたり》して何度も繰《く》り返し通ったいつもの道を歩いて、万里の部屋へと戻ってきた。

「はー、今度こそ本当にただいまーって感じだ」

電気をつけ、さっき廊下に放り出したままだったバッグを部屋の中へと改めて運び入れる。

水だのティッシュだのボディウォッシュだの、結構でかくて重かった買い物袋もどさっと下ろして、万里《ばんり》はようやく息をついた。ぱんぱんになった腹の重さは、寄り道の買い物程度ではまったく解消されていない。

「本当におかえりーって感じ！　だ、け、ど……」

香子《こうこ》も同じなのだろう。腹のあたりをさりげなくバッグで隠し、

「それよりとにかく、ものすごくおなかが重たい！　ああこれ、やばい予感……なんだか私、人生最大の満腹状態かも」

「結構ノリノリで食ってたもんな。俺《おれ》も超やばい、ライスのおかわりまでしちゃったし」

二人《ふたり》して、ラグの上にぺったりと座り込んでしまう。このまま尻《しり》から重さで床にめりこんでいってもおかしくないような気さえする。とんでもなく、ものすごく、どうしようもなく、腹いっぱいなのだ。二次元《にじげん》くんの指揮の下、終盤《しゅうばん》の追い上げは凄《すさ》まじかった。肉肉肉、肉ラッシュ。タンの連弾がリズムを刻み、カルビの花びらが舞《ま》い散って、ロースのドレスが幾重にも翻《ひるがえ》り、元は恐らく取れただろう。それはこの腹の中身の量が証明してくれるはず。一旦《いったん》座り込んでしまうと、もはやまともに動けないほどに苦しいのだ。

「ああ、もうだめ……おなかもだけど、においも限界。自分から立ち上る焼き肉のにおいで、さらにおなかがいっぱいになっていく……」

香子はごろっと身を投げ出し、床に転がるようにして、いま持って上がってきた買い物袋から衣類用の消臭スプレーを摑《つか》み出した。それを「お願《ねが》い」と万里に差し出してくる。そして、

「遠慮《えんりょ》はなしで結構だよ。全身、いっちゃって」
覚悟完了の面持《おももち》で床に大の字になるのだが。かけろ、という意思表示だろう。
いいのか、こんなことで……そう思いつつ、香子の頼みなのだから仕方ない。万里が膝立《ひざだ》ち
になって転がる彼女に思いっきり噴射《ふんしゃ》しまくってやると「……んほおほむほっ！」むせている。
しかしめげずにそのままゴロンと裏返り、さらに背面にもと言う。
請《こ》われたとおりにバシュバシュとスプレーしてやりながら……なんだろう。こんなふうに無
防備にゴロゴロしている香子を見ているうちに、湧《わ》きあがってきたこの感覚は。すごく華麗《かれい》な、
麗《うるわ》しい、美貌《びぼう》の、完璧《かんぺき》なる……子豚……に見えてくるのだ。俺は今、子豚を消毒している。そ
んな気持ちが高まってくる。口に出してしまったら、多分《たぶん》とんでもないお仕置きが待っている。
だからもちろん黙《だま》っているが。
「なに？　なぜ笑ってるの？」
「い、いや……俺もちょっとむせただけ……って、そうだ、胃薬はいる？　俺は飲むけど」
「いるいる、飲む」
よっこいしょ、とじじむさく立ち上がり、台所に向かう。歩く自分の頭がくさかった。服も
なにもかも、凄まじく焼き肉くさい。自分も子豚みたいに消毒してもらおうかとも思うが、ど
うせ後は風呂《ふろ》に入って服も洗濯《せんたく》するだけか、と思い直す。いいや、これは勲章《くんしょう》だ。焼き肉食べ
放題という戦場から帰還《きかん》してきたつわものの証《あかし》。

サッシを開き、すっかり秋めいて涼しくなった夜風を部屋《へや》に入れる。ついでにひょいっと覗《のぞ》いてみた隣《となり》には明かりがついていなくて、留守のようだった。

「NANA先輩《せんぱい》いないみたいだ。メイコパン、今日《きょう》の内に渡そうと思ったのに。そして夜のお菓子うなぎパイも……香子《こうこ》、パン持って帰る？」

「え、いいの？　万里《ばんり》の分なくなっちゃうよ」

「まだ十個ぐらいあるから。冷凍すれば何日かいけるかもって言われたけど、やっぱおいしいうちに食べられるのがパンの本望だろうし。なんかまだ冷蔵庫が全然ぬるいし。五個ぐらいどう？」

起き上がり、うれしいー！　と笑顔《えがお》＆マーメイドポーズ（横座りで胸に交差した手）で喜びを表現した香子を眺めつつ、胃薬を二つ飲み下す。頓服《とんぷく》はもはや必要がなさそうだった。

久々とはいえとっくに慣《な》れ親しんだ狭い部屋は、目をつぶっていても動けそうな気がする。

リモコンでテレビをつける。ドラマ、「違う」、クイズ番組、「いや！」、野球中継、「や〜だ！」、ニュース、「うーん……」、健康番組、「あ、これ！　見て万里、外反母趾《がいはんぼし》の恐怖だって！　きゃー！」お気に召したチャンネルが見つかってよかった。

香子は満腹のせいかいつもより緩慢《かんまん》な動きで、傍目《はため》にはぼけっと、外反母趾の恐怖に震《ふる》えている。手にはコンビニで買ったペットボトルの黒ウーロンを、栓《せん》も開けずに持ったまま。

棚から香子用のグラスを出して水を注《つ》いでやった。雑貨屋で一緒《いっしょ》に選んで買った琉球《りゅうきゅう》グラスで、謎《なぞ》の渦巻き模様が目印だ。薬とともにグラスを手渡してやる。香子はそれを飲み干すと、空になったグラスに黒ウーロンを注ぎ、「はい飲んで」と万里に手渡し返す。

「万里にはこれが必要だよ。私の倍ぐらいお肉食べてたんだから」

「珍しいもの買うなと思ったら、俺《おれ》の脂肪を分解する用か……」

「私の脂肪もね」

注がれた分を飲むと、香子は続いて同じグラスに自分の分を注いで飲む。さりげなく片手を腹のあたりにやって、軽く揉《も》みしだいているのはバレている。こんなもんで飲むなり腹が引っ込めば、それは結構大事《おおごと》だろう。

「香子は明日《あした》二限だっけ？　あんまり遅くならないように帰らないと」

「ん、そうなんだけど……帰る前に、万里に用事があるのよ。でも、その用事を完遂するには、ちょっと食べすぎちゃって苦しいの。……もうちょっと待って。今急いで消化してるから」

「まあごゆっくり。俺はあっちで洗濯《せんたく》もの片づけてくる」

「洗濯？　するの？　今から？」

いぶかしげな香子を部屋に残して、洗面所にスポーツバッグを持ちこんだ。衣類は全部実家で洗濯してもらったし、汚れ物なんか持ち帰ってはいない。ドアを閉め、万里は恭《うやうや》しく紺色《こんいろ》のビロードの小箱を取り出す。

そっと開くと、そこにはちゃんと綺麗《きれい》な石が嵌《はま》った金色《きんいろ》の指輪《ゆびわ》が鎮座《ちんざ》している。

（どんな顔するかな……）

これを香子《こうこ》に差し出した瞬間《しゅんかん》のことを想像すると、どうしても頬《ほお》がゆるんでしまう。セリフはどうしようか。

にこっと笑顔《えがお》で、「はい、お土産《みやげ》だよ！」……これは違うだろう。「はい、うちのお母《かあ》さんがくれた指輪《ゆびわ》を君にあげる！」……間違いではないが、なんというか、若干マザコンっぽさがにおうか。「プレゼントがあるんだ」……自分が選んで買ったものでもないのに、ちょっとズルいかも。「うちの母親のなんだけど、彼女に渡せっていわれて預かってきた。受け取ってもらえたら嬉《うれ》しいんだけど」……こんな感じ？

そして渡し方はどうする。箱のまま、ぽん、と渡すのだろうか。それとも指輪を出して、香子の指にずいっとダイレクトにいくのだろうか。そしてサイズは合うのか？　大きすぎたならともかく、指に入らなかったら気まずくはないか？　そしてその場合、どの指に？　まさか左手の薬指ではないよな？　右手の薬指とかか？

できるだけスマートに、かっこよく渡したくて、万里《ばんり》はしばし便座に座って思案する。海外ドラマなんかで見たことがあるパターンでは、それまでカップルが普通に会話していたのに、男性側がいきなりさっと跪《ひざまず》いて、小箱を開くのだ。すると中にはキラッと輝《かがや》く指輪があって、女性側が「!?」と驚《おどろ》き顔《がお》になり、そして「marry me……」って、おい。それはプロポーズだよ。そうじゃなくて……そうそう、そういえばこんなのもあったっけ。それまでカップルが普通に食事していたのに、デザートを食べていたらその中からキラッと輝く指輪が出てきて、女性側が「⁉」と驚き顔になり、そして「marry me……」って、おい。それもプロポーズだよ。

（もしかして、男がこっそり用意しておいた指輪を恋人に渡すという行為は、世界的には、ほぼプロポーズと同意なのか……？）

まさか、そこまで考えてはいなかったのだが。今までは。もうちょっとカジュアルな、恋人の証《あかし》、みたいな……母親の青春時代の思い出を託す、みたいな……そして指輪をつけた姿は当然母親に見せたいから、実家に連れて行くことの約束手形、みたいな……。

待てよ、と万里は見る者もいないのに、一人《ひとり》でぐっと眉《まゆ》を寄せた。

（……俺《おれ》は、気づけば、結構重たいことをしようとしている……のか？）

はっ、と手の中の意外に重みのある小箱を見やる。母親は福山《ふくやま》の話などでごまかしながら、要するに、「嫁さんとして連れてこいよ！」ということが言いたかったのだろうか。これってそんなメッセージだったのだろうか。確《たし》かに、メイコが現れた直後はずっと「いいないいな、若くてかわいいお嫁さんいいな」と繰《く》り返していたが。

そう思ってしまうと、

（……俄然《がぜん》、重大イベントじゃねえかよ！）

小箱を捧《ささ》げ持つ手が震《ふる》える。もちろんプロポーズなんて、こんな学生の身分で、あまりにも途方もないことだ。現実味なんかありはしない。でも——夢、みてしまうではないか。香子がこの指輪を受け取ってくれて、そしていつか、と約束してくれるその瞬間《しゅんかん》を。そのとき自分が感じるだろう、とんでもなく大きな幸福を。

ずっと香子《こうこ》と二人《ふたり》でワンセットとして生きていけたら。人生のパートナーになれたなら。他《ほか》の誰《だれ》でもない、唯一無二の相手として、お互いを選ぶことができたなら。そうしたら、そうしたら、つまり、要するに、

（……自動的に、加賀家《かがけ》の莫大《ばくだい》な財産とラーメン親父《おやじ》がついてくる……のか……！）

どよーん、と、いきなり重たく暗い雲が、輝《かがや》きかけた胸を覆《おお》う。

そうだった。未来だの将来だのを真面目《まじめ》に語ろうとするならば、加賀家のあらゆる意味でのスペシャルさを、忘れるわけにはいかなかった。

万里《ばんり》にとっては、本当に、香子は香子であるだけでいい。あの香子という名の生命体が巨大なソフトクリームを盛ってくれ、お安い肉を「案外おいしい！」とばかばか食い、モデル立ちでホルモンを「どの内臓《ないぞう》にしよっかな♪」と選び、調子《ちょうし》に乗ってでかくし過ぎた綿あめを「積乱雲《せきらんうん》みたいになっちゃった……」と持て余し、知らない子供に「これあげようか？　お姉《ねえ》さんが作ってあげたよ」と上から目線《めせん》で渡そうとし、「そんなのいらないっ！」と鋭《するど》く嫌《いや》がられ、そして満腹になってコロコロ転がって、自分の前でだけ子豚ヅラを晒《さら》してくれる——ただそれだけで、もう十分に完璧《かんぺき》な存在なのに。

客観的《きゃっかんてき》に考えてみれば、加賀家の人間と結ばれるということの余禄《よろく》は凄《すさ》まじいのだ。

香子だけでいい、というのは紛うことなき本音なのだが、そうは問屋《とんや》が卸《おろ》すまい。というか、よくよく総合的に考えてみれば、自分という人間はあまりにもはっきりと、明確《めいかく》に、逃げ場なく、加賀家の格にはふさわしくない。

両親も親戚《しんせき》も大好きだが、多田家《ただけ》は最高のファミリーだが、加賀家とは主に経済的な意味であまりにも不釣り合いだった。好きだから、という理由だけで二人の人生を結び合わせようなんて、もしかしてものすごく難《むずか》しいことなのかもしれない。

(母《かあ》さん……これは結構、ハードル高いぞ)

指輪《ゆびわ》を見やり、息をつく。卑屈《ひくつ》な気持ちには母のためにもなりたくないが、香子が普段《ふだん》している有名ブランドの指輪とは、きっと価格のゼロの数が違うだろう。香子はもちろんそんなことまったく気にも留めず、自分が渡したものなら、大喜びで受け取ってくれる……と信じている。そのはずだ。だからこそ、ハードルが高いのだ。

この指輪はただの指輪ではない。母の思い出と時が詰まった、この世にたった一つの特別な指輪だ。だからこれを渡すなら、プロポーズに準じるぐらいの覚悟で、香子の人生を引き受けたいという気持ちで、そして自分の人生も託すという気持ちで渡さなければならないと万里は思う。そして自分の心の準備と同じぐらい、渡すタイミングも重要だ。人生の大きなターニングポイントなんだぞ、と、香子にもわからせてやらねばならないのだから。

これを受け取って、本当にいいのか。受け取ってくれたなら、俺はそのつもりになるぞ。俺は未来を夢見るぞ。本当にそれでいいんだな。と、知らしめてやらなければ。つまりそれなりのムードが必要になってくる。

少なくとも、「はいこれお土産《みやげ》～」ほい、「わ～ありがと～！　じゃあ明日《あした》、二限のあとでロビーのいつものとこね～」、ではない。絶対にない。

というか……今日《きょう》、ではない。どうやら。万里《ばんり》は慌てて、小箱を閉じ、バッグの底にしまい直す。こんな焼き肉食べ放題直後の全身脂臭むんむん、腹いっぱい状態で渡していい代物《しろもの》ではない。なにしろ母の青春と息子《むすこ》への期待がこめられていて、自分の未来もかかっているのだから。

もっとちゃんと、しかるべきタイミングで、ふさわしいムードとともに、準備万端でこれを香子《こうこ》に手渡そう。完璧《かんぺき》に。

そう決意して、洗面所を出た。

「……ごめん、お待たせ……あれ？」

違和感の正体はすぐに知れた。いきなり暗いのだ。

部屋《へや》の電気が消されていて、ベッドサイドのランプだけが灯《とも》されている。突然ムーディーになった部屋の真ん中に立ち、香子は万里を待っていた。

「どうした？　肉は消化できたのか？」

「ぼちぼちだよ。……ねえ、万里。さっき話したこと、覚えてる？」

「……脂肪を分解する話？」

「じゃ、なくて」

「外反母趾《がいはんぼし》の恐怖？」

「違う。食べ放題のお店に入った時の話だよ。私に起きた変化について」

長い髪をゆっくりとかきあげて片方の肩にまとめて垂らし、オレンジ色の小さな光に照らされて、香子はじっとこちらを見ている。

「ああ、紙袋の話？」

「そう。紙袋の話。……これ、実は万里へのプレゼントなの」

え、と驚《おどろ》いて万里は香子を見返してしまった。指輪《ゆびわ》を贈《おく》るのに先んじて、香子が自分にプレゼントを用意してくれていたとは。渡された紙袋はずしりと妙に重たくて、中に厚紙でできた箱が入っていた。

「うわ、ありがとう、なんだよ急に、驚くじゃん」

「あけてみて」

目をキラキラと輝《かがや》かせて、香子は万里がその箱を開くのをじっと見ている。いきなりの先手プレゼントにまだすこし戸惑ったまま、万里はそれでもやはり嬉《うれ》しく、香子が渡してくれたケーキでも入っていそうな箱を逸《はや》る気持ちで開けてみた。

「こ、これは——！」

「えへへ……気に入って、もらえたかな？」

「これは……これは、これは、こ、れ、は……」

香子《こうこ》はなんだかもじもじと、頰《ほお》を両手で押さえて万里《ばんり》の表情を窺《うかが》っている。とりあえず、そんな香子に万里は笑ってみせる。香子も笑っている。笑いながら、万里を見て、気に入ってもらえたかどうかの返事を待っている。

最高じゃーん！　気に入ったよ！　と、飛び上がってみせるのは簡単《かんたん》だった。でも、根源的な問題が万里の手の中にそびえ立っている。

これは、なんだ。

訊くのは失礼だろうか。でも、訊かずにはわかりそうもない。わからないまま口先だけで、「気に入った」発言をするのはいけないことだ。それになにか危険もあるかもしれない。万が一、「よかった！　じゃあ丸呑《まるの》みしてみて！」とか「直腸にずぶっと挿入《そうにゅう》してみて！」とか「眉間《みけん》に脳まで突き刺してみて！」とか言われてしまった場合、対処するのは難《むずか》しい。

本当に、見れば見るほど意味のわからない物体なのだ。

一抱えもあり、白っぽく、重くて、奇妙な形をしている。ロケットミサイル？　ボーリングのピン？　アーティーチョークの一部？　待って、アーティーチョークってなに？　とりあえず紙粘土かなにかでできていて、分厚くニスで塗装され、てらてらと光り、流線型《りゅうせんけい》で、尖端《せんたん》の尖《とが》った、いまだかつてみたことのない……前衛的《ぜんえいてき》な立体物。どこもかしこもヒントのようでいて、そうでもない。どんな角度から見ても正体がわからない。用途のわからなさでいえば世界に挑めるレベルかもしれない。

呆然《ぼうぜん》とそれを抱えて立つ万里の手に、焦《じ》れたのか、香子がそっと触れてくる。すこしはにかむみたいな上目づかい。

「あのね、万里としばらく離《はな》れ離《ばな》れでいたじゃない？　私はずっと、寂しかった。毎日万里のことばかり考えてた。会いたくて会いたくて、会えない時間が愛を育てたの。私、アーティスティックな感性でこの愛を表現してみようって思って、これを作ったんだよ」

「……そ、そうか。それはそれは……わざわざ……でも、ソフトクリーム激巻《げきま》きの時点で、香子の愛は俺にちゃんと伝わっていたとも」

「それどころじゃないの！　私が本当に万里に見せたい愛は、乳製品なんかには仮託しきれないよ！　もっともっとビッグなの！　そしてディープで、かつヘビィなの！　だからこれをプレゼントしたいんだよ！　ねえ、わかってる？　それがなんなのか」

わかっていない。と顔だけでマイルドに表現したのだが、香子には即、正しく伝わった。

「だめ！　わかって！」

「じゃあ……これは、そうだな……なんだろう。ええと……棍棒《こんぼう》……かな？」

すーっと香子の顔から麗《うるわ》しいはにかみが去っていく。能面みたいな苛立《いらだ》ちが、うっすら美貌《びぼう》の表面に張り付く。ああ、いけない……間違った。

「……いいよ万里《ばんり》。じゃあ、ひとまずここは仮に、棍棒《こんぼう》ってことにしておこうよ。さて、考えてみて。棍棒を万里にプレゼントして、それで私はなにを表現したいって思うの？」

「……俺《おれ》に、その棍棒で殴り掛かって、襲《おそ》いたいほど愛してる……？　とか、かな……？　うん、違うよな。はい、違うよね。ええ、わかってる。ごめんなさいマジで」

このまま烈火《れっか》のごとく怒り出すかとも思えたが、香子《こうこ》は意外なほど静かに瞬《まばた》きを繰《く》り返す。漆黒《しっこく》の睫毛《まつげ》がひらひらと揺れて、その奥の瞳《ひとみ》が光っている。

「……意外にも、一部は正解だよ」

「え？　うそ」

「これはね。正確《せいかく》には……エッフェル塔だよ」

「エ、エッフェル塔⁉　これが⁉　なぜ⁉　……うおおお⁉」

困惑しながら手の中のオブジェを見つめていた万里を、香子は突然ドスッ！　と荒々しく突き飛ばした。エッフェル塔であったらしきオブジェを抱えたまま、万里は背中からベッドに転がる。その上にまたがり、香子はいきなり顔を真《ま》っ赤《か》に染め、

「つつつつまり、そういうことなのっ！」

万里に覆《おお》いかぶさるように両手をシーツについた。息を荒らげて、

「私は決めたの！　万里が帰ってきたらそのときこそついにむすばらせられさせるそって！」

「ん、んん⁉」

「覚悟を決めたの！　私たちは今宵《こよい》、ようやく大人《おとな》のかぬけぬになりぬるのるをって！」

「えぇぇ⁉」

「……だから……わかってよ！　わかりなさいってば！　ああんもうっ！」

そして、顔ごと押し付けて、万里の後頭部を枕《まくら》に深々と埋めるような熱烈《ねつれつ》なキス。万里の頭は真っ白になる。とりあえずわかるのは、香子が自分に襲い掛かって、ベッドに押し倒したということ。そして身体《からだ》の上に跨《また》がって、押さえつけて、キスをしてきて、ラップワンピースのリボンに決然と手をかける。なにをしようとしているのかわかって、

「香子⁉　ちょっ、ちょっと、おわあああ⁉　待て待て待て待て！」

思わず万里は叫んでいた。が、

「待たないっ！」

しゅるっとそのまま、香子はリボンを解《ほど》いてしまう。はらりと簡単《かんたん》に前がはだけ、はだけるままに勢いよく香子は袖《そで》から腕を引き抜く。脱いでしまって床に放る。

今や、万里の身体の上に残されているのは、つややかなシルクの薄《うす》いキャミソールに繊細《せんさい》なレースの下着を透けさせて、発光するほど真っ白な太ももで跨り、薄い筋肉の綺麗《きれい》な形が淡い影《かげ》を描く腕で身を支え、わずかに震《ふる》えている香子。

「だから……わかって……！　お願《ねが》い……」

触れ合っている部分から溶け出してしまいそうに、香子の体温は高い。きつく唇を引き結び、

素肌を露《あら》わにしたままで、香子《こうこ》は熱《ねつ》を帯びている。

今にも壊《こわ》れてしまいそうな危うさで大きな瞳《ひとみ》を潤《うるお》ませて、なめらかな肌を万里《ばんり》に晒《さら》して、万里のリアクションを待っている。

万里は腹に跨《またが》られて、ふにゃっと柔《やわ》い餅《もち》のような内腿《うちもも》の柔らかさを胴体ではっきり感じ取って、もはや息もできない。全身ガチガチに硬直して、動くことなどできない。喋《しゃべ》ることもできない。

「……だめ？」

首を傾《かし》げる香子《こうこ》の髪が肩から一筋こぼれ落ち、万里の鼻先をくすぐった。透けるキャミソールのレースの向こうには、息づいて上下する二つの膨《ふく》らみ。信じられないほど柔らかそうに丸みを帯びて盛り上がって、たわわに実った果実みたいに、それらは万里の身体《からだ》の真上で揺れている。その狭間《はざま》の、深い深い陰翳《いんえい》。リボンのような細い肩紐《かたひも》が、はらりと落ちかけて引っかかる。思わず万里は指でそれを追い、

「万……」

触れた素肌のあまりの熱《あつ》さに、ぎょっと驚《おどろ》き、しかしもはや言葉など出なかった。脳内にぶしゃっと熱く濁《にご》ったなにかが噴《ふ》き出し、ゆらりと目の前が歪《ゆが》む。頭蓋《ずがい》の内側にじゅわっと熱くぶちまけられる。凄《すさ》まじい熱《ねつ》は脳の深くまで浸《し》みて、もう苦しくて耐えられない、なにもまともには考えられない。急《せ》かされて息が上がる。ただ、この肩を摑《つか》んで引き寄せたい。「ば」、抱

きしめて、「ん」、片脚を絡ませて、「……」、無理やり重なったままで体勢の上下を入れ替えて、

「……んぐふ……っ！」

体重をかけたところで香子《こうこ》が妙な声を発した。跳ね上がるように反射的、万里《ばんり》はごめん！　と０・１秒の早口で謝《あやま》りつつ慌てて身を離《はな》そうとするが、

「ちが……いいの……いいの、いいの、いいの……！」

万里の身体《からだ》の下から、香子が必死に両手を伸ばし、首に絡みついてくる。もう一度しっかりと抱き合って、香子の髪の中に顔が埋まる。顔をずらして唇を合わせると、そのままじわりと溶けていきそうだった。甘い香子の身体の匂《にお》いに酔って、万里はさらに力を込めて華奢《きゃしゃ》な、しかし信じられないほど柔らかな上半身を抱きすくめる。唾液《だえき》の味が同じになって、もうどうなってもいいのだと万里は思う。きっと香子も思っている。この相手になら、自分たちなら、なにを見せても、どんなことをしても、なにもかもがそれでいいのだ。恥ずかしいなら恥ずかしいでいい、気持ちいいなら気持ちいいでいい、なんでもいい、全部見たい、全部触れたい、全部かぎたい、全部舐《な》めたい、全部、全部、全部を許して許されて、自分の思うままにしたい。とにかく身体をくっつけて、汗も匂いもなにもかも、

「……んぐふ……っ！」

——じゃ、ないのか⁉　ないのかもしれない‼

再び万里はピーン‼　と綺麗《きれい》に腕立て状態、明らかに苦しげに呻《うめ》いた香子から必死の全力、

欲望に塗《まみ》れた身をまたもぎ離す。

「……違うの、違うから、万里、違う、これは、ほんとに……ぐふっ……ちょっと、胃が圧迫されただけ……だから、やめちゃだめ、だめだよ、だめなの、だってずっとこうしたかったんだもん……！」

一生懸命《いっしょうけんめい》にそう言って、香子はほとんど泣き出しかけて睫毛《まつげ》をわずかに濡《ぬ》らしている。頰《ほお》から胸元まで真《ま》っ赤《か》に染めて、潤《うる》んだ瞳《ひとみ》で髪を散らし、万里のことを待っている。

もはや返事などする余裕はなくて、そうかわかったとばかり、万里はTシャツを男らしく脱ぎ捨てようとした。が、KYな奴《やつ》はこんな非常時にいたってもとことんKY、だからこそKY、

「万里！　愛してる！」

大人《おとな》しくしていてくれればいいのに、万里が起こした身体に思いっきり下から抱きついてきた。体重をかけ、くにゃっと柔らかに、両腕で胴体に絡みついてくる。その肌の熱《あつ》さもシルクの感触も嬉《うれ》しいが、最高だが、でも今は、

「ちょっ、まっ、」

「ほんとにほんとに愛してる！」

Tシャツを脱ぐために前方でクロスしかけた腕をもがっちり捕えられ、万里は焦った。しかもその裾《すそ》を香子が摑《つか》んできて、力任せに引っ張ってきて、どうやら脱ぐのを手伝《てつだ》ってくれようとしているらしいのだが、

「あいたたたっ！　待て待て待って！」

襟《えり》ぐりが顎《あご》に引っかかってしまい、かえって全然脱げなくなる。首の筋が違いかけて慌てて腕を下ろそうとしたのが香子《こうこ》の目にはどう見えたのか、

「どうして抵抗するのよ!?」

「ち、違う！」

「大人《おとな》しくしなさい！」

「だから、違う……！　あああっ、ちょちょちょ……っ」

「泣いても喚《わめ》いても助けなんか来ないのよ！　さあ諦《あきら》めて私のものになりなさ……きゃあ！」

半端《はんぱ》な体勢から香子がさらに上下を入れ変えようとしたせいで、二人《ふたり》はそのままベッドから無様に転げ落ちた。ドタッ！　ガツッ！　と結構固めの音がして、

「こ、香子……!?　だいじょ……おおおっ!?」

「ま・だ・ま・だ、だよ！」

そのまま寝技をかけられた。万里《ばんり》は両脚を絡め取られる。フローリングに仰向《あおむ》けに倒され、胸の二つの丸い膨《ふく》らみで押さえこまれ、

「パリの夜はこれから……なんだから」

のしかかってきた香子はワイルドに床で続行の構えだった。濡《ぬ》れた唇をぺろりと舐《な》め、悪役のように底意地悪く微笑《ほほえ》み、もはや開き直った艶《あで》やかな視線《しせん》。肉食獣《にくしょくじゅう》が捕えた獲物《えもの》をじっく

りと見定めるように万里の顔を見下ろして、

「大丈夫だよ、万里。安心して……。私ちゃんと予習したから」

「よよよよしゅう!?　だ、誰《だれ》と!?」

「弟」

「おろうろぉ!?」

興奮《こうふん》と衝撃《しょうげき》で口が回らない。

「の、DVD。とか、ネットとかでも、まあ、いろいろ。……だいたい、大丈夫だよ。おそらく大丈夫。……だから私に任せて。う～んと優《やさ》しくしてあげ……うっ、ぐっ、ふっ……！」

口許《くちもと》を片手で押さえて、香子はいきなり顔を上げる。ええ!?　と万里は跳ね起きようとするが、空いた片手で制される。香子は真顔で一瞬《いっしゅん》眉《まゆ》を寄せ、

「ちょっと待って、ほんとに胃がやば、苦し……、……ううん、大丈夫。今、飲んだ」

「な、なにを!?」

「飲めた」

にこっ！

「だから、なにを!?」

「もう大丈夫だよ、だから……」

傍《かたわ》らのベッドに手をかけて、香子が自分の身を支え起こそうとしたその瞬間。

枕元《まくらもと》に放り出されていたエッフェル塔が、香子《こうこ》の重みで一度沈んだマットからピョンと跳ね上がる。そして小さく弧を描き、香子の脳天に尖《とが》ったところから、見事にぐさりとヒットした。まるで初めからそういう用途で作られたものの如《ごと》く。

「……〜〜〜〜〜〜〜〜っ」

声もなく、香子は脳天を両手で押さえ、そのまま転げ回って悶絶《もんぜつ》する。「うわあ！」と万里《ばんり》が身を起こす。

さすがに続行の構え……では、なかった。

しばしの後、二人《ふたり》の姿は仲良くベッドの上にあった。

シーツの上に身体《からだ》を伸ばして並んで横たわり、香子は、

「どうしてこうなるの……」

呆然《ぼうぜん》と呟《つぶや》く。

その傍《かたわ》らに寄り添う万里の手には、濡《ぬ》れたタオルハンカチがあった。コブになりそうな香子の脳天を、こうしてさっきから冷やしてやっているのだ。

事後でもないのにまったりムード、二人は枕《まくら》を分け合って、顔をほとんどくっつけあい、お互いの耳にしか聞こえない小さな声で話をしていた。

「ね、万里。今のこの、なんとなく落ち着いてしまった状態」

「うん？」

四つ並んだつま先が、それぞれ会話しているようにも見える。

「これがもしかして、俗にいう賢者《けんじゃ》モードってやつなの……？」

「……いや、違うな。これはきっと……コント後の楽屋ムード、かな……」

「やだ……こんな感覚、知りたくなかったよ……。ていうか、そもそも、あんなにたくさん焼き肉食べちゃったのが間違いの始まりだった」

「だよな。……なんか本当にやばそうな瞬間《しゅんかん》、あったし」

「間一髪で飲んだよ。危なかったよね。……でもこれでわかった。体調《たいちょう》を万全に整《ととの》えてなきゃロマンスもパリもどうにもならない、ってこと。次の機会《きかい》にまた挑むから覚悟しておいて」

「まあまあ、あせらず、俺《おれ》たちのペースでやっていこう。いくらでも時間はあるんだから。こんなのも、俺たちらしいっちゃ俺たちらしいし」

「……コント後の楽屋ムードが私たちらしいの……？　いやだぁ……もっとロマンチックなのがいいよぉ」

ぴたっと身体をくっつけてきて、香子は万里の耳元でうにゃうにゃぼやく。よしよしと脳天を濡れタオルでぴったり覆《おお》ってやりながら、万里は半分笑ってしまっている。

「ていうかほんと、なんでこんな……こんなのねえよな、普通……」

ふ、ふふふ、と堪《こら》えられず、香子《こうこ》も笑い出す。プロレスみたいな大騒《おおさわ》ぎの挙句、エッフェル塔の自作オブジェが頭に刺さって初体験《はったいけん》失敗、なんて、恐らくどこにもこんなカップルはいない。自分たち二人《ふたり》以外には。

「……私、万里《ばんり》が大好きだけど、万里と一緒《いっしょ》にいる自分のことも大好きだって思えるの。これって変かな」

笑いにふるふると肩を震《ふる》わせながら、香子は身体《からだ》を丸めこみ、万里の脇《わき》のあたりに猫のように顔を埋めた。

「私ってほんとはこういう奴《やつ》なんだよね……っていう自分を、万里はどんどん引き出してくれる。一番私が私らしくいられるのは、ここなの。自分の家の、自分の部屋《へや》にいるときよりも、私にはここが一番自分の場所なの」

そう言ってそのままぐりぐりと、万里の胸のあたりに鼻を押し付ける。

香子のブラウンの波打つ海みたいな髪に頬《ほお》を埋めて、万里も囁《ささや》いた。

「俺《おれ》にもそうだよ。ここしかない。居心地《いごこち》がいいところも、居場所だと思えるところもあるけど、でも帰りたい場所は、香子のところだ。ずーっと、本当に長いこと、ずっとずっとずーっと、俺はここを探してたんだなって思う。……見つけられて、よかったな」

「……万里、ついに私に陥落したね」

にやっと笑って、香子が顔を上げる。ちゅっと頬にキスを食らう。

「したした。しましたとも」

香子のこめかみのあたりに唇をつけながら、万里は腹筋で上体を持ち上げてちらりと時計《とけい》を見やった。あと少ししたら、香子をラーメン親父《おやじ》の家に帰さなければいけない。

長く息をつきながら腕を伸ばし、ぎゅうっと、香子を強く抱きすくめる。胸の中に捕まえられて、香子は「苦しい」とくぐもった声で笑っている。

このままでいたい。帰したくない。ずっと一緒にいたい。帰る家は一緒がいい。同じ家がいい。さよならなんていらない。いってきますとただいまとおかえりなさいだけでいい。シンプルにそう思って、でも、今は我慢しないといけないとも思う。

いずれだ。未来。将来。

そうなればいいのだ。さよならなんてなくて、ずっと一緒にいられる生活が、いつまでもいつまでも続けばいい。

そして香子と、この先も新しい日々を、ずっとずっと一緒に積《つ》み重ねていきたい——心の底から強く願《ねが》って、万里はもう一つ息をついた。

いつか今日《きょう》の出来事も、「懐《なつ》かしいね」と一緒に振り返ることができたなら、自分の一生はどんなに幸せだろうか。

3

随分長引いてしまったが今日《きょう》の講義《こうぎ》はここまで、と学生たちに告げて、教授が前方の戸口から出ていったのとほぼ同時。万里《ばんり》もバッグを引《ひ》っ摑《つか》んで後方戸口から廊下へと飛び出した。古びた幅広の階段を一段飛ばしで一気に一階ロビーまで駆け下り、壁掛《かべか》けの時計《とけい》を見る。はい、やばい。ずっと携帯で時間は気にしていたからわかっちゃいたが、やっぱりやばい。予定よりすでに15分以上オーバーしている。

誰《だれ》でも気怠《けだる》い四限の講義中、最前列で机に突っ伏し、堂々居眠りをかました奴《やつ》がいたのだ。そのあまりの居眠りぶり、眠気丸出しの無防備ぶりに、教授も最初のうちは「休み明けのせいか随分たるんでいる者もいるようだ。それも私の目の前で」などと、怒りながらも苦笑していた。弛緩《しかん》しきっていた大教室にほのかな緊張感《きんちょうかん》が走り、うつらうつらしていた他《ほか》の学生たちも慌てて背中を伸ばしたが、そいつは全然起きなかった。後ろの席からツンツン背中をつつか

れても、次第に強く、やがてバシバシとぶっ叩《たた》かれても、隣《となり》の奴に肩を摑まれて思いっきりガシガシ揺さぶられても。力強く寝息を立てたまま、眠りの軸は微動だにしなかった。地中にしっかりと根を下ろした大木のように、あるいは数万年の時を超えて大地に隆起した山のように、もしくは体力を生存できるギリギリのところまで削り取る地獄《じごく》の鬼練習の合間を縫《ぬ》ってようよう講義に這《は》い出てきた体育会所属の学生のように……というか、そうなのだろう。ガタイがいいし、耳までまっ黒に日焼けしているし、制服のブレザーも着ていたし。

まったく、というように教授は首を振りながら、そいつを放置しておくことにしたらしい。難解《なんかい》な教科書の内容へ戻っていき、そのまま四限の講義は続行されるのかと思われた。が。寝言なのかなんなのか。うふふふ、ふふふ、んふふふふふ……！　そいつは気色悪い笑い声をそこそこのボリュームでお漏らしし出し、後列の学生たちが怯《おび》え始めるに至って、教授は切れた。教壇《きょうだん》から降り、寝笑い続けるそいつの席につかつかと歩み寄り、耳元に口を寄せ、マイクの音量を無慈悲にもＭＡＸにして、「起・き・ろー！」とシンプルに一声。「はいィッ！」と寝漏らし笑っていた奴は、天から釣り上げられたみたいな勢いのよさで跳ね起きた。そこから教授はものすごい剣幕《けんまく》で延々と怒り出し、怒りの矛先《ほこさき》はやがて今時の学生全員に向けられて、その説教のせいで四限が随分長引いてしまったのだ。

急げ急げ、と法学部校舎の裏口から飛び出して、万里は古びた灰色《はいいろ》の街をぐんぐん走って横切っていく。すでに遅刻は確定《かくてい》だった。香子《こうこ》は廊下でしばらく講義が終わるのを待っていてくれたらしい。携帯には「なんだか長引いちゃってるね、私まで遅れたらまずいから先に行ってる」とメールが残されていた。

陽《ひ》が落ちかけ、淡く暮れたオフィス街の交差点を駆け抜け、赤信号を足踏みで待つ。おまけんが練習場所として借りている区の施設のてっぺんは、通りをすこしいった先、立ち並ぶビルのすぐ向こうに見えている。

大学は、後期が始まってまだ数日。今日《きょう》はこれからおまけんの、夏休み明け最初のミーティング兼練習が行われる……というか、もはや始まってしまっているはずだった。

信号はなかなか変わらなくて、二車線《にしゃせん》道路を遠慮《えんりょ》ない速度で飛ばしていく車の列も途切《とぎ》れない。排気ガス臭い風に前髪をぐちゃぐちゃにされてしまいながら、万里《ばんり》はパーカーのファスナーを下ろす。脱いでしまってTシャツ姿になる。すでに十月、しかも夕方、当たり前に肌寒くて肌がずあっと粟立《あわだ》つが、数秒でもいいから着替え時間を短縮《たんしゅく》したかった。

長い休みが明けた直後、キャンパスにはなんとなく違和感があった。後期の講義《こうぎ》も始まったというのに、妙に人気《ひとけ》が感じられなかったのだ。春にはあんなに騒《さわ》がしく、あちこちできゃあきゃあわいわい必死になって群れていた学生たちも、ぽつぽつと適当にばらけたらしい。狂騒《きょうそう》の春も、期待の夏も過ぎて、全員一斉に我に返ったかのようだった。いわゆる、素《す》だ。みんな、素。そもそも人口が減ったような気さえする。それは万里の気のせいというだけではなさそうで、顔見知りだった奴《やつ》がそっと辞めてしまっていたり、バカンスの怠惰《たいだ》に沈んだきり

「まだしばらく社会復帰できない」と学校に出てこない奴もいた。夏を惜しんでギリギリの日程で沖縄《おきなわ》旅行に出発し、後期が始まる前日に帰ろうとしたらピンポイントでその日、本島に台風直撃《ちょくげき》。那覇《なは》空港《くうこう》で足止め食らって、休みを延長せざるを得なかった奴も、約一名、いた。

そいつはともかく、とりあえず。季節は新しくなったけれど、学内にいるのは同じ顔。出るのは同じ講義。やるのは同じ教授。同じ駅で乗り、同じ駅で降り、同じ学食のおばちゃんから同じうどんを受け取って同じ席で同じメンツで同じ時間に食べる同じメシ。そしてこれからも続く同じ日々……。みんな、もうわかったのだ。今日も明日《あした》もさして変わらない。来週から一階ロビーをエレクトリカルパレードが横切るよ！　なんてことは絶対に起きない。うちの大学が世界遺産《せかいいさん》に!?　そんなこともももちろん起きない。女子の飲料水に誰《だれ》かが惚《ほ》れ薬《ぐすり》を投入しただとぉ!?　はい、ないない。解散。今年《ことし》はもうなんにも起きない。素。ずっと素。年度の半分をぼんやり終えて、新鮮《しんせん》さはとうに失われ、期待は日常に塗り込められ、学内にはすでに諦《あきら》めと退屈が重く垂れこめているようだった。

が。

信号が変わって、Tシャツ姿の万里は再びダッシュする。みんなが退屈に倦《う》んでいる中、おまけんには今日、ちょっとしたものだがフレッシュな新展開が用意されているのだ。本当だったら絶対遅れてはいけない日のはずだった。

万里は息を上げながら、忙しなく行き来するスーツ姿の人々の間をすり抜けて、練習場所にしている三階建ての古い建物にやっと飛び込んだ。

リハーサル室の手前の男子トイレで、デニムを脱いでハーフジャージに穿《は》き替える。タオルと踊り足袋《たび》をバッグから摑《つか》み出し、ソックスは脱いでバッグに突っ込み、練習中に着ようと思っていた替えのTシャツは温存して帰りに着ることに決定。そのまま廊下へ再び飛び出た。

ジャックパーセルを片手に、裸足《はだし》でリハーサル室の重い扉を押し開く。ミーティングはすでに始まっていて、丸くなって座り込んでいる先輩《せんぱい》たちの背中が見えた。その真ん中に、ヨガパンツと薄手《うすで》のパーカーで今日《きょう》もおしゃれに決めた香子《こうこ》が麗《うるわ》しく立っていて、

「ね。そうだよね、光央《みつお》」

ポニーテイルにした巻髪をゆらゆら長く揺らしながら、妙に偉そうに傍《かたわ》らの幼馴染《おさななじみ》の顔を覗《のぞ》き込む。顎《あご》をしゃくるように頷《うなず》く、柳澤《やなぎさわ》。少々硬い面《おも》持ちで、イケメンは複雑そうに視線《しせん》をキョロキョロさせている。

万里《ばんり》が入ってきたことにまだ誰《だれ》も気づかず、

「というわけで、」

香子も気づかず、ふふんと多分《たぶん》、この場には不必要なしたり顔。

「図体《ずうたい》がでかい割には邪魔《じゃま》にならずに静かに佇《たたず》んでいることが可能であることを、幼馴染の私が保証いたします。さて、続きまして『私が光央に撮影《さつえい》を許可してやってもいいと思う理由』、その4。見ておわかりかと思いますが、髪は短くカットしてありますし、本人曰《いわ》く、夜には必

ずシャンプーをしているとのことです。なので不潔《ふけつ》なにおいで先輩方にご迷惑をおかけするような可能性はほとんどゼロに近い、といっても過言ではありません。そうだ、なんなら今、この場でそれを証明してみせますわ」

くん！　と幼馴染の頭皮に鼻を近づけて鋭《するど》く一嗅《ひとか》ぎ。目を閉じ、嗅ぎ取ったにおいを喉《のど》の奥でソムリエみたいにころころ転がし、丹念《たんねん》に味わい、

「……うん、これは……洗濯《せんたく》に出し忘れた昨日《きのう》のハンカチをバッグの底から発掘しちゃったわ、みたいな……どこか素朴で、それでいて懐《なつ》かしい……はい。とりあえず、臭くはありません」

要するに、プレゼン、みたいな状況なのだろうか。

香子は今にもパワーポイントでも駆使しだしかねない生き生きとした顔をして、先輩たちの前に柳澤を立たせ、頭のにおいを原始的に嗅いだりしながらなにやら朗々と語っている。

一方柳澤はと言えば、香子の隣《となり》で見るからに困惑顔。所在なさげに俯《うつむ》きかけていたが、万里が戸口に現れたことにやっと気がついたらしい。救われたように片手を上げてみせる。あ！　と香子も笑顔《えがお》になる。先輩方も気づいてこちらを振り返る。

「っと、すいません！　講義《こうぎ》が長引いて遅れました！」

慌てて小さく頭を下げ、裸足でぺたくたとリハーサル室の中へ入る。コッシー先輩は妙にしみじみと穏《おだ》やかな目をして隣のスペースを万里のために空けてくれ、

「大丈夫。ロボ子《こ》がおまえが遅れてる間に話を進めてくれたから、俺《おれ》らもこの柳澤くんがどん

な人物かだいたいわかったよ。その1、怪しい奴《やつ》ではない。その2、邪悪な心は持っていない。その3、無駄《むだ》吠《ぼ》えしない。その4、抜け毛やにおいも気にならない……」

ずいっと香子《こうこ》が一歩前に出て、声も高らかに続ける。

「まだあります。病気に強いし、なんでも食べるし、基本的には温厚な性格です。もちろん、そばに置いておくにあたって余計な費用は一切かかりません」

ね、光央《みつお》！　と自信満々に振り返った幼馴染《おさななじみ》に、柳澤は小さく、「俺《おれ》は飼うかどうか検討中のペットかよ……」と。なんだこの状況。万里《ばんり》はおかしくなってきて、たまらず「あははは！」と声に出して笑ってしまうが、

「は……」

気づいて、すぐに引っ込めた。

他《ほか》の先輩《せんぱい》たちと一緒《いっしょ》に座り込んでいる輪《わ》の中から、一人《ひとり》、ものすごい目をして万里を見ている奴がいるのだ。目もだが、土台の顔もすごい。仏頂面《ぶっちょうづら》も極まって、ぬっぺり呪《のろ》いの毒汁を何重にも丹念《たんねん》に塗り込んで千年しまっておいた仮面のようなツラに成り果て、それでも一応他のみんなに合わせるように唇だけは三日月型にして皮膚《ひふ》一枚のみ笑ってみせ、そして、万里を見ている。二人《ふたり》の間に存在する元素のすべてを、焼き尽くそうと試みているみたいなその視線《しせん》。

ちなみにそいつは、沖縄《おきなわ》にて自主的に夏休みを延長してきた人物でもある。その名を、林《はやし》田奈々《だなな》という。

う、と万里は息を飲む。リンダが、いきなり自分に切れて——まあそうなんだろう、あのツラを見る限り——いる。理由は……なんだろう。柳澤《やなぎさわ》をおまけんに連れてきた、から……なのか？　この前に会ったのは静岡《しずおか》で、普通に「また向こうでね」と笑って別れたはずだ。だから他にはなにも思いつかないが、これって切れられるようなことだったのか？

後期が始まってすぐに、万里は柳澤との約束を履行《りこう》した。掲示板前のいつものテーブルに陣取っていたコッシー先輩《せんぱい》を見つけて「映研の友達で撮影《さつえい》したいって奴がいるんですけど」と話をした。

コッシー先輩は、自分だけでは判断できないから、みんながいるミーティングの時にそいつを連れてくるようにと言った。だから今日《きょう》、この場に柳澤を呼んだのだ。

遅刻してしまった万里の代わりに、香子がここまで柳澤を連れてきて、話を始めてくれていたようなのだ、が。

「と、いうわけだ」

コッシー先輩が話をまとめるように立ち上がり、おまけんメンバー全員に向かって訊《たず》ねる。

「みんな、どう思う？」

先輩たちは顔を見合わせ、ぼそぼそと相談《そうだん》し始める。「要するに……新入部員ってこと？」「違うだろ」「でも〜……新入部員なのかな？」「だから違うだろ」「ていうか〜……新入部員でよくない？」よいよいよい、と、ジャイアンツ（ジャイアンのように横暴《おうぼう》なおまけんの女性陣

を指す）は激《はげ》しく動きを合わせて頷《うなず》いている。そこに香子《こうこ》が恐る恐る、

「いえ、ほんとに新入部員ではないんです。光央《みつお》はあくまで映研の子なので」

先輩《せんぱい》ジャイアンたちの「え〜！」を一身に浴び、すす、と小さくなって撤退《てったい》。香子は万里《ばんり》の隣《となり》に引っ込んできて、耳元で超小声、

「……例のアレもアレだし、たまには光央の力になってやろうか、ってちょっと張り切ってみたんだけど……」

例のアレもアレ、というのは、例の片想《かたおも》いの相手もここにいることだし、ということだろう。張り切りの方向性が地図の外まで激しく迷走したのはいつものことながら、

「……でもなんか……」

香子がちら、と見やる方向に、恐ろしい千年呪《せんねんのろ》い仮面。

もはや万里だけを睨《にら》んでいるのか、万里&香子を睨んでいるかもわからない。香子もリンダの呪わしい様子《ようす》には気づいていたのだ。

「……光央が脈なし的なこと言ってたの、本当にその通りなのかも……」

「うーん、そういうこと……なのか？」

「そうだよきっと。だってあの顔見てよ……やばすぎでしょ。ああ、まだ私たちを見てる……余計なこと、しちゃったかな……？」

要するに、あの恐ろしげな切れぶりは、「うざったく誘ってくる奴《やつ》をわざわざ近づけてきや

がって！」、なのだろうか。

そんなはずないだろう、なんて万里がついつい思ってしまうのは、あのやなっさんに惚《ほ》れられて迷惑がる女などそうそういないはず！　という友達の欲目がまず一つ。そして、あの夏の夜にわずかに垣間《かいま》見《み》た時の二人《ふたり》の雰囲気が、かなり和《なご》やかでお互い楽しそうに見えた、というのもある。いかにもデート然としていた。

ちなみに、あれから今日《きょう》にいたるまで、リンダの口から柳澤《やなぎさわ》との話が出たことは一度もなかったはずだ。

地元の連中に「東京《とうきょう》で彼氏できたのかよ」などと訊《たず》ねられても、リンダは「彼氏？　できないできない、ぜーんぜんモテないよ私。それより聞いてよ、こいつ！　万里！　すっごい美人の彼女がいるんだよ！」……などと、軽口叩《たた》いて男っ気ゼロなのをアピールしていた。それを聞きつつ、万里は内心、ひそかに「へーえーえー……」とか、思っていた。へーえーえー……俺には柳澤と飲みに行ったりしていた件について、なにも言わないで通すつもりなんだー、ふーん……と。

万里がリンダに柳澤とのことをあえて突っ込んで訊かなかったのは、あくまで柳澤のためだった。柳澤の気持ちも、本人が焼き肉食いつつ口を割るまではっきりとわかっていなかったし、見守り隊の一員として、外野からいらないことをしてはいけないと思ったのだ。

ただ、なにも訊かずに知らないフリをしてやりながら、リンダに対して思うところはバリバリにあった。ありまくった。

普通に考えて、本当に「なんとも思っていなければ」、あんたの友達の柳澤光央《やなぎさわみつお》から飲みに誘われて行ってきたんだ、ぐらいのことは言うのが自然だろうと思う。だってリンダと柳澤を繋《つな》ぐ一番太いラインは自分なのだから、ここを飛び越えて二人《ふたり》で会ったりするのはイレギュラーな事態だ。それを伏せておくのなら、そこになんらかの意図を感じる。

もしくはあの目撃《もくげき》した夜のデート（仮）が、実は楽しげに見えた顔とは裏腹にリンダには本気で迷惑だったなら。だとしたら、それも自分に言うのが自然だろう。あんたの友達のあいつ、どうにかしてくれない？　と。

自分にはあえて秘密にしておいて、なにも言わなかったということは。つまり、なにかあるのだと万里《ばんり》は思う。そしてあの、呪《のろ》い顔《がお》……。

リンダは歴史に刻んでおきたいほどにすさまじい形相《ぎょうそう》のまま、まだこちらをギンギンに睨《にら》み付けている。がっちり固定された視線《しせん》は、あえて柳澤の方を見ないようにしているようにも思える。柳澤は、おまけんメンバーの輪《わ》の真ん中、コッシー先輩《せんぱい》の背後に一人《ひとり》アウェイ、取り残されたまま佇《たたず》んでいる。

「時間がもったいないから、この件はここでさくっと決めようぜ。一人でも困るって奴《やつ》がいたら、申し訳ないけど、今回の柳澤くんのお願《ねが》いはリジェクトする。なんか意見とか、質問とかある奴は？」

コッシー先輩の張りのある声に、「はい！」と女子の先輩が挙手する。

「柳澤くんは、彼女とかいるんですか⁉」

「……い、ません」

ひゃー！　みゃー！　どうしようどうしようー⁉　と裏声でジャイアンツが悶絶《もんぜつ》する。続いて先輩がもう一人、

「はいはい、あのー、俺《おれ》ちょっと今、肌荒れで悩んでるんだけど……このニキビとかも映像に残って発表されちゃう感じ？」

「あ、顔とかははっきりとは映さないように気を付けますし、撮《と》ったものは必ず確認《かくにん》してもらいますし、それで問題があったら、絶対にこっちで責任もってカットします」

「そっか、うーん、なら俺はいいかな別に。……ねえみんな、ちなみに俺も彼女いないんだけど、どうする？」

知ってるよ！　どうもしねえよ！　と女性陣一同にすげなく返されて、先輩はすーっと音もなく、巷《ちまた》に降る優《やさ》しい五月雨《さみだれ》みたいな静けさで座り直す。

「以上でいいか？　ほかになんかねえか？　とにかく嫌《いや》、なんとなくでも嫌って奴は？　全員いいか？　……おっし、そしたらみんな許可することに賛成《さんせい》ってことで……って、リンダ？　おまえ……なに？　なんなんだよその顔は」

顔の中身を、ものすごく画数《かくすう》の多い、そして誰《だれ》も読み方を知らない漢字のようにして、リン

ダは憮然《ぶぜん》と言い返す。

「……なんもないです」

バリバリ噛《か》み砕いた岩石の欠片《かけら》を前歯の隙間《すきま》からぷっぷと吐き飛ばすみたいな、投げやりな返事だった。そんなリンダの方をそっと窺《うかが》い見て、柳澤《やなぎさわ》の目から希望の光が失われるのを万里《ばんり》は見た。そりゃそうだろう。好きな女が、自分の登場に合わせてあんな難《むずか》しい漢字の顔になったら、誰《だれ》だって絶望する。真っ黒く死んだ目にもなる。

「それがなんもないってツラかよ？　もし嫌《いや》なら今のうちにちゃんと」

「嫌じゃないです。これは、」

食い気味に返しながら、リンダは己《おのれ》の顔を右手の五本指全部を使って指さして見せる。氷室《ひむろ》京介《きょうすけ》にインスパイアされたような動きで、

「別件、です」

言い切られて、さすがのコッシー先輩《せんぱい》もそれ以上の追及を止めた。

「そ、そうかよ……じゃあ、改めて。この柳澤くんがおまけんの活動を撮影《さつえい》する件、問題あって奴《やつ》は挙手！　はい、いねえ！　ってわけで、全員ＯＫ！」

「ありがとうございます！」

なぜか拍手が湧き起こるなか、柳澤は頭を下げてみせた。

「じゃあ、さっそく今日《きょう》から、ご迷惑かけないようやらせていただきます！　よろしくお願《ねが》い

いたします！」

長身を屈《かが》めながらミーティングの輪《わ》の中心から外れ、リハーサル室の片隅にバッグを置いて座り込み、今日はそこに陣取るつもりらしい。取り出した小さなハンディカムは自慢の新品、まだ操作《そうさ》に慣《な》れていないのだろう。壁《かべ》の方を映しながら屈みこみ、なにやらボタンをいじっている。

さて、とコッシー先輩が一つ手を叩《たた》いて全員の注意を引き戻した。

「メールでも連絡したとおり、再来週はいつもの私大連《しだいれん》で都内のお祭りに参加するってことで決定済みだから。真夏みたいに灼熱地獄《しゃくねつじごく》ってことはないし、いつもどおり、楽しく踊り狂ってこよう。そして本番中の大本番、が、その次だ」

待ってましたぁ！　と先輩の一人《ひとり》が合いの手を入れる。

「よーし、いいテンションだ。十一月の学祭で、俺《おれ》たちおまけんは、今年《ことし》も法学部サークル連合の一員として、ロビーから学部棟をぐるっと一周、大講堂《だいこうどう》ステージまでの祭り行列に参加することになってる。もちろん今年披露《ひろう》するのは……阿波踊《あわおど》り！」

おお、と万里は傍《かたわ》らの香子と顔を見合わせる。それはなかなか華やかな晴《は》れ舞台《ぶたい》ではないか。周りの先輩たちはすでに大盛り上がりで拍手している。

「でもいいかみんな、これは結構厳《きび》しいぞ。まず例年ド派手《はで》なサンバ部隊、そしてマーチングバンド、それから大所帯のチア&応援団。ダンスサークルの連中も今年はやたら張り切ってたし、グリー部に、コスプレサークルなんてのもいる。こいつらみんな音出してくるところに、俺《おれ》たちはこの少数で紛れて踊ることになる。一応、私大連《しだいれん》の方からお囃子《はやし》出してくれるとは言ってもらってるんだけど、笛と三味線《しゃみせん》、鉦《しょう》、鼓《つづみ》に太鼓……まあ揃《そろ》えば御《おん》の字《じ》ってとこだろうな。別に競《きそ》うものでもねえが、『いたかどうかわからない』なんて言われちまったらおまけんの名折れだ。ここはびしっと振付けて、かっこよく、味わい深くおもしろく、ノリ良く目立ってみたいと俺は思ってる。おまえらみんなも、そうだよな⁉」

一同声を揃えて「おーう！」と答える。そりゃおまけんだもの、祭りとくれば、華にならねば通るまい。

「ってわけで、一層これから気を引《ひ》き締《し》めて、来月の学祭まで突っ走ろう！　よっしゃ、じゃあ準備運動始めるぞ！」

コッシー先輩《せんぱい》の気合も熱《あつ》い一声で、全員立ち上がって準備運動するべく広がっていく。さりげなく、リンダは万里《ばんり》に向かって「あとで」と口パクで伝えてきた。そして親指を立ててくいっと自分の方に。次にその指を、顎《あご》の下あたりでぐっと真横に。

あとで二人《ふたり》だけで話したいことがあるから来いや、のサインだろう。プラス、ふざけんな、のサインでもありそうだった。なんなら殺す、ぐらいの雰囲気も、親指の先端あたりに不穏《ふおん》に灯《とも》っていた。……いや、でも、なんで？　本当にどうして？　コッシー先輩の号令に合わせてラジオ体操《たいそう》を始めながら、まだ睨《にら》まれているらしいうなじの毛がビシビシ逆立つ。

＊＊＊

練習が終わってすぐに、香子《こうこ》には「リンダとちょっと話してくる」と耳打ちした。

「なんかすごく密談《みつだん》のムードで呼ばれた……」

「あら……」

柳澤《やなぎさわ》はどうしようか、とちょっと考えてはいたのだが、

「……わかったわ。こっちは任せて、足止めするよ。光央《みつお》！」

香子はすぐに身を翻《ひるがえ》し、壁際《かべぎわ》に佇《たたず》んでいる柳澤に声をかけた。

「んだよ」

「ちょっとお茶して帰らない？」

柳澤は、着替え終わって先に出ていったリンダの方を気の毒なほど思いっきり気にしながら帰り支度《じたく》をしていたが、

「……なに？　おまえと？　お茶？　なぜ？　つか万里は？」

「あっ、そーうだ！　先輩がたもよかったらご一緒《いっしょ》にいかがですか？」

幼馴染《おさななじみ》の言葉をさらっと丸ごと無視して、香子《こうこ》は騒《さわ》がしく群れているジャイアンツに話を振った。

「せっかくですから、光央《みつお》のこともよーく知っていただきたいし」

「え！　柳澤《やなぎさわ》くんとお茶⁉　やーん、いくいく！　知る知る、隅々までよーく知る！　なあみんなぁ、ロボ子《こ》が誘ってくれてるぜぇ！　いくよなぁ⁉」

おーう！　と漢《おとこ》らしくジャイアンツが拳《こぶし》を振り上げ、柳澤を取り囲むのが見えた。「なに飲むよ⁉」「え、あの」「カフェオレか⁉」「いや、」「ホットか⁉　アイスか⁉」「ええと、」「甘いもの食うか⁉」「あ、う、」「お姉《ねえ》ちゃんたちがおごってやっから甘いの頼めよ！　なあ⁉」「う、お、」「さあ行こうぜぇー！」うおーいっ！……後のことは香子&ジャイアンツに任せて、万里《ばんり》は一人《ひとり》、ガラスドアから外へ出る。

三々五々、駅やら雀荘やら飲み屋やらに散っていく他《ほか》の先輩《せんぱい》たちからさりげなく距離《きょり》を取り、リンダは万里が出てくるのを待っていたらしい。

「……こっち」

くい、と尖《とが》った顎《あご》をしゃくり、リンダは人気《ひとけ》のない裏通りへ万里を誘った。練習中も今もずーっと、むっつりと固まった仮面ヅラのまま。

いつの間にやら随分伸びた黒髪を一つ結びにした後姿を追い、しばらく二人《ふたり》でオフィス街の狭間《はざま》の細い道を歩いていく。

時間はすでに七時に近く、もちろん東京《とうきょう》はすっかり夜。先をいくリンダの細身は白々《しらじら》しい街灯に照らされて、その影《かげ》が薄《うす》く長くアスファルトに伸びている。万里の影も、同じ方向にすこし大きく伸びている。

このまま通りを進んでも、二人はどこへ行くでもない。そのうちこの暗がりは途《と》切《ぎ》れ、見慣《みな》れたどこかの通りに出てしまうだけだろう。

なにも言わずにスピードを緩《ゆる》めたリンダの傍《かたわ》らに追いついて、よし、言おう、と万里は決めた。あのさ、俺《おれ》、なにかしたか？　と。一体どうしちゃったんだよ？　と。なんでそんなブチ切れテンションでいるんだよ？　と。

「万里、あのさ」

はい、先を越された。

「……あんた、なんでなんにも言わないの……⁉」

ぐりり、とあまりにも不穏《ふおん》に振り返る、リンダの恐ろしい呪《のろ》いヅラ。

「な……なんにも、ってのは具体的にはなんのことかな……？」

ぐいっと肩を引き寄せられ、呪い面《づら》のどアップを食らう。至近距離《きより》からすごい目線《めせん》でギラギラとまっすぐ睨《にら》み上げられて、胃のあたりにゴゴゴ……とストレスの波動。

「待て。待て待て待て。俺にはほんとに、意味がわかんねえんだって」

「……わかれや」

「ええ？　無理言うなよ。いきなりそんなツラでそんなこと言われたって、わかろうにもなんにもこっちは全然情報が……ていうか……あのなあ」

その目。その顔。その言い方。そして、この、理不尽さ。

睨《にら》み付けられているうちになにやら急激《きゅうげき》にむかつき度がアップしていくのは、リンダがただの先輩《せんぱい》ではなく、元同級生のツレだということを、いまや万里《ばんり》自身がはっきり認識《にんしき》しているからだろう。

「おまえがそういう態度でくるなら、じゃあ俺《おれ》も言うよ？　言っちゃうよ？　なんにも言わないでいる奴《やつ》は、果たして俺だけなのかな？　なーんて……いてっ！　ええ⁉」

ズバ！　と尻《しり》に食らった美しすぎる回《まわ》し蹴《げ》りに、肉体よりも精神が衝撃《しょうげき》を受ける。

「け、蹴ったな……今⁉」

「ああ蹴ったよ！」

「くそっ、この！　この……！」

即座に同じことをやり返してやろうとするが、運動神経で勝るリンダはひょいひょいと万里をあざ笑うような最小の動きで、すべてを完全に見切って避ける。

「避けんじゃねえよ！　ていうかほんとにわけわかんねえぞ！　なんで、やなっさんが現れたことでそこまでおまえがぶち切れるんだよ⁉　要するにそれなんだろ⁉」

「は⁉　やっ……、きっ……、なん……、……き、切れてないよ！」

「切れてねえ奴《やつ》が路上でケツキックしてくんのかよ⁉　あっ、ほらほらその目！　完全に切れてる！　やなっさんを連れてくることを知らせなかった俺に対して、あっ、また切れた！　今切れた今切れた！　わかんねえ、まじ、わかんねえ！　なんでなんで⁉　なんでリンダがやなっさん見て切れるわけ⁉　え、なんで⁉　ん、どして⁉」

「……き、きれ、切れてなんか……」

尻を蹴り返せないなら、せめて同等のむかつきを食らわせたい。戦法を変更して、万里はクネクネとリンボーダンスするみたいに、股間《こかん》からリンダに接近を開始する。

「わかんねえ、まじ、わかんねえ！　わかんねえ、まじ、わかんねえ！　まままままじで、えっ、わかんねえ！　わわわわわかんねえ、えっ、まじで！」

リンダの目の瞳孔《どうこう》が、ぎゅいんと小さくなるのを確《たし》かに見た。はい、切れている。むかついている。いいぞいいぞ、むかつけむかつけ、これは全部おまえの自業自得《じごうじとく》だ。人に押し付けた理不尽の代償《だいしょう》だ。

万里は成果が上がっているとみるや、やがて自分でもどうかと思うほど調子《ちょうし》に乗って、DJみたいに目には見えないレコードを火が点《つ》くほど激《はげ》しくスクラッチしながらリンダの回りを腰を振りつつホイホイ小躍《こおど》り、

「えっえっ、まじまじ、えっ、わかん……わあぁ！」

かかとが路面に引っかかって、そのまま後ろ向きにずべっと転んだ。デニムの尻《しり》から無様《ぶざま》に

倒れ込む。

リンダはそれを見ていて、

「……はあああぁぁぁぁー……！」

地の果ての向こう、地球の裏側のブラジル人に聞かせようとしているみたいに、顔を押さえて真下を向いて、大きく低く深く呻《うめ》く。

「まったく……なにをやってんのあんたは？　ばか！」

「うるせえ！　ご覧《らん》の通りこけたんだよ！」

「っとにもう……あんたの方がよっっっぽどうるっっっさいし、まっっっじで、ほんっっっとに、あんたのことを心の底から今、すっっっげえばかだと思ってるよ私。もんのすごっっっく、情けないよ」

「はあ？　ケツ蹴《け》り犯が言う言葉かよ！　そもそもこれって誰《だれ》のせいだよ？」

「あんたがこけたのまで私のせいかよ？」

「そーだろ普通に！　あいたー……あーあ、手が擦《す》り剝《む》けた」

「ばか。ばーか。ほら、立って。大丈夫？　見せてみ」

リンダは立ち上がった万里《ばんり》の手をひょいっと裏返し、擦り傷を見て顔をしかめる。

「あーああ、マジで痛そうだよこれ、ばかたれ。なにやってんだかほんとにあんたはもう……信じられないほどばかだね。今日《きょう》という今日は呆《あき》れ果てた。おいで」

万里の手首を掴《つか》んで引っ張り、リンダはどんどん歩いていく。暗い道を進む方向に、迷いはなさそうだった。

「ん？　俺《おれ》たちは今、どこに向かってんの？」

「学校戻るんだよ。血が出てるし、消毒してもらわなきゃ」


こんな時間に学部棟をうろつくのは初めてのことだった。

昼間に比べれば静かなものだが、想像していた以上の密度で学生たちの姿はそこここにあって、教室では二部の授業が行われているようだった。

一階ロビーの片隅にある保健室で消毒液を借り、ばかばかしい理由でできた擦り傷を自分で消毒し、大き目の絆創膏《ばんそうこう》をリンダに貼《は》ってもらった。

ありがとうございました、と二人《ふたり》してロビーに出てきて、どちらからともなく、ベンチに並んで座る。ちゃんとこうして落ち着いて座って、話すべきことがあるのは、とっくにお互いわかっていた。

「……切れた、っていうんじゃないの」

リンダが放り出すように呟《つぶや》いた声は小さかったが、蛍光灯に照らされたロビーの床に転がるように よく響《ひび》いた。

「そうじゃなくて、私はただ……すっごく驚《おどろ》いたの。動揺したの」

「やなっさんが来たから？」

リンダはしばらく黙《だま》っていたが、やがて、一つ、頷《うなず》いた。脚をだらしなく伸ばしてデニムのポケットに両手を突っ込み、ずるずると尻《しり》を前方に滑らせてベンチに浅く座って、

「……教えておいてよ。事前に」

万里《ばんり》の方を見ないまま、拗《す》ねたみたいにそう言った。変な座り方をしているせいで、頭が随分下の方にある。

「そっちこそ。そんなにやなっさんの登場で動揺する理由があるなら、事前に教えておいてもらわないと俺《おれ》だってわかんねえよ」

あー、とリンダは呻《うめ》いた。

「……やなっさんに、そんなに会いたくなかった事情があんのかよ？」

訊《たず》ねると、ちら、と、やっと万里の顔を見る。大きな眼球の、丸い白目が青みを帯びて妙に透き通って見える。

「会いたくなかった、とかじゃないのよ。……実は、ていうか、あんたは柳澤光央《やなぎさわみつお》から聞いてるかもしれないけど、」

フルネーム呼び。

「……夏休み中にね、何回か、夕飯誘ってもらったりしたんだよ」

あー、と、今度は万里《ばんり》が呻《うめ》く番だった。その件なら聞いたし、そもそも目撃《もくげき》もした。ただ、知らないフリして黙《だま》っていた。

「……とはいえ、なにがあったわけでもない。普通に、夕飯食べただけ。社長のバイトで顔合わせたこともあったし、あんたと仲いいのも知ってるし、特に深く考えないで『ふーん、せっかく誘ってもらったし、断る理由も別にないし、たまには年下男子のオーラ浴びるか』とか思って会ってたんだけど……」

話がわずかに途《と》切《ぎ》れる。うんうん、それで、と万里は先を促す。

「なんていうか……ある時ふと、思ったのよ。なんで、って」

「……なんで、とは、なにについて？」

「なんでこの人、私なんかとごはん食べて、こんなに幸せそうにしてんだろう……と」

リンダは脚を投げ出して、ふと視《し》線《せん》を遠くへやる。その横顔を見て、万里は鼻から口元へ続く綺《き》麗《れい》なカーブを我知らず目で辿《たど》る。

「自《じ》意《い》識《しき》過剰かもしれないけどさ……まあいいや、あんたにならどう思われても。柳澤光央《やなぎさわみつお》は、なにか私を、すごく価値あるもののように見てる気がしたの。そう思った瞬間《しゅんかん》、いきなり、ちょっと、怖い、かな……？　なんかそんな感じになっちゃったのよ」

「やなっさんが？　怖い？　あんな優《やさ》しい、血統書付の大型犬みたいな奴《やつ》が？」

「だって私のなにを見てるのかわかんないんだもん。なんにせよ、とりあえずそれは『ないよ』って。幻想か、勘違いか、思い込みか、まあなんでもいいけど、君に欲されるほどのものはとにかく私にはないよ、と」

「……なんでそんなの言い切れるんだよ？　わかんないじゃん、普通にリンダのどこかに魅力《みりょく》を感じて、好きになったのかもしれないじゃん」

そう、かつての俺《おれ》のように——とは、さすがに口に出せなかったが。かつてこの顔が、この口が、想《おも》いを告白したことなどすっかり忘れ果てたみたいに、リンダは頑固に首を横に振ってみせる。

「ないね。私の魅力？　顔自体なら、なんならあいつの方が何倍も綺麗に整《ととの》ってるでしょ。性格とか中身のことなら、正直、惚《ほ》れられるほど見せたつもりはないし。それでも惚れてるとかいうなら、まさになにか勘違いしてんのよ。理解されたとか思えるほど、私たちは一緒の時間を過ごしてないもん。ていうか、これっぽっちの付き合いで、私のことを知った気にはなられたくない」

柳澤が聞いたら泣くかもしれない、切れ味鋭《するど》いぶった切りであった。

リンダの言いたいことはわかるが、でも、柳澤の友達としてはかなり心が痛い言われ方だと万里には思えた。

ちゃんと理解されたい、正しく自分を知ってほしい、とにかくそういう方向には、リンダの気持ちは向かなかったのだ。一体どうしてなのだろう。

「……なんか、やなっさんのことを怖がってる人とは思えない言い草だな、それ」

「まあ……なんだろう、もはや自分でもかなり意味不明なんだけど……ない、ということを知られるのが怖いのかね。それとも、ないものを欲しがってる奴《やつ》の存在そのものが怖いのかな。とにかく私は、ちょっとしばらく距離《きょり》を置いてみようと思ったんだよ。そしたら今日《きょう》――」

ぐでっといきなり姿勢を崩して、リンダは顔だけ上に向け、万里《ばんり》の目をじっと見つめてくる。

「はいはい、そうだな。俺《おれ》が、っていうか香子《こうこ》があいつを連れてきた、と。距離を置きたかったリンダ的には、」

「超絶、動揺したの。……そういうわけよ。ああ、もう……今あんたと喋《しゃべ》ってわかった。練習中、ずっと『なんで言わねえんだよ⁉ とりあえず万里は殺す‼ そして香子も後追わす‼』って思ってたけど」

「うん、それははっきりと感じてた」

「ごめん。完全に八つ当たりだよね。あとあれも……ケツキックも。ほんとごめんね。痛かった?」

「痛くはなかったよ、全然平気」

「そっか……ああ、だめだ私。もう、変になっちゃいそう。どうしようこれから? もっと普通に接しないと、おかしいよね? なんでこう、変な感じになっちゃうかな……」

「要するに、あれか。リンダは結局やなっさんのこと、意識《いしき》はしてんだ。思いっきり」

ふぅぅ〜〜〜ん、と大きく頷《うなず》いてみせると、

「あれ？　待って、今あんたのこと、めっちゃくちゃむかついてる。なんなのその知ったかヅラは。自分が彼女持ちだからって、いきなりそこまで余裕ぶっこくの？」

「いたいいたいいたい……ごめんなさいごめんなさいごめんなさい……」

鼻をぎゅっと摑《つか》まれてブンブン揺さぶられる。

「ったくもう……幸せ者め。香子ちゃんとは相変わらず仲良さそうじゃん？　結構長めに実家にいたけど、寂しがってなかった？」

「寂しがってた寂しがってた。毎日あれしたこれしたなに食ったたって電話した。そうそう、それでうちの美恵子《みえこ》がさ、『寂しい思いさせたんだから』とか言って、自分の昔の指輪《ゆびわ》をプレゼントしろって俺に持たせたんだよ。指輪だよ指輪。どうよ？」

「ゆ、指輪……!?」

「だろー。重いだろー。その反応なー。もう、いつ渡そう、どんなツラして、とか俺いろいろ考えちゃって……」

「昔の指輪って……美恵子の指輪ってこと!?」

「そう、若い頃《ころ》に愛用してたやつだって」

「あの、私がもらう約束をしてたやつ!?」

「えええええぇぇぇっ!?」

すこぉッ！　と脳の地平にスカッドミサイルが撃《う》ち込まれて、いきなりなにもかもが吹っ飛ばされて、あるものすべてが蒸発し、あとには無限に広がるかのような白い虚無と――そしてにやにや笑って「うっわあ、信じたよこいつ、すげえアホ」とでも言いたげなリンダの顔が、万里《ばんり》の目の前にぶら下がっていた。

ブチ切れた。

「……まじで……！　やめろ、それだけはやめろ、ほんっとに俺《おれ》、今、俺、今、まじで……！」

「あっはっはっは！　いやー、信じるとは思わなかった！　やだもーほんっとあんたって哀《かな》しくなるほど単純で……あああいたいいたい、ああ、いたい、まじ、いたい、ごめん、ごめんなさいごめんなさいごめんなさい、完全に嘘《うそ》です、作り話です」

鼻先をさっきやられたみたいにブンブン摘《つ》まんで揺さぶってやった。最後にぶちっとむしるように振り切ってやると、ぎゃあぁ！　とリンダは悲鳴を上げた。うるせえ！　と言い返してやる。記憶喪失《きおくそうしつ》をからかうなんて、いくらリンダでもあんまりではないか。

「ああもう信じらんねえ！　考えられねえ！　そのデリカシーのなさ！」

「ごめんごめん、悪ふざけがすぎました。でも美恵子《みえこ》は……って呼び捨てしちゃ失礼だね、多《た》田家《だけ》のお母《かあ》さんは、本当に嬉《うれ》しいんだね。万里がこっちで彼女も作って、元気でちゃんとやってることが」

「……ちゃんとやってるって言えるのか？　俺、この、今の状況」

「なんでよ? ちゃんとやってるじゃん、なに言ってんの、自信持ちなさいよ」

「ていうか……こないだちょっと、自信を喪失することがあって……奇《く》しくもこれもやなっさんに関《かか》わる話なんだけど」

「どした?」

「まだ、言えてないんだよ。おまえのこと含めて、過去のこと。やなっさんや、他《ほか》のいつもつるんでる奴《やつ》らに」

ああ、とリンダの楽しげだった表情がふと曇《くも》る。

「……そっか。そうだったよね」

「別に、隠さなきゃいけないことだなんて思ってないんだけど、ただ……今まで言わないで来ちゃったじゃん。ずっと言わないでいたってことが、なんか……実は今までずっと本当には信頼してなかった、みたいに思われたらやだなって……」

「気まずいよね。わかるよ。……どうしようか」

「な。どうしよう」

ここを乗り越えなくては、リンダと柳澤《やなぎさわ》の関係にもこの先はないのだと思う。というか、今まで二人《ふたり》して言わずに抱え込んでいたという事実を、柳澤はどう思うのだろうか。そして嘘をついた万里のことを。

考え始めると想像は悪い方へばかり行ってしまいそうで、思わず二人してしばし黙《だま》り込んで

しまった。ややあって、

「……言おう、ってのは、もう既定路線《ろせん》なんだけど」

万里《ばんり》が口火を切り直す。

「そりゃね。そうよ」

「ただ、タイミングが難《むずか》しくて……変に俺《おれ》もびびっちゃったりしてさ。それに、やなっさんに、リンダまで変なふうに思われないかな？」

「私のことはいいよ。もし、あんたが今だ！　言える！　ってときがあったら、私のことなんか気にせずに言っちゃいな。なるはやで。さささーっと」

「それでいいのかよ？　そっちにも影響《えいきょう》あるぞ多分《たぶん》」

「いいんだよ。つかそれしかないじゃん。事実をありのままに全部、」

急にリンダはそこで言葉を切った。そして、

「……ありのまま全部、ね。あー……そっか。全部……かあ」

独り言みたいに声を低くし、目を伏せて、「無理だなそれ」――なんて、継いだように聞こえたのは、万里の聞き違いだったのだろうか。

そのとき、

「……あれ？　岡《おか》ちゃんじゃん。どうした、こんな時間に」

すこし離《はな》れたところから、じっとこちらを見ている小柄な人物の姿に気が付いた。薄《うす》いロン

グワンピースを重ね着して、武骨なデイパックを背負ったそのスタイルは、もちろん見間違えようもなかった。

ショートカットになっても変わらぬ愛らしさを振りまきながら、千波《ちなみ》はさりげなく万里を無視し、

「……あのー、もしかして……リンダ先輩《せんぱい》、ですか？」

ふわりと小首を傾《かし》げて問いかける。

「私？　そうだよ。万里の友達？」

「はい。岡千波っていいます、こんにちは」

「あはは、実は知ってるよ。前から『一年にめっちゃかわいい子がいる！』って騒《さわ》いでる連中がいたから」

「えー、そうなんですか」

千波は一切万里の方を見ず、ただ妖精《ようせい》のように、天使のように、無垢《むく》なる微笑《ほほえ》みをリンダに向けている。ほわほわ、ふわふわ、ひらひらと、ひたすら幼く甘ったるい声で……なぜだろう、なにかがものすごく怖い。万里は静かに凍り付く。千波のうなじあたりから、なにかドス黒いものがにょろにょろと生《は》えている気がするのだ。岡ラシアの本体がついに牙《きば》を剝《む》いて、そしてなぜだか自分を狙《ねら》っている……みたいな気がする。

「ね、万里」

「はい……」

「ちょっとこれから話せるかな？」

「あ、はい……」

ほらほらほら。きたきたきた。なにかわからないけど、くるくるくる。怯《おび》える万里《ばんり》にはまったく気が付かず、「じゃあ」とリンダは立ち上がった。

「私は先に帰るね。またね万里、岡千波《おかちなみ》ちゃんも今度ゆっくり」

「はい、ぜひ」

行かないで……俺《おれ》をここに一人《ひとり》にしないで……心で語り掛けるが、リンダには届かず、軽い足取りでそのまま帰っていってしまう。

千波は、どさっと重いデイパックを、リンダが去ったベンチに放り投げるように置いた。もしもまだそこにリンダが座っていたなら、冗談ではすまないかもしれない乱暴《らんぼう》さだった。宝のオカメラは入っていないのだろうか。千波は目の前に立ったまま、じっと静かにこちらを見下ろしてくる。なにも言わず、ただひたすら不穏《ふおん》なオーラをまき散らして。

「……ど、どうしたのかな、岡ちゃん……。こんな時間まで……」

「映研の友達の撮影《さつえい》を手伝《てつだ》ってたの。ていうか、結構前からあたしそこにいたんだよね。ずっと見てたの、実は。気づいてなかったみたいだけど、万里が『リンダ先輩《せんぱい》』と仲良く喋《しゃべ》ってるところ。ていうか、ねえ。なんなの」

千波の声が、今まで聞いたことがないほど鋭《するど》く尖《とが》る。

「おかしいよ万里。なんであんなに仲がいいの」

「え？　なんでって……サークルで一緒《いっしょ》だし、なんか、結構気が合って……」

「やめなよ！」

驚《おどろ》くほど強く語尾を跳ね上げ、千波が叩《たた》きつけるように言う。ぎょっとして万里は、千波の顔を思わず見上げた。かわいらしく整《ととの》った顔に、はっきりと怒りの色が見て取れた。眉間《みけん》にきつく皺《しわ》が寄り、こめかみから頬《ほお》、首のあたりまで上気《じょうき》して、驚くほどくっきりとした赤に染まっている。

「ヤナが好きな人なんだよ!?　わかってるでしょ!?　それなのにあんなに仲良くしてるなんて、変だよ！　すっごく変！　なに考えてるの!?」

固まりかけながら、万里はそっと言ってみる。

「……いや、ごめん、ていうか、今は岡ちゃんの方がすごい変じゃないか……？」

確《たし》かに、自分とリンダの関係を知らなければ「変」にも見えるかもしれないが、それにしても、こんなふうに怒気も露《あら》わに口出ししてくるのも相当変だと思うのだ。少なくとも、千波らしくはない。

「万里が変だよ！　それに……加賀《かが》さんだって、絶対、今の二人《ふたり》を見てたら気分悪いと思う」

置いたばかりのデイパックを引《ひ》っ摑《つか》み、ぶん回すように背負い直し、

「最低」

妙に潔癖《けっぺき》な目をして、締《し》めの一言はこれだった。

麻痺《まひ》したように動けないでいる万里《ばんり》をベンチに残したまま、千波《ちなみ》はぷいっと踵《きびす》を返し、歩き出す。

「お、……岡《おか》ちゃん⁉　ちょっと待てって！」

万里の声にも振り返らず、そのまま早足で立ち去って行ってしまう。尻《しり》ポケットで携帯が鳴り、相手は香子《こうこ》で、万里は途方に暮れてぼんやりと立ち尽くす。

今起きたこの事態を、香子にどう話せばいいのだろうか。

4

光る海は凪《な》いでいて、サーファーたちが、黄金の波間にぼんやりと困り果てたみたいに漂っていた。

からかうようにふざけて蛇行《だこう》するコバの原チャリのブレーキランプを、俺《おれ》たちは必死になって追いかけていた。

朱色《しゅいろ》の雲の銀色《ぎんいろ》の輪郭《りんかく》から、夕暮れが漏れて海まで垂れている。水平線《すいへいせん》も、アスファルトも、ナンバープレートも光っている。ゆるい下り坂のカーブを右に、大きく膨《ふく》らみながらハンドルを傾ける。一哉《かずや》の自転車がインコースから俺を抜き去る。

笑い過ぎてもはや苦しく喘《あえ》ぎながら、ペダルをさらに踏み込んだ。

置いて行かれまいとスピードを上げる。左手の海がどんどん後ろへ流れていく。

待てよと喚《わめ》いて、漕《こ》いで、漕いで、息が上がって、真正面から風を受けて、やがてこの胸は

潰《つぶ》れていくのだと気が付く。
一瞬《いっしゅん》、光に目が眩《くら》んだ。

白く塗り潰されたようで、

気づけばもうなにも見えなくなって、

＊＊＊

――たらり、と。

「やだ。やだやだ……いやだ、ちょっと、万里《ばんり》！」

「あ……？　……ああ！　うわ！」

香子《こうこ》に起こされて顔を上げ、顎《あご》をぬるっと滴《したた》る感触に気が付いた。目を開ければここは学食。いつの間にか眠ってしまっていたらしい。万里は事態を把握した。

不思議《ふしぎ》な夢を見ていた。揺らめくような眩《まぶ》しい色彩がすごい速さで目の前を流れていって。そしてその間、本体は、信じられないほどの量の液体を己《おのれ》の口からだらだら流出させていたようだ。

口許《くちもと》ばかりか、テーブルに横向きに伏せていた頬《ほお》も、顎も、顔の下に敷《し》いていた手の甲まで も、広範囲《こうはんい》に渡って恥ずかしくねっちょり。居眠り中にだらしなく寝垂らしたフレッシュなよだれであちこち生ぬるく濡《ぬ》れている。

「ああ、ああ、あああ……」

顎を握《にぎ》り拳《こぶし》の指関節で拭《ぬぐ》いながら慌てて身を起こすが、もちろん時すでに遅し。手の下にあった書きかけのルーズリーフまでも残念なことになっていて、

「もう、ほらこれで拭《ふ》いて拭いて！」

香子がポケットティッシュを惜しげなく分厚く摑《つか》み取り、差し出してくれる。バッグから出てきたのがティッシュケースではなくて財布なら、摑み取ったのがティッシュではなく福沢諭吉《ふくざわゆきち》なら、「ほらこれで払って払って！」……20人ぐらいはおごってもらえそうな気前の良さ。

もちろんそんなことを思っている場合でもなくて、急いでありがたく受け取って拭く。手も、口許も。

「万里《ばんり》ったら、真実の口みたいな顔して寝てるからだよ。口呼吸は基本的に禁止だよって私がいつも言ってるでしょう？　私を本当に愛しているなら、呼吸には主に鼻を使って」

はい、と返事しようとして、ずび、と詰まりかけた鼻が鳴る。ここ数日、朝方はかなり冷えるのだ。夏から変わらずTシャツとパンツで寝ていたせいか、風邪《かぜ》でも軽く引きかけているのかもしれない。

「……俺《おれ》どれぐらい寝てた？」

「五分ぐらいかな。そしてぽっかり開いたその口からどくどくと……」

「トレビの泉《いずみ》が湧《わ》き出してた？」

こっくりと残念そうに頷《うなず》いて、香子《こうこ》は読んでいた翻訳《ほんやく》ものの薄《うす》い文庫本に視線《しせん》を戻す。総合科目で取っているフランス文学の課題《かだい》で、明日《あした》までに読み終えて感想をレポートしなければいけないらしい。

午後三時をすこし回って、昼休みの時間はとっくに過ぎている。

学食には、しかしぱらぱらとまばらに学生の姿があった。遅いランチを今頃《いまごろ》のんきにとっている者や、大声でだべっているだけの暇そうなグループ。三限を自主休講《きゅうこう》ということにしてまでボソボソと口げんかしているカップル。ぼんやりスマホをいじっている奴《やつ》も、テニスラケットを器用に片手で抱えたままラーメンすすっている奴も、鬼気迫るオーラを放って時空に歪《ゆが》みを生じさせながら履歴書《りれきしょ》を書いているスーツ姿の四年生もいる。

万里たちは、その学食の、出入口に近いテーブルの一角に陣取っていた。昨日《きのう》うっかり寝坊して一限の憲法《けんぽう》の前半を出席しそびれてしまい、ノートを香子に借りて、講義の内容を書き写していたのだ。ノート持ち込み可・コピーは不可、という年度末の試験《しけん》に、今の内から備えておくつもりだった。

万里の隣《となり》の席では、香子が優雅《ゆうが》に脚を組んで『脂肪のかたまり』という身《み》も蓋《ふた》もないタイトルの文庫本を開いている。テーブルを挟んだ万里の向かいでは、二次元《にじげん》くんが白いイヤホンを両耳に突っ込んで電子辞書と真剣に睨《にら》み合い、随分長めの英作文《えいさくぶん》を几帳面《きちょうめん》なブロック体でつらつらと綴《つづ》っている。こちらは英語の課題で、明日《あした》の一限に提出するのだそうだ。

三人は仲良く一緒《いっしょ》に、この三限には歴史学の講義に出ているはずだった。しかし今日《きょう》の講義は妙に時間が短かかった。一時間ほどを過ぎたあたりで、「天気もいいことだし、たまには早めに終わりましょうか」と講師の優《やさ》しげなおじさまが微笑《ほほえ》んで、解放されてしまったのだ。なのに、こんな日に限って、三人とも四限まで講義が入っていたりする。とっとと帰ることもできず、それなら学食ででも余った時間を有意義に活用しましょうか、という話に相成《あいな》ったわけだが。

万里はまだだらしなく濡《ぬ》れている気がする口許《くちもと》を、ネルシャツの袖《そで》で適当に拭《ぬぐ》う。

自分がうたた寝していたことにすら気づいていなかった。

ほんのちょっと、疲れた目を休めようとしただけ。学食の人工的な蛍光灯の白い眩《まぶ》しさからわずかなひととき、眼球《がんきゅう》を逃してやろうと肉のカバー……一般的に言うところのいわゆる目蓋《まぶた》だが、それを閉じただけ。が、知らぬ間に自分は時をジャンプして、気づけばよだれをどくどくタラー。我ながら、空いた時間を一秒たりとも無駄《むだ》にはしないぜ！　的な気概すら感じる、素晴《すば》らしく抜け目のないだらしなさだった。

香子《こうこ》と二次元《にじげん》くんは、集中しきって自分の世界にすっかりこもっているらしい。万里《ばんり》はイスに座ったままで軽く伸びをして、ばきっと気持ちよく背骨を鳴らす。そしてぼんやりと肩を回しつつ、無風の日常の中に目を開いて佇《たたず》む。

眠ってしまう前も、目覚めた今も、見えているものはなにも変わっていない。

彼女と友達。学食のテーブル。半分ほど中身が減ったペットボトル。暇そうな厨房《ちゅうぼう》。トレイを片付ける台の上の「手洗いを忘れずにっ‼」とタヌキが叫んでいる張り紙。アライグマか。どれも万里にとっては、いつも通りの見慣《みな》れた光景だ。

ぼんやり辺りを眺めているうちに、なんとなく学食に出入りする学生の数が増えたような気がした。この人口の流動感……さては三限の講義《こうぎ》がぼちぼち終わりつつあるのか。

そのとき、出入口に見慣れたシルエットを見つけた。

長身にやたら彫り深く整《ととの》った小顔を乗せ、学食に入ってきたのは柳澤《やなぎさわ》だ。イケメンはチノパンに、万里が着ているのによく似たネルシャツを合わせて着ている。よく似たネルシャツというか、万里がイケメンの着こなしを真似《まね》して買ったのだが。

そして、その隣《となり》を歩く小柄な人物は——柳澤に振ろうとした手を、万里は一旦《いったん》止め、引っ込める。

柳澤の傍《かたわ》らには、お気に入りらしいフワフワしたキャップを被《かぶ》った千波《ちなみ》がいた。

二人《ふたり》は並んで学食に入ってきて、柳澤が千波の方に身体《からだ》を傾けながらなにか熱心《ねっしん》に喋《しゃべ》りかけている。千波は頷《うなず》きながら話を聞いていて、やがてふにゃっと大きく眉《まゆ》を動かし、白い歯を見せながらおなかを抱えた。あっはっは！　と彼女が笑う声が万里にも聞こえる。小さく飛び跳ねるようにして歩きながら、千波の笑いは止まらない。その笑顔《えがお》を斜め下に見ながら、柳澤は千波の歩幅に合わせてゆっくりとした足取りで歩く。華奢《きゃしゃ》な身体にヒラヒラとした服をたっぷり重ね着した千波は、賢《かしこ》い小動物みたいに彼の隣をてくてくとついていく。それは、この半年で万里もすっかり見慣れたいつもの二人の姿だった。

数秒ためらってから、結局「おーい」と手を振った。万里の声に二人ともすぐに気が付いて、こちらに笑顔で歩いてきた。

「あれ？　集合早いな。もしかしておまえら揃《そろ》って三限出なかったのかよ」

文庫本から顔を上げ、香子が「早めに終わったの」と幼馴染《おさななじみ》に答えながら、隣の席に置いていたバッグを膝《ひざ》に抱える。空いたイスに千波が滑り込み、香子の文庫本を覗《のぞ》き込んで「な、なに？　脂肪のかたまり？　おできみたいなタイトルだな」と呟《つぶや》く。二次元くんは隣に座った柳澤に「2D」と顔の前で手を振られ、このときやっと二人が現れたことに気が付いたらしい。

おお、と驚《おどろ》いた顔をしてイヤホンを引っ張り、外す。

表面上は、これもいつもどおりの光景だった。

が。

「……」

「……」

さりげなく、言葉を交わさないまま。

千波《ちなみ》の視線《しせん》は万里《ばんり》の顔の表面だけをすいっと滑って、そのままどこか遠い彼方《かなた》へ飛んでいく。

万里にとっては……いや、多分《たぶん》、万里と千波の二人《ふたり》にとっては、同じ卓に座っているこの光景は、「日常の」とか、「相変わらずの」とか、「いつもの」とかいうフラットな雰囲気ではもはやなかった。香子《こうこ》を挟んで座った千波との間には、目には見えない亀裂《きれつ》が稲妻《いなずま》みたいにくっきり入っていて、以前の二人とは全然違ってしまっているのだ。みんなは知らないまま、こんなにも関係性が変わってしまった。

先週、リンダと話しているところを見られ、やたら刺々《とげとげ》しく咎《とが》められて以来、万里は千波とは一言も話していない。恐らく、千波は自分を避けているのだろう。学内でばったり顔を合わせかけ、くるりと方向を変えて去っていく小柄な背中を何度か見た。同じ講義《こうぎ》を取っていても、これまでのように千波から明るく声をかけてくるようなことは一切なく、彼女はそのまま他《ほか》の友人たちとともに教室から出ていった。

こうしてみんなで一緒《いっしょ》にいても、千波は万里とは絶対に目を合わせない。

顔がこちらを向いていても、眼球がこちらを向いていても、彼女の視線は万里など元から存在しないかのように、この肉体を突き抜けて後方の壁《かべ》辺りに突き刺さっている。そして、

「ねえねえ加賀《かが》さん、コンビニ行こうよ」

「今から？　なにしに？」

「始まってたの。期間限定ベルギーチョコレートソフト」

「な、なんですって⁉ 私が去年からずっと再販を待ち望んでいた、あのベルチョソ⁉」

「あたしこの後バイトだし、ああ、ベルチョソ食べないと働ける気がしないよ……社会の歯車失格だよ……」

「うそ！　やだ！　じゃあ行かなきゃじゃない！　あんたの勤労のために私がひと肌脱がなきゃじゃない！　いわゆるノブレスオブリージュだよ！」

千波は、万里がいる場からは、とにかく積極的《せっきょくてき》に離《はな》れようとしているようだった。

あのとき、千波とケンカをしたつもりはない。

正確《せいかく》に言うなら、自分は千波を怒らせた。ないしは、嫌われた——のだろう。

「万里、そういうわけだから、超音波とベルチョソ食べてくる」

「はいよ。四限があることお忘れなく。遅れんなよ」

「席とっておいてくれる？　後ろのドアに近いとこ」

「おう、遅れる気満々か！」

てへ！　と香子《こうこ》はモデル立ち、肩を竦《すく》めて笑ってごまかす。ツイードのミニスカートにタイツを合わせ、脚の長さが嫌《いや》と言うほど強調《きょうちょう》されるショートブーツ。笑顔《えがお》はもちろん、一撃必殺《いちげきひっさつ》。秋の果実の色をしたグロスは白い肌に映《は》えていて、編《あ》み込みにしたダークブラウンの髪もつやつやと綺麗《きれい》に潤《うるお》っていて、ニットから覗《のぞ》く鎖骨《さこつ》は彫刻みたいに華奢《きゃしゃ》で。そんな彼女の麗《うるわ》しさの前に、万里《ばんり》はもうなんだって許せる気分になるけれど。

「んじゃみなさんまた明日《あした》ね～！　加賀《かが》さんいこいこ！　はい、おでき本しまって！」

野郎トリオに別れを告げて、女子二人《ふたり》はとっとと去っていく。「冷えちゃうかも？」「冬になったらもっと冷えるんだから、むしろ今が食べるチャンスなんだよ！」「なるほど」「うおぉ、くらえ！　ノブレス・オブリージュ！」「それ、技名とかじゃないから」……しょうもないことを言い合いながら学食を出て行く二人の背中は、まるでそこらの無邪気な女子中学生みたいに楽しげだった。深い亀裂《きれつ》の対岸に、万里一人《ひとり》を置き去りにして。

「今、視界の端に、一瞬《いっしゅん》だけプリティ生物のシルエットが横切った気がするぜ」

二次元《にじげん》くんはイヤホンをくるくる巻いて片づけながら、ミーアキャットみたいにきょとんとしている。「気のせいだぜ、大将」と柳澤《やなぎさわ》に微笑《ほほえ》まれ、「そおかあ、おでの、きのせいかあ」とわざと眼鏡《めがね》をずり落とし、顔面の筋肉をすべて見事に緩《ゆる》ませてみせる。万里はその完成度の高い衝撃《しょうげき》のアホ面《づら》につい笑ってしまうが、顔には出さずに腹の底だけで、思うところはたっぷりとあった。それはもう、たっっっぷりと。

香子は、なにも変わらず、これまで通りに千波《ちなみ》と付き合っているらしい。知り合った頃《ころ》はあれだけ犬猿の仲だった、というか、一方的に香子が嫌っていた関係だった二人だが、夏の終わりから急速に親しくなっていき、今ではあのつるみよう。万里が帰省していた間には、一人暮らしを始めたばかりの千波の部屋《へや》に泊まったりもしたらしい。

千波に突然責められたあの夜の出来事は、もちろん香子にも話した。

万里がリンダと話をしている間、香子はジャイアンツご一同様と柳澤を囲む会をカフェで開き、それなりに盛り上がっていたという。無事に散会した後、電話に出ない万里を捜して彼女は学部棟までやってきたのだ。

そのあと一緒《いっしょ》に夕飯を食べながら、万里はリンダが柳澤を意識《いしき》していること、そしてその話をしていた様子《ようす》を千波が見ていて、鋭《するど》く咎《とが》められたことも香子に話した。あれは妙に一方的だったし、千波らしくもなく、自分としては言われっぱなしで納得いかないということも。

しかし、味方になってくれると信じていた香子は、「う〜ん……超音波もいろいろ、思うところがあるんじゃない？」と、彼氏である自分ではなく、千波の方に一応の理解を示したのだ。気にしないのが一番だよ、なんてことも言われた。

そりゃいろいろ思ったからこそ千波はあれだけ言ってきたのだろうが、でも、万里にしてみればあまりにも理不尽だ。最低、とまで言われたのだ。

千波《ちなみ》の態度は、まるで万里《ばんり》が柳澤《やなぎさわ》と香子《こうこ》を陰で裏切っている現場を押さえた、とでも言いたげだった。つまりそれは、おまえはそんなことをする奴《やつ》だ、自分はそう思っている、と言われたも同然だった。

正直、かなり傷ついた。

これまで仲良くしてきたのはなんだったんだろう。半年という時を友達として付き合って、結局千波は、そんなふうにしか自分を見てくれていなかったのか。こちらは千波のことを、友達としてではあるが、相当な度合で好きだった。かなりディープに、純粋に、好きだった。好きだった分、裏切られたように感じる気持ちも大きいのかもしれない。

……確《たし》かに、柳澤には隠し事があるけれど。

でも、それにしてもあんな言い方をしなくてもいいじゃないかと思うのだ。千波にあそこまで強く怒られる筋合いはないと思う。

事情も知らないで、そして自分には知らない事情があるということに気が付きもしないで、よくもあれだけ言ってくれたもんだ。第一、君にはそもそも関係ないでしょ、と。あのときは出なかったそんな言葉が、万里の腹の底では今ももやもやと積乱雲《せきらんうん》みたいに渦巻いている。

まあ、それを言ってしまったら、「関係に亀裂《きれつ》が入った」どころではなく、普通に険悪なケンカ状態になってしまいそうだから今後も言う予定はないけれど。でもこちらから事情を説明して千波に謝《あやま》ったりする予定もない。今までどおりに付き合ってほしいと頼む予定もない。そんなこと、したくない。

自分とリンダはこれまで必死に、泣きながら、傷つきながら、間違えながら、それでもどうにかこうにか、やっとここまで関係を立て直してきた。

それをあんなふうに咎《とが》められて、汚《けが》らわしい物を見るような目で見られて、……土足で踏み荒らされたような気分なのだ。

踏み荒らされて傷ついた土地の囲いを、どうしてこの手でまた開けてやらないといけない？　もっと強固に守らないと。壁《かべ》を築き、鍵《かぎ》をかけ、覆《おお》いをかけて、二度とあんなふうに踏み込まれないようにしないと。そう思うのは間違いか？

——本当だったら、千波には、香子に指輪《ゆびわ》をプレゼントする計画について大いに相談《そうだん》に乗ってもらいたいところだった。でも今はとてもそんな気にはなれず、指輪の件は万里の中で一時棚上げになっている。

リンダともあの夜以来、そんな相談をゆっくり持ち掛けるタイミングは訪れなかった。千波に咎められたから遠慮《えんりょ》しているというわけではなくて、それよりも、

「で、どうなのよやなっさん」

二次元《にじげん》くんは電子辞書をバッグにしまい、柳澤の肘《ひじ》を軽く突く。

「昨日《きのう》もおまけんの練習に顔出してたんだろ？　リンダ先輩《せんぱい》とちょっとは進展した？」

今は柳澤とリンダの微妙な距離感《きょりかん》が、万里には激《はげ》しく気になっているのだ。柳澤の友達とし

ても、リンダの友達としても。

「いやあ……それが、どうもこうも……なあ」

二次元《にじげん》くんの問いにもごもご答えながら、柳澤《やなぎさわ》は救いを求めるように万里《ばんり》の顔を覗《のぞ》き込んでくる。確《たし》かにこのイケメンには、誰《だれ》かの救いが必要かもしれない。

これまで何度かおまけんの練習を撮影《さつえい》しにやってきていた柳澤の様子《ようす》を思い出し、万里はつい、下の前歯をにょっきり前方へ突き出す。

「なに、だめなの？　もしかしてまーだろくに会話もできてない状態で停滞してんの？　どうなの、万里の目からみたところは？　つか、その顔やめて？　なんか腹立つ」

「うん、前回の練習のときにはやなっさん、喋《しゃべ》ってはいたよ」

「ほう！　いいじゃない！」

「……二言ぐらい……」

「ほ、ほう……！　うむむ……」

腕組みしたまましょっぱい表情になってしまった二次元くんに、柳澤は三本指をついっと立てて見せて、

「正確《せいかく》には、三言な。ていうか、三往復な。俺《おれ》『あの』リ『なに？』俺『さっきの、すごくいい感じで撮《と》れたけど、確認とかしますか』リ『いや、いいよ』俺『あ、そうすか』リ『うん、大丈夫』……って……」

どっはあぁぁぁ……！　と。肺胞ごと口から絞り出そうとしているみたいな、猛烈なため息。

そのまま暗く俯《うつむ》いてしまって、柳澤は親指の関節で自らの眉間《みけん》をごりごり激《はげ》しくこすり出す。頭蓋骨《ずがいこつ》をほじくったところでなんの益があるのだろうか。前頭葉に触れれば片想《かたおも》いが成就するよとか、万里の知らない言い伝えがイケメン界にはあるのだろうか。とりあえず「おやめよ……」とそっと友の手首を押さえてみるが。

「なーんだそれ……！　三言って！」

野郎のソフトタッチなぞコンマ以下の速度で即振り切り、柳澤はテーブルの平面に向かって無駄《むだ》に艶《つや》のあるバリトンボイスで吼《ほ》えた。

「俺ときたら進展どころか、あからさまに退化してんじゃねえかよ！　普通に前より距離《きょり》感《かん》遠ざかってるじゃんかよ！　なあ万里、おまえもそう思うだろ？」

「……うぅん、まあ……そう、なのか……な？」

多少事情を知っている立場からすれば、そう一概に「退化」とも言いかねるのだが。なぜなら、リンダが柳澤を意識《いしき》しているのは確かだから。リンダ本人は素直に認めようとしないが、少なくとも、元同級生の目には、そう見えている。ただ客観的《きゃっかんてき》には、確かにさほど芳《かんば》しい状況とは言いがたいのも事実ではある。

どう言ったものかと思わず考え込んでしまって、そのまま言葉を濁《にご》した万里の態度を、柳澤はごくシンプルに「退化説にYES」と受け取ったのだろう。どよ〜ん、と暗いオーラを発し、膝《ひざ》に抱えた黒のグレゴリーに形よく尖《とが》った顎《あご》を深々と埋める。こんもり土葬のふくらみに、墓標でもずぶっと突き立てるみたいに。

「あの人、休み明けてからバイトにも一回も出てこねえし……なんかもう、普通に避けられてんのかも……。どうすりゃいいんだよ、俺《おれ》。脈なさすぎて、死ぬかもしれねぇ」

「死ぬな、そんなことで」

二次元《にじげん》くんは同情するように柳澤《やなぎさわ》の背中をわしわし擦《こす》り、眼鏡《めがね》を光らせながら万里《ばんり》の方をおもむろに見やる。

「ていうか、万里と加賀《かが》さん、だめじゃん、そんなんじゃ」

「あれ？　俺らのせい？」

「友情のアシスト、足りてないんじゃないの？」

「う……まあ、そう言われると、アシストってほどアシスせてないのは事実かも……だけど、そう言われたって具体的になにすりゃいいのよ？　俺とか香子《こうこ》がいきなり先輩《せんぱい》とやなっさんの語らいの場をプロデュースするとか、どうやったって変な感じになるだろ。それにやなっさん、おまけんの中にきっちり溶け込むところまでは十分いってるし。その先、どうやって二人《ふたり》で喋《しゃべ》るかとかに関しては、もう自力でいってもらうしか」

「いや。何気におまけん、ガード厳《きび》しいぞ」

柳澤の言葉に、万里は「えっ！」と驚《おどろ》いて言い返す。

「ないよガードなんて、なんにも。なによあなた、ジャイアンツにも温かく受け入れられまくってんじゃん。俺は見てたぞ、昨日《きのう》も練習前にチョコパイみたいなの分けてもらってただろ。俺は正式なメンバーなのに、これまで一チョコも、一パイたりとも、包みのゴミすらもらったことなんかないぞ」

「ジャイアンツ姉《ねえ》さんたちはいいんだよ。具体的には、あの短髪の先輩《せんぱい》……輿野《こしの》さん」

「コッシー先輩？　え、なんで？　普通にすげえいい先輩だよ」

「や、いい先輩っていうのは全然わかるけどさ、ていうか……おまえ本当にわかってねえのかよ？　なにげにあのガードはすごいもんがあるぞ。だいたい常にリンダ先輩の近くにいるし、俺が勇気出してなにか喋ろうとするとささ〜っと連れていっちゃうし、接近を試みようとするとさりげなく壁《かべ》になって俺との間に入ってくるし」

「ええ？　うっそ、そんなことあるかあ？」

「あるよ。あるある、超ある」

確《たし》かに、リンダとコッシー先輩は仲がいい。コッシー先輩がリンダのことをすごく気に入っているのも知っている。でも、第三者の接近を妨げるようなことまでするコッシー先輩の姿は、万里の脳裏には思い浮かばない。少なくとも万里自身はそんなことをされた覚えはなく、これまでもずっと普通にリンダと会話しているし。

「……いや～……それはさすがにやなっさんの考えすぎじゃない？」

「いいや、違うね。じゃあ、今度俺《おれ》がいるときに、そういう目で見てみてくれよ。そしたら絶対わかるから」

「なあなあ、ところでお二人《ふたり》さん。そのジャイアンツ姉《ねえ》さんって、やっぱりその名の如《ごと》く原監《はらかん》督《とく》みたいにかわいいの？　ミスターみたいにほっぺたピンクでツヤツヤしてたりすんの？」

それよ！　と柳澤《やなぎさわ》は二次元《にじげん》くんの顔をいきなり指さしながら、よくぞ訊《き》いてくれたとばかり、ろくでもない勢いのよさで振り返る。

「意外と、結構こう、ほら万里《ばんり》、あの三年生のちょっと顔の上半分が阿部慎之助《あべしんのすけ》的な人いるじゃん」

「ああ！　はいはいはいはい！」

「俺、なんとなくあの手の顔、わりと嫌いじゃないんだよな」

「それ、わかる！　あれは確《たし》かに半分ぐらいは阿部慎之助で構成されてるっていうか、俺も前からあのジャイアンはちょっと意識《いしき》してた！　かわいい！」

「かわいい！」

同志！　分かり合えた二人はガシッと思わず熱《あつ》い握手を交わす。二次元くんは端《はた》からそれを苦笑いで眺めつつ、

「『あのジャイアンは意識してた』ってなんだよ」

柳澤の腕時計《うでどけい》をちらっと覗《のぞ》き見て、「うわあ！」と突然立ち上がる。

「万里、時間時間！　四限とっくに始まってるよ！」

「え⁉　まじで⁉」

ぐりっと握り合った柳澤の手首を捻《ひね》って文字盤《もじばん》を見ると、確かに。思っていたよりずっと時間が経《た》ってしまっていた。

「やべ、急げ急げ！　やなっさんはもう帰り？」

「おお、映研のたまり場にちょい顔出して帰るわ。明日《あした》っておまけんあるんだっけ？」

「ないない、もう次の日曜《にちよう》にお祭りの本番だし！　当然来るだろ？」

「おっとそうだった！　もちろん行くって。最前列でおまえらが踊ってるところ、ばっちり撮《さつ》影《えい》するとも！　何気にそれは純粋に、かなり楽しみにしてるから！」

学食の前で柳澤と別れ、万里は二次元くんとともに階段へとダッシュしていく。

変わることのない、いつもどおりの慌ただしさ。踏み出した足の後ろには楽しいことばかりが連なっているようで、これからもこのままでいきたいと思う。万里は強くそう願う。だから千波《ちなみ》にも、早くいつもどおりに戻ってほしい。なんだかんだいって、彼女にあのかわいらしさで微笑《ほほえ》まれ、ごめんとでも一言いわれれば、アホな自分はつまらない亀裂《きれつ》のことなんか多分きっとあっさり忘れてしまえる。そしてそれですべてが元通りになるような気がするのだ。

なにも変わらない、いつものままの日常。それが続くことだけを、万里はひたすら願《ねが》っていた。今、自分の日常は楽しいし、幸せなのだ。素晴《すば》らしいのだ。この基礎《きそ》を揺らがせたくはない。このままこの感じ、このスピード、この景色《けしき》、ずっとこのままでいけるならばそれがとにかく一番いいのだ。

＊＊＊

日曜日《にちようび》が来た。

午後六時を回って、街にはすっかり夜の帳《とばり》が降りていた。いつまでも空が明るかった夏の頃《ころ》を思えば、陽《ひ》が落ちるのが随分早くなったと思う。

万里《ばんり》は、おまけんのメンバー一同とともに路地で待機《たいき》していた。都内でこの日行われる阿波《あわ》踊《おど》りまつりに参加するべく、衣装と踊《おど》り足袋《たび》を身に着け、出番がくるのを待っているのだ。

阿波踊りが行われるのは、この街を南北に貫くアーケードの商店街大通り。

通りの両側には、この地域の飲食店の名前や会社の名前が入ったきらびやかな提灯《ちょうちん》が連ねられている。ほとんど隙間《すきま》なく、提灯の光はずっと先まで長く続いて、一直線《いっちょくせん》の通りを黄色《きいろ》く浮かび上がらせている。

眩《まばゆ》いほどに明るく照らされたその下には、観客《かんきやく》たちが幾重にもなって押し寄せていた。万里たちがいる待機場所まで、たくさんの人々の熱気《ねつき》が騒々《そうぞう》しく響《ひび》き渡ってきていて、観客席《かんきやくせき》の外側には、夜店の屋台がずらりと並んでいるらしい。さっきからずっと、腹をむやみに刺激《しげき》する香ばしいソースの匂《にお》いが、激《はげ》しく濃厚《のうこう》にたまらなく漂っているのだ。

大通りからは、細い道路が何本も分かれている。その道路が待機場所になっていて、阿波踊りの踊り手たちは連《れん》ごとにスタートの時をここで待つことになっていた。

他《ほか》の連のお囃子《はやし》がすぐ近くで聞こえる中、万里はこっそりと首を伸ばし、ロープでこちらとは分かたれた観客席の方を覗《のぞ》いてみる。

通りを挟んで左右、観客は長い商店街の端から端までびっしりと並んでいる。最前列は優雅《ゆうが》にビールなど片手に自前の敷物《しきもの》に座り、しかし後ろへいくほど見るからに状況はハード。立ち見であちこちもみくちゃになり、押し合いしながら誰《だれ》もが隙《すき》を見て、すこしでも前へ出ようとしているようだった。脚立《きやたつ》をちゃんと用意してきていて、高いところから大筒のカメラを構えている人も何人かいた。

席の争奪戦は何時間も前から始まっていたらしく、「俺は舐《な》めてた！ 最前列で撮影《さつえい》なんて絶対無理だわ！」と、柳澤《やなぎさわ》からは泣き言のメールが入っていた。この商店街が主催の阿波踊りまつりは、地元の人々には以前から随分親しまれて、盛り上がっていたらしい。

やがて、先行する連のお囃子が聞こえてきた。緊張《きんちよう》が不意に湧きあがりかける。万里はいわゆる泥棒《どろぼう》スタイル、頭に被《かぶ》って鼻の下で結んだ手拭《てぬぐ》いの結び目を、指先で闇雲《やみくも》に確《たし》かめる。尻《しり》からげに着付けた衣装の帯は自然とださく上がってくるようで、グイグイ両手でへそ下まで押し下げる。意識的《いしきてき》に深く息をして、酸素を肺に取り込み、乾いた喉《のど》には唾《つば》を飲み込む。

香子《こうこ》は——振り返り、笠をかぶった女性陣の中に彼女の姿を捜した。

万里《ばんり》とは比べものにならないほどに極度の上がり症で、毎度毎度人事不省寸前の緊張状態《きんちょうじょうたい》に陥るのがすでにお約束化しつつあった黄金《おうごん》ロボ子《こ》こと香子だが、

「……、……、あ、やっとさー、」

「……、……、よいさー、」

今日《きょう》は様子《ようす》がいつもとは違った。

ジャイアンツに混ざって小さく円陣を組み、首で二拍子を取りつつ、小さく掛け声をかけあって、肘《ひじ》から先だけを低いところでひらひら動かして踊りをさらっている。

その輪《わ》の中にはリンダもいた。みな、綺麗《きれい》に化粧した顔を真剣に引《ひ》き締《し》めて、どうやら四年生たちを取り囲むようにして、基本の動きの最後の確認《かくにん》をしているようだった。

今日は、四年生たちが初めて阿波踊《あわおど》りに挑戦するのだ。

随分急な話で、参加することが決まったのも昨日《きのう》のことだったらしい。万里や香子は集合するまでそのことを知らなかった。知らされた時には、正直、大丈夫かよ、と万里は思った。

先輩《せんぱい》たち曰《いわ》く、おまけん就職戦線《しゅうしょくせんせん》に一人《ひとり》取り残されたホッシー先輩が、また最終面接で落

とされてしまったという。どうしようもなく落ち込んでしまったホッシー先輩を元気づけるためには、もう祭りに出るしかない！　と。

そういうわけで、予定にはなかったが、四年生全員がいきなり今日の祭り本番に参加することに相成《あいな》ったのだ。

もちろん、四年生たちは阿波踊りの衣装をつけるのも今日が初めて。実際に踊るのも当然初めて。練習不足どころの騒《さわ》ぎではなく、あからさまな付け焼刃。先輩たちと輪になって、小さく振りを繰《く》り返しながら、香子は夢中で抑えた掛け声を発している。四年生たちに請《こ》われて踊りを伝授するのに必死で、自分の緊張などどこかにふっとんでしまったらしい。

言うなればケガの功名みたいなものか。ひそかにほっとした。

（よかった。あれなら香子は大丈夫だ）

万里も輪の外側にそっと加わり、踊《おど》り足袋《たび》の足を踏みかえて、掛け声を喉の奥だけで低く合わせた。みんなと一緒《いっしょ》に、小さく踊る。腰を落とし、リズムを捕える。

男踊りの衣装を着込んだ初心者一同の中に、万里はホッシー先輩の姿を見つけた。夏の花火の日以来のホッシー先輩は、また一回り瘦《や》せてしまったようだった。なぜ就職が決まらないのか、もはや誰《だれ》にもわからないのだ。四年生の仲間たちにも、後輩の万里にも、就職課《しゅうしょくか》にも、ゼミの担当教授にも。

ホッシー先輩本人は、先ほどみんなで衣装を着付けていたときには、「要するに負け癖《ぐせ》がついちゃったってことなのかね」などと、自嘲《じちょうぎみ》気味に洩《も》らしていた。「しばらく活動を休止して自分を見つめ直そうかな」と、暗い顔をしてアーティストのようなことも言っていた。その姿は、もしかしたら明日《あした》の、いや、三年後の我が身——という以上に、万里《ばんり》はこの四年生が心配だった。

ノリよく、テンション高く、騒《さわ》ぐのが大好き！　そんな、言うなれば「おまけんらしさ」をそのまま体現したようなホッシー先輩《せんぱい》が、暗く静かに沈んでしまうなんてことはあってはならないと思う。傍迷惑《はためいわく》なほどに明るくて騒がしい、いつものホッシーでいてほしい。きっとそれは万里だけではなく、おまけんメンバーの全員が、同じことを思っているはずだった。

その思いが通じたのか、今、仲間と一緒《いっしょ》に懸命《けんめい》に踊りを覚えようとしているホッシー先輩は、顔に笑《え》みを浮かべていた。こうか？　いいか？　と確認《かくにん》しながら、他《ほか》の四年生たちとともに、明るい目をして手を揺らしている。ややぎこちないが、それなりに様になっているような気もする。

みんなと合わせて小さく振りを繰《く》り返しながら、万里は、さっきまで膨《ふく》らみつつあった緊《きん》張《ちょう》がどんどん解け、その物質がどんどん楽しみに変わっていくのを、身体《からだ》の芯《しん》から感じていた。お囃子《はやし》に乗って踊りたくなってきて、身体が弾むし気も逸《はや》る。

それに、そうだ。今日《きょう》は四年生も参加することになって、ここにおまけんに所属しているメンバーが全員きっちり揃《そろ》ったのだ。今年《ことし》初めて、全員で踊れるのだ。

今年はお世話になりっぱなしの関東私学連《かんとうしがくれん》にこうして全員で混ざてもらい、今日のおまけんの目標は、とにかくシンプルに。隊列を乱さず、連の踊りの中にとどまっていること。そしていつもの如《ごと》く、おまけんらしく、全力で楽しむこと。それだけだった。

お囃子が始まり、緊張が走る。綺麗《きれい》な掛け声を発して、私学連の提灯《ちょうちん》で飾った高竿《たかざお》を持ち、連の先頭が動き出す。太鼓が響《ひび》いて、腹の底が震《ふる》える。独特の旋律を奏《かな》でる三味線《しゃみせん》の音色。ノリよく弾んで進み始める踊りの隊列。

「おっしゃ、そしたら、行くぞお祭り野郎ども……！」

コッシー先輩の抑えた声に、全員無言のまま、揃って片手の拳《こぶし》を高く突き上げる。サークルのりで大声出して騒ぐには、ここは客席に近すぎた。

提灯の光が華やかに瞬《またた》く通りに踊りながら出ていきつつ、万里はちらっともう一度だけ、すこし前方にいるはずの香子の姿を目で捜す。

数人の先輩を間に挟んで、香子は綺麗な顔立ちを笠の影《かげ》に半ば隠し、きりっと前を向いていた。なんだかんだいってやっぱり多少は緊張しているのが、固く引《ひ》き締《し》まった真紅《しんく》の唇の形でわかる。リンダは万里のすぐ斜め後ろにいて、今日はジャイアンツみんなとともに女踊りをしている。

お囃子が夜空に高く流れ、歓声が観客席《かんきゃくせき》から沸きあがった。おまけんは踊りの本隊の中に、注ぎ込む川の支流のように飲み込まれていく。眩《まばゆ》い光の下、人々の視線《しせん》の中、脈の高まりなどあっという間にかき消される。

とにかくこの連《れん》のお囃子《はやし》は驚《おどろ》くほどテンポが速い。鉦《しょう》が刻むリズムは空間を細かに断ち切るよう。繋《つな》げ、繋げ、と流れ去る旋律を拾おうとするうちに、自然と万里《ばんり》のテンションも上がって、手の先が宙で踊り出す。男では一番の踊り手、コッシー先輩《せんぱい》の動きを視界の隅に捉《とら》えたまま、手本のようにして動きを合わせ、万里も大きく身を弾ませる。やがて我をも忘れだす。

左右の観客席《かんきゃくせき》ではカメラを構えた人々や、踊りの列に目を輝《かがや》かせている人々の顔がずっと先まで連なっていた。

四年生の一人《ひとり》が、そのときリズムを取り損ねた。うあ、と声を上げてしまい、きょろきょろと素に戻って周りを見回す。そしてとりあえず、頭をかきながら笑ってごまかし、冗談《じょうだん》めかして観客に一礼。目の端でその光景を捕え、万里は危なっかしさにちょっとひやっとする。

しかし、しくじった踊り手に頭を下げられて、観客席は一層盛り上がりを増したようだった。がんばれー！　と応援の声が飛び、拍手を受けて先輩は気を取り直し、再び楽しそうに踊り始める。笑っている。その周りで踊るみんなも笑っている。それを見ていて万里も笑顔《えがお》になる。

観客たちはさらに沸き、改めて踊り出した先輩へカメラのレンズが向けられた。イエーイ！　とノリよく先輩はポーズを作り、つられたように数人の四年生も一緒に素早《すばや》く客席の方に身体《からだ》を向け、うまい具合に写真に納まったようだった。

そういえば、柳澤《やなぎさわ》はどこで撮影をしているのだろうか？

満員の客席のどこかにいるはずの友達の顔を捜そうとして、しかしそのとき万里には、

＊＊＊

一体なにが起きたのか。

俺には、まったくわけがわからなかった。

「……え？」

辺りを見回して、ただ固まった。

間抜けな声を自分が発したのはわかる。今、棒立ちになっているのもわかる。段々息ができなくなってきて、急激《きゅうげき》に、漏らしてしまいそうな感覚が身体の奥から湧いてくる。両目で見ている光景が、ぎゅいぃいぃんと脳みそめがけて怒濤《どとう》の勢いで吸い込まれてくるようだった。

——なんだこれは。

突然風景が、世界が、一秒前とは丸ごと変わってしまっていた。なにが起きてる。なにがなんだかわからない。信じられない。

震《ふる》えを止められないまま後ずさりして、もう一度辺りを見回す。いくら見ても、理解できそ

うな要素はなに一つなかった。

どこだここ。

なんなんだ、本気で。

夜の街。人の群れ。提灯《ちょうちん》の光。音楽。踊ってる。たくさんの人が着物姿で踊っていて――夢なのか？　俺《おれ》はいつの間にか眠ってしまっていて、夢を見ているのか？　それなら覚めてくれ、早く覚めてくれ、力を込めて両目を閉じる。息を詰めて何秒か待って、それでも状況は変わらない。

あまりにも生々しく、ここは現実だった。現実に、俺は突然、見知らぬ場所へ飛ばされてきてしまったのだ。ぞっとして、立《た》ち竦《すく》んだまま動けない。どうしたらいいのかわからなかった。ガタガタ震えながら息をするたび、強張《こわば》った胸がうまく膨《ふく》らまなくて、ぜはあ、ぜはあ、と変態みたいな音が出た。自分の身体《からだ》をはっと見下ろして、叫び声が喉《のど》の奥に引っかかる。着物姿になっている。俺の服はどこだ？　いつ着替えたんだ？　荷物は？　携帯は？　ここはどこなんだ？　嵐《あらし》のように考えて、だけどなんにもわからなくて、ただ狂ったように喘《あえ》ぎながら後ずさりするしかなかった。

さっきまで、俺は普通だったのだ。

普通に、いつもどおりに生きていた。普通に起きて、朝飯がわりにみかんを一個食って、顔を洗って、家を出た。下りの山道を音楽を聴《き》きながらぶらぶら歩いて、橋の途中まで行った。

そして、リンダを待っていた。随分待っても、リンダはなかなか現れなかった。リンダは俺を振るつもりなのかもしれない、とか、考えていたのだ。待つなんて言わなければよかった、と。さっきまでずっと。

それなのに、これはなんなんだ。

頭上に吊《つ》られた提灯の光に、目が眩《くら》んだ。

その一瞬《いっしゅん》、頭の中に閃光《せんこう》が炸裂《さくれつ》したように真っ白になった。

ドシッと誰《だれ》かに肩がぶつかった。目が合って、

「わ……」

ここから、逃げないと。それだけを思った。でも足がうまく動かない。心臓《しんぞう》が震えたようになって、こめかみの血管がどくどく脈打つ。泳ぐように必死に手足を動かして、でも一体俺はなにをしてるんだろうか。どこにいるんだ。本当に、本当になにもわからなくて、凄《すさ》まじい恐怖に髪の毛が逆立った。人がいる。たくさん人がいる中で、俺は立っていることさえできなくなっている。

着物の集団が驚《おどろ》いたように俺を見ていた。まるでお祭りみたいに眩《まぶ》しい。音がものすごくうるさい。

知らない場所に瞬間移動したのだ。そうとしか思えないが、信じられもしなかった。嘘《うそ》だろう、なにかの間違いなんだろう、こんなのあり得ないだろう。

俺《おれ》はリンダを待っていたんだ。

朝からずっと、桜の河川敷《かせんしき》をぼんやり眺めて、リンダが来るのを橋の上で待っていた。さっきまで確《たし》かに俺は、橋の上に立っていたんだ。

なのに、なんで――どうしてこんなところに突然放り込まれているんだ!?

俺になにが起きたんだ!?

「……う、わ、……あ、あ……あ……!」

誰《だれ》か!

神様!

どうしたらいいんだ、誰か、誰でもいい、誰か助けてくれ、ここはどこなんだ、俺はどうなったんだ、なんでこんなことになっているんだ、どうしたらいいんだ!?

着物の人々の間からもがくようにして必死に走り出た。足がもつれてそのまま転ぶ。人が俺を見ている。誰も知らない。知らない場所だ。本当に、見たこともない場所にいる。どうやれば帰れるんだ。助けてくれ、誰か!!

「万里!?」

「……!」

腕を掴《つか》まれて引き据えられた。笠《かさ》をかぶったその女の人は、赤い紅《べに》を引いた唇で、確かに俺の名前を呼んだ。

そうだ。

俺は、多田万里《ただばんり》。

昨日《きのう》高校を卒業したばかりの、十八歳。

今日《きょう》の朝、橋の上で待ち合わせをした。

俺は彼女をずっと、朝からずっと、今もずっと、待っていたんだ。


「……リンダ……」

——そうだった。

リンダが来るのを、ずっと、待っていて……。

「どうしたの⁉」

夢から覚めたように、万里は目を瞬《しばたた》いた。すぐそこにある、白く化粧をした顔を見上げた。

リンダ、だ。まるであのときみたいだ。まだ半分ぐらいは他人事《ひとごと》のまま、万里はそんなことを思った。入学してすぐの春の日。サンバ部隊に取り囲まれた自分を、リンダが引っ張って救い出してくれた時、みたいだ。

もちろん、のんきに春の思い出を回想している場合ではまったくなかった。腰が抜けたみたいになって、万里《ばんり》は路上にへたり込んでいた。リンダに肘《ひじ》を掴《つか》まれて倒れ伏す寸前の身体《からだ》を支えられているのだ。沿道の観客《かんきゃく》が「あの人たちどうしちゃったのかな?」とこちらの様子《ようす》を窺《うかが》っているのがわかる。

——今のは。

ぞっと、背骨伝いに震《ふる》えが走った。冷たい飛沫《しぶき》を真正面から食らったように、脳に暗い衝《しょう》撃《げき》が散る。胸の内側が真っ黒になる。

今のは。今のは。今のは、

「ちょっと、大丈夫⁉ 万里⁉」

もしかして。

「……だ、いじょうぶ……」

無理矢理《むりやり》に口の端を上げて笑ってみせて、万里はとりあえず立ち上がった。筋肉の意志だけによって持ち上げられ、ふわっと身体が浮く。妙な軽さが、恐ろしかった。

「あんた一体どうしちゃったのよ⁉ 気分が悪いの⁉」

「ごめん、ほんとに大丈夫……。戻らないと……。すいません、すいません! すいませんでした!」

ちょうど脇《わき》を踊る連《れん》の人々に慌てて頭を下げながら、走っておまけんの列に戻る。ぽっかりと空いていた自分のスペースに納まり直す。

ちらちらと香子《こうこ》が振り返って、こちらを心配そうに見ているのがわかった。万里は踊りの途中で突然棒立ちになり、どこかへ走っていってしまったのだ。もちろん気になるだろう。

ごめん、大丈夫、と唇だけを動かす。香子にそれが見えたか、伝わったかどうかはわからなかった。

お囃子《はやし》に合わせて、万里は腰を低く落とす。両手を高く上げ、つま先を素早《すばや》く踏みかえる。再び踊り出したこの身は、確《たし》かに自分の身だ。自分自身だ、と言い聞かせる。先輩《せんぱい》たちと動きを合わせて早いテンポに乗り、軽やかに踊って、観客たちの目を集める。

でも。

いや、違う違う。違うんだ。だって。

──そんなわけは、ない。

──だってあいつは死んだじゃないか。

──あの夜、俺の目の前で、あいつは落ちて、沈んで消えた。

(だから大丈夫。大丈夫。なんでもない。大丈夫。いつもどおりだ。俺は変わらない。このまいける。ずっといける。大丈夫、大丈夫、絶対に、大丈夫)

──でも、だったら、今のは一体誰《だれ》なんだ!?

「……っ……」

この身に重くへばりつこうとする恐怖を全力で振り切るように、大きく万里は両手を揺らした。異様な量の汗が背中を伝うのがわかる。踊りの列は続いて行く。もう二度と踊りを止《や》めてはいけない。踊れ、踊れ、踊って踊って踊り続けて、俺《おれ》はここだと叫ぶのだ。

生きているのは俺だと。

提灯《ちょうちん》が照らし出す光の中で、万里《ばんり》は、無我夢中で全身をリズムに乗せて跳ね上げた。

＊＊＊

関東私学連《かんとうしがくれん》の本部長が顔を見せたのは、着替えが終わって再び集合した頃《ころ》だった。おまけんのメンバーは、参加者の更衣スペースとして用意されていた区民センターの一室で帰り支度《じたく》を整《ととの》え、建物前のピロティに集まっていた。

祭りは終わって夜は深まり、植え込みからは虫の声が騒《さわ》がしいほど聞こえていた。

何度か顔を合わせている本部長の登場に、一度は「おつかれさまっしたぁ！」「今日《きょう》もお世話になりましたー！」とメンバーはそれぞれ笑顔《えがお》になって頭を下げたが、

「おまけんの皆さん、ちょっとここに衣装を戻してくれる？」

発せられた声の硬さにすぐに全員気が付いて目を見かわした。もちろん、一年坊主の万里《ばんり》も。

「いや、でも衣装は、こっちで管理するようにって話でお借りしてるんですが」

コッシー先輩《せんぱい》が言うのに、本部長は表情も変えないで、ただ手に持っていたダンボール箱を差し出しただけだった。とにかくここに入れろ、衣装を戻せ、ということらしい。

足袋《たび》や手拭《てぬぐ》いだけは自前だが、笠《かさ》を含めた衣装のすべては、この連から無償《むしょう》で借り受けているものだった。春に正式に借り出すことになって、それぞれクリーニングを含めて自分で管理をし、年度の終わりにきっちり元通りに返す約束になっていた。少なくとも万里は、そう聞いていた。創部以来、おまけんのOBたちが代々築き上げた信頼によって、そういう話がついていたはず……なのだが。

戸惑って、コッシー先輩の方を見た。コッシー先輩は、風呂敷《ふろしき》に包んだ汗に濡《ぬ》れた衣装を、それ以上はなにも言わずにダンボール箱の底へそっと差し入れた。

他《ほか》の先輩もそれに続いて、ビニール袋や紙袋に収めた衣装を一つ一つ、戻していく。リンダもなにも言わず、従った。専用の布バッグに入れた笠をジャイアンツの手から回収して、折れ曲がったりしないように箱の内側に立て掛けるように納める。万里も、やっと畳み方を覚えた浴衣《ゆかた》をダンボールに戻した。最後に香子《こうこ》が、借り物の衣装をふんわりと一番上に重ねた。

ただならぬ雰囲気に、おまけんのメンバーは輪《わ》になって立ったまま、なにも言葉を発せずにいた。

その中心に一人《ひとり》立って、本部長は、

と、ほとんど微笑《ほほえ》んでいるかのように見える表情で呟《つぶや》いた。

「今日《きょう》はひどいよ」

「いくらなんでも、ないでしょうよ」

万里《ばんり》の心臓《しんぞう》が、摑《つか》まれたようにぎゅっと強張《こわば》る。

自分のことを言われているのだ。踊りの途中で棒立ちになり、錯乱《さくらん》したように走り出して隊列を乱した。連《れん》の人からしたら、それは確《たし》かに許せない失態だっただろう。踊りが終わったら真っ先に、連の皆さんに謝《あやま》るべきだった。

慌てて万里は本部長の前に進み出て、必死になって頭を下げた。

「……す、すいませんでした……！　ほんと、ごめんなさい！　いきなり体調《たいちょう》がおかしくなって、それで、踊りを止《や》めてしまいました！　申し訳ありませんでした……！」

深く頭を下げると、後ろに並んでいるおまけんの面々のつま先が見えた。こちらへ駆け寄りたそうに一歩だけ前に出てきたのは、香子《こうこ》のハイヒールだった。

「二度とあんなことにならないように体調に気をつけます！　連の皆さんにご迷惑をおかけしてしまったこと、本当に反省してます……！」

「君のことだけじゃないよ」

しかし、本部長は万里の謝罪《しゃざい》の言葉を遮《さえぎ》った。

「全然踊れてない人たちが、連の踊りを、ぜんぶ！　壊《こわ》してたの。それがあんまりにも目に余るって言ってるの。わからないか？」

ホッシー先輩《せんぱい》を含めた四年生の全員が、息を飲んだのが万里にもわかった。

「あのさ、おまけんさんはさ、そりゃおもしろければいい、楽しければいい、そういうノリでいると思うよ。その活動を否定はしないよ。でもうちの連はずっと阿波踊《あわおど》りやってきて、代々の伝統とかもあって、それなりに誇れる歴史とかもあって、みんな真剣に、大事に活動してきてるの。今年《ことし》だけのゲストだしっての丸出しのツラで、あなたたちはこっちを利用して楽しむだけ、楽しむためには敬意も気遣《きづか》いも関係ねえ、って態度でいるなら、もう勘弁なんだよ。思い出作りもいいけどさ、こっちはその続きがあるんだよ。よそでやってほしいんだよ。もうこっちはね、あなたたちに関《かか》わりたくない」

空気が、凍り付いた。おまけんの面々は、誰《だれ》もなにも言えなかった。

「……はっきり言うけど、阿波踊り、もうやってほしくない。と、いう話でした」

本部長は最後だけ他人事《ひとごと》みたいにそう締《し》めて、これまでおまけんに貸し出していた衣装を詰めたダンボールを抱え、夜の道をスタスタと歩き去っていった。

打ち上げは、まるでお通夜《つや》のようだった。

そもそも誰も、打ち上げしたいなどという気分ではなかったのだ。でも居酒屋をキャンセルできなくて、予定通りに行われたのだが、ほとんど会話らしい会話すら交わされなかった。全員、笑ってなどいなかった。

特に四年生の落ち込みはひどく、畳の間に置かれた座卓を囲んだまま、みんな揃《そろ》って項垂《うなだ》れていた。後輩《こうはい》の誰《だれ》が、なにを話しかけようとしても、「今日《きょう》はごめんな」「俺《おれ》らのせいだ」としか返ってこなかった。コッシー先輩は時折リンダと低い声で話しながらどこかに何度も電話をしていた。柳澤《やなぎさわ》はおまけんの様子《ようす》に、最初は打ち上げに加わるのを遠慮《えんりょ》しようとしていたが、店はキャンセルもできない上に人数を減らすこともできないと知って、結局ここまでついてきていた。しかし部外者一人《ひとり》では気まずいのだろう、テーブルの上の料理をどんどん平らげることで微妙な空気をやり過ごそうとしているようだった。

並んで座った香子《こうこ》が、気づかわしげに「さっきはどうしたの？　貧血？」と訊《たず》ねてくるのに、万里は曖昧《あいまい》に頷《うなず》いてみせることしかできなかった。

なぜだか鼻先に、そんなわけはないのに、川のにおいがしてくるのだ。

店内の水槽《すいそう》のにおいかもしれないが、とにかくそれが妙に気持ち悪くて、万里はほとんど料理に手を付けられなかった。ただ、なにも考えないようにしていた。おまけんのことも、さっきの踊りの最中に起きたことも、考え始めたらどこまでいっても終わりがないような気がしていた。ぼんやりグラスに口をつけ、ウーロン茶とウーロンハイを間違って飲み、ばかみたいに驚《おどろ》いて噎《む》せた。

リンダは、打ち上げの最後まで万里に近づいてくることはなかった。万里も、申し合わせたわけではないが、リンダには近づかなかった。あの顔を見たら、あの声を聴《き》いたら、今度こそなにかが崩壊《ほうかい》して、堰《せき》を切ったように暴《あば》れだし、取り返しがつかなくなる気がして恐ろしかったのだ。

そして解散し、一人で部屋《へや》に戻ってきたのが十時過ぎのことだった。

香子に「寄る？」と訊《き》いたが、時間も遅かったし、万里の体調を気遣《きづか》ってか、香子はそのまま自宅へ帰ると言った。香子の家の最寄りの駅まで一緒《いっしょ》に乗っていって、改札を出ずに引き返し、帰宅した。

シャワーを浴び、すこしテレビを観て、ネットをして、明かりを落とした。

ベッドに寝転がり、万里は暗闇《くらやみ》の中で目を開いていた。

川のにおいが、まだしている。

薄《うす》いタオルケットに潜《もぐ》り込んでも、すーすーとして肌寒い。もう季節は変わったのだから、寝具も変えなければいけなかった。そして、多分《たぶん》、もっと深く、二度と這《は》い上がれぬ昏《くら》い底まで、あいつを沈めてやらないといけなかった。

あの感覚を思い出しかけて、万里は固く目を閉ざす。

まるで今の自分が生きているこっちの世界が夢だったような、やっと目が覚めた、気が付いた、みたいな感覚。

生きているこの身が、見えているこの世界が、丸ごと嘘《うそ》になるような——嘘だったんだとやっと気が付いた、みたいな。

あの感覚から戻ってこられなければ、それきりなのだ。おそらく。今の自分は、ああやって、誰《だれ》にも知られないまま声も出せずに消えていくのだ。

鼻を、無意識《むいしき》のまま強くこする。すすり上げて、身体《からだ》を起こす。とてもではないがこのまま眠ることはできなさそうだった。時計《とけい》を見ると、午前一時半を過ぎている。明日《あした》は一限から語学があるから、絶対寝坊はできないのに。

よろけそうになりながら立ち上がり、台所の明かりだけをつけてコップに水を汲《く》む。カウンターの引き出しから頓服《とんぷく》薬の袋を出して、スツールに座り、一粒飲み下す。

身体がどんどん冷えてきて、万里《ばんり》は香子《こうこ》のことを考えた。あんなに温かい身体をした彼女が今ここにいてくれたなら、随分救われる気がするのだが。こんなときに限って、一人《ひとり》ぼっちで置いていかれる。

（……こういうのって、偽薬？　だったりすることもあるんだっけ？）

ふと思いついて、頓服薬をじっと見る。所詮《しょせん》は気の持ちようの問題というやつで、これもプラセボ、だったりするのかもしれない。だって気分が全然よくならない。

もう一粒、えいや、と口に放り込んで飲み下し、万里はコップをシンクに置いた。銀色《ぎんいろ》の薬シートのゴミを、適当にゴミ箱に放り投げる。

5

月曜《げつよう》、火曜とそのまま過ぎて、事態は変わらず、水曜日。

いつもの練習場所であるリハーサル室に、四年生も含めてメンバーが全員集まった。あれから三日が経《た》ったわけだが、おまけんの上空にどんより渦巻くお通夜《つや》の雰囲気は、いまだにまったく払拭《ふっしょく》されていなかった。

まだしも本当のお通夜だったなら、告別式も出棺も、地域によってはなんなら勢いで初七日《しょなのか》までも終わっていていい頃《ころ》なのだが。いかんせん、この雰囲気だけのお通夜は、終わりが見えないという性質の悪さがあった。

万里は力なくぺったりとあぐらをかいて、膝《ひざ》を抱えた香子の隣《となり》、先輩たちと一緒《いっしょ》に並んで床に座り、

「衣装は、多分《たぶん》、もう貸し出してもらえない」

コッシー先輩《せんぱい》が重々しく言うのを聞いていた。

お通夜《つや》空気のド真ん中、気分的にはどん底で、もはや立《た》つ瀬《せ》なく背中を丸める。

こんなことになってしまった責任の一端は、確実《かくじつ》に自分にあった。つまり自分は、ここでは喪主なのだ……いや、違うか。お棺の中の死人なのだ……これも違うか。死んだ人を、殺した人だ。うん、多分《たぶん》そんな感じだ。俺《おれ》が犯人だ。犯人のくせしてお通夜にしれっと紛れ込み、堂々としていられるわけもなかった。万里《ばんり》は耐えられず、両手の中に顔を深く埋める。やりきれなかった。向ける顔もないとはこのことだ。

ちょん、とその肘《ひじ》をつつかれる。目を上げると、傍《かたわ》らの香子《こうこ》が心配そうに眉《まゆ》をハの字にして、大丈夫？　と唇を動かしながら、顔を覗《のぞ》き込んできていた。肘に触れてくる優《やさ》しい手をそっと押し返し、安心させるように頷《うなず》いてみせる。でも、笑えはしない。そして今ここで、湧《わ》き上がる申し訳なさに突き動かされるまま、「本当にすいませんでした！」と先輩たちみんなの前で改めて頭を下げることもできない。

日曜《にちよう》の夜のお通夜打ち上げから今日《きょう》に至るまで、自分のせいです、すいません、と謝《あやま》るのはもう何度もやり終わった後なのだ。静まり返った居酒屋でも、ゾンビの群れみたいに無言でぞろぞろ歩いた帰り道でも、力なくほろほろと解散した駅の改札でも。月曜以降は学部棟のロビーのいつものたまり場でも。

それを万里が始めると、四年生たちが口々に「自分らが練習不足のまま参加したせいだ」

「だから自分らのせいだ」と言い出し、そうなると結局二年生、三年生の先輩たちみんなが「そもそも考え違いをしていた」「そもそも連《れん》の人たちのことを考えてなかった」「そもそもおまけんの創部理念を忘れていた」「そもそもお祭りの研究など誰《だれ》もしていないのにおまけんを名乗っていた」……汲《く》めども尽きぬそもそも論《ろん》を、汲んでくる深さを競《きそ》うかのように連発し始める。そうやって空気はどんどん、重みと暗さを増していった。

もう十分に、誰もが流れを覚えてしまうほど、それはやり尽くしてしまったのだ。だからどんなに申し訳なくとも、この場でさらに謝罪《しゃざい》の言葉を口にすることはもうできない。万里はただ、口を噤《つぐ》んで背を丸め、座り込んでいることしかできなかった。

コッシー先輩は、筋肉質に締《し》まった身体《からだ》にTシャツと着古したジャージ、裸足《はだし》、タオルを腰に挟んだいつものスタイルで、みんなの前に一人《ひとり》だけ立っていた。

「学祭にも、お囃子《はやし》は、来てもらえない。本部にいろいろ掛け合ってはみたけど、今回ばかりは……どうにもなんねえのかも」

ぽつりぽつりと静かな声で語る。その口調《くちょう》には、いつもの圧も、いつもの気合も、いらん熱《あつ》さも無茶《むちゃ》なノリもやたらめったらな勢いも、そういう「らしさ」はまったくなかった。

そしてコッシー先輩の話に対して、誰からも驚《おどろ》きの声は上がらなかった。誰にだって、予想はついていたのだ。考えてみるまでもない。衣装すら貸し出してもらえないのに、わざわざおまけんのために連のお囃子の人々が、この大学の学祭まで楽器を抱えてやってきてくれるわけがなかった。関《かか》わりたくないとまで言われたのだ。踊ってほしくない、とまで。

リンダは、万里《ばんり》の斜め前で、立てた片膝に顎《あご》を乗せて座っていた。ずっと黙《だま》ってコッシー先《せん》輩《ぱい》の話を聞いていたが、しんと静かになってしまったところで、一つ結びにしていた髪を乱暴《らんぼう》に解《ほど》く。参った、とでも言いたげな投げやりさで首を振る。ゴムの跡がついた黒髪が、長袖《ながそで》Tシャツの華奢《きやしや》な肩に零《こぼ》れ散る。

一年坊主にだってわかる、これは完全な非常事態だった。衣装もない。お囃子《はやし》もない。それで本当に踊れるのだろうか。それは果たして自分たちの知っている阿波踊《あわおど》りなんだろうか。踊ってほしくないとまで言われてしまって、そんな状況で強行していいのだろうか。学祭はもう来月に迫っていて、結論《けつろん》が出るまでみんなで悩んで議論《ぎろん》して納得して……なんてしている時間はない。でも、じゃあ、と練習したところで、本当に披露《ひろう》できるのだろうか。そんなものを、これが阿波踊りでございます、なんて言い張って披露してもいいのだろうか。

柳澤《やなぎさわ》はほぼ定位置と化した戸口そばの隅に座り込み、踊り始められないおまけんの話に一切口を出すことなどなく、ハンディカムを脇に置いて、気配《けはい》を消していた。

リンダが、ちらっと柳澤の方を振り返って見た。その白い横顔に浮かんだ表情は万里からは見えなくて、柳澤はリンダの視線《しせん》に気づいていないようだった。邪魔《じやま》にならないよう、静かに目線を床に落としていた。

はい、とリンダは正面に向き直り、手を上げる。

「とりあえず、動きませんか」

解いた髪を結び直しながら話すリンダに、全員分の視線が集中する。柳澤もリンダを見た。リンダはおまけんメンバーみんなの顔をゆっくりと見回して、

「こうやって暗く座ってても、事態はどうにもなんないですよ。どうするのが正解なのか、ぶっちゃけ私もわかんないですけど……でもこのまま全部やめて、なんにもしないってことになれば、それでおまけんは終わるって思います。それに柳澤くんの素材も心配だし」

ねえ、と柳澤にいきなり話を振った。

「えっ？　いや、俺《おれ》のことなんか、」

柳澤は慌てて首を横に振ろうとして、しかし、

「……まあ、でも、確《たし》かに。俺はみなさんが踊ってるところ、もっと撮《と》りたいです。撮らせていただきたいです。踊ってほしいっす」

はっきり言い切った。そして壁際《かべぎわ》に座ったままで頼み込むように、メンバー一同に向かって頭をひょいっと下げてみせる。

そうか、とコッシー先輩は思案気に腕を組み、

「ロボ子《こ》はどう思う？」

突然香子《こうこ》を名指しした。「え？　わ、私ですか？」と香子は驚《おどろ》いて半ば飛び上がったが、

「おまえが搭載してるスーパーコンピューターでシュミレーションしてみてくれよ」

コッシー先輩《せんぱい》にそう言われると、おもむろに難《むずか》しい顔をして、眉間《みけん》に指を一本押し当て、

「……オドリタイ……ロボ子《こ》……オドリタイ……」

腰から上だけグリグリ半回転させてロボ声を出した。ぐねぐね動かした腕は恐らく本人的にはロボットアーム。不意を突かれて、ぶはっ！　と、先輩たちの何人かが激《はげ》しく吹いた。

「……アト……『シミュレーション』ヲ、『シュミレーション』、ッテイッチャウヒトハ……タブンタイセイシナイ……」

これにはなぜか柳澤《やなぎさわ》が「うあはははは！」と声を上げてものすごく嬉《うれ》しそうに爆笑《ばくしょう》した。なにか積《つ》もり積もって鬱屈《うっくつ》した感情がありそうな喜び具合ではあった。コッシー先輩は哀《かな》しげに「俺《おれ》、大成しないの？　え、なんでなんで？」としばらく呟《つぶや》いていたが。

「とりあえず、わかった。……ってわけで、ロボ子もこう言ってることだし、ここの時間も限られてるし。動こうか、みんな」

そう言って、力技で雰囲気を換えようとするみたいに二度大きく手を叩《たた》いた。

閉ざされた空間にその音は驚《おどろ》くほど鋭《するど》く反響《はんきょう》して、確《たし》かに空気が無理やりに動き出したような気が万里《ばんり》にもした。座り込んでいた一同はそれぞれ立ち上がりながら、準備運動をするために両腕を開いて広がっていく。

万里もよいしょと裸足《はだし》で立ち上がって、とりあえず、の精神。どうにか気を取り直して……と心では思っているのだが。頭でも思っているのだが。

自分が想定していたよりも身体《からだ》が倍ぐらい重く感じられ、立つ寸前、ぐらっと危うくよろけてしまった。どうにか足を踏ん張って、無様《ぶざま》に転ばずにはすんだが。

腕を横に振って等間隔に距離《きょり》を取りながら、前方の壁《かべ》の一面に貼《は》られた鏡《かがみ》を見やる。なんちゅう顔だよ、と我ながら思う。しけたツラ。拗《す》ねたような、泣き出す寸前みたいな、いかにも不満げな暗い顔。こんな顔をぶら下げていたいなんて思っちゃいない。が、笑えない。ままならなさにため息が出て、自分の手で頬《ほお》を摑《つか》んでみる。揉《も》んでもみるが、もちろんどうにもならない。

その万里の耳元にひょいっと顔を近づけて、香子《こうこ》が小さく囁《ささや》いてきた。

「万里、顔色があんまりよくないみたい。無理しないで、もし体調《たいちょう》がおかしかったら……」

「うん、今のところ平気」

ありがとう、ごめん、と頷《うなず》いてみせる。香子はそれでもまだ万里の顔をじっと見つめて眉《まゆ》を寄せている。長い三《み》つ編《あ》みにした髪を、背中に長く垂らして揺らしながら。

今週に入ってから、香子には随分心配をかけてしまっていた。香子は万里の体調をずっと気にしているようだった。あの日曜《にちよう》の祭りで、踊りの途中で列を抜けてしまったことを貧血かなにか、と説明したせいだろう。そして実際のところ、体調は本当にあまり良いとは言《い》い難《がた》かった。顔色が冴《さ》えないのも、仕方ないのかもしれない。

風邪気味《かぜぎみ》なのが抜けきらないのだ。悪化こそしていないが、なんだかずっと気怠《けだる》くて、グズグズと身体《からだ》が重いまま。さっぱりと治らない原因は、睡眠不足だと万里《ばんり》は思っている。

あの日曜《にちよう》の夜以来、どうもうまく眠れないようになってしまったのだ。寝付けないせいでついスマホをいじったりしてしまい、余計に目が冴《さ》えてしまい、もう完全なる悪循環《あくじゅんかん》。朝方まで変に興奮《こうふん》状態で、わけのわからないテンションであれこれ考え続けてしまって、やっと眠気が来たころにはもう起きなければいけない時間になっていて……というのを繰《く》り返してしまった。

睡眠不足が胃にも影響《えいきょう》しているのか、あまり食欲もわかなかった。静岡《しずおか》で処方してもらった頓服薬《とんぷくやく》も、気が付けばあと2錠《じょう》しか残っていない。処方されたのは14錠だったから、随分早いペースで飲んでしまったと思う。次の診察は年明けなのに。

眠れないついでにネットで薬のことを調《しら》べたら、神経を鎮《しず》めて、だの、脳に作用し、だの、頼りになるような、それでいて余計不安になるようなことがあれこれ書いてあった。少なくとも、一瞬《いっしゅん》疑いかけたように偽薬ということはなさそうだった。単に、自分にはあまり効かないだけらしい。

そう。不安は、薬を飲んでも消えてはくれなかった。最初に静岡で飲んだ時にはちゃんと効果を感じたのだが、身体が慣《な》れて効きが鈍《にぶ》くなるようなこともあるのだろうか。

ラジオ体操第一《たいそうだいいち》をベースにしたおまけんオリジナルの準備運動をブンブン乱暴《らんぼう》にやりながら、万里はぼんやりと蛍光灯の照明を見上げる。身体はだるいし。とりあえず動き出したものの、状況はお通夜《つや》のままだし。犯人は自分だし。

あらゆることが体内で燻《くすぶ》っていて、いつどこから火の手が上がるかもわからなくて、どこにも逃げ場がないような気がしてくる。

いくら上半身を柔軟に解《ほぐ》しても、とりあえずとばかりに立ち上がってみても、踊りたい！というような前向きな気持ちには、すこしもなれる気がしなかった。

今までなら、踊ろうと思えば、それだけで心は楽しく爆《は》ぜるようだった。イキよく跳ねて、芯《しん》からたまらなくて、身体は自然と踊り出した。しかし今は、自分の中に冷たい黒い水が溜《た》まってしまって、その水面はしんと暗く静まり返っているようなのだ。いくら石を投じてみても、とぷん、と飲み込まれるだけで、さして波紋も立ちはしない。

（踊ったらまた『あれ』が起こるかも、なんて……ばかすぎ？　考えすぎ？　びびりすぎ？）

あの異変が再び起きることを、とにかく万里は恐れていた。

眠れない朝方に、つい考え込んでしまったのだ。具体的になにが異変の引き金だったのか、と。とにかく今、確《たし》かなのは、あれが踊っている最中に発生したということだけだった。ならば、また踊ったら、あの異変が起きてしまうのではないだろうか。

あの異変が起きた時。

この多田《ただ》万里の肉体に宿った自我の記憶《きおく》は、卒業式の翌日、リンダに告白をし、橋の上で待ち合わせをしていたところまで巻き戻っていた。つまり事故の直前だ。今の自分は、まだこの世に存在していない。だから知るわけもない場所、見たこともない場面だ。

そこから多田万里《ただばんり》は、「今」に、ジャンプしてきたのだ。過去と今が、連続する時間の一点で突然結びついた。ここにいる自分自身は、まるで下手《へた》くそな糸の結び目にできてしまった余計な輪《わ》っかの部分みたいに、一本の筋から明らかにはみ出していた。そのはみ出した部分こそが自分だということすらわからなくなって、誰《だれ》にも、それこそ自分自身にすら知覚できなくなって、過去から今へ一本に繋《つな》がった糸だけが、多田万里として存在していた。

過去の自分はそんなふうにして、この多田万里の存在を乗っ取ったのだ。

要するに、あれが「治る」という状況なのだろうか。自分が生きてきた時をなかったことにして消し去る、ということが。

あんなふうに、肉体を人生ごと奪い取られるということが、客観的《きやつかんてき》には正しい状態に戻ったということ——考えてみて、人知れず、鳥肌が立った。

勢いをつけて上体を横に曲げ、脇腹《わきばら》を伸ばしながら、万里は恐怖のあまり、小さく笑いそうにすらなってしまう。

冗談《じようだん》じゃない。そんなの洒落《しやれ》にならない。ありえない。

自分がなくなるなんて。自分が生きてきた時間が無しにされるなんて。そんなの耐えられるわけがないではないか。そりゃ生き物なら誰でもいつかは死んで、いきなりだろうがじっくりだろうが、とにかく終わりを迎えるだろう。でも、それならまだいいじゃないか。自分として生き、自分として死ぬのなら。

あんな風にして消えてしまったら、今ここにいる自分は、なにかのエラーか、症状の一つだったみたいに処理されてしまう。結び目から予期せずはみ出た糸の輪っかとして、プチプチ両端切られて、捨てられて、終わりにされてしまう。

あの事故から生まれ、目覚めた瞬間《しゅんかん》から、自分は今までの時を確《たし》かに生きているのだ。時間としては短いかもしれないけれど、でもこれが自分だ。過去がないことまで含めて、それが自分なのだ。

あの異変のときに身体《からだ》を乗っ取っていた奴《やつ》は、かつては多田万里ではあったかもしれないが、自分自身ではない。他人だと思う。あんな奴は知らない。あいつに人生を渡すわけにはいかない。

多田万里は、ここにいる、この俺《おれ》、なんだ。勢いをつけて屈伸しながら、自分に言い聞かせるように思考の中で言葉を連ねる。

あいつは、川底に、落ちて、沈んだんだ。膝《ひざ》を使って全身を大きく後ろに捻《ひね》ると、壁際《かべぎわ》に座り込むイケメンと目があった。おう、と眉《まゆ》を上げてみせる。イケメンは片手をこめかみのあたりに上げて、万里と同じ顔をしてみせる。

友達もいる。それに、彼女もいる。ここには自分の居場所がある。多田万里の分のスペースが、ちゃんとここに空けられている。

そして一人分《ひとりぶん》のスペースには、一人しかいられないのだ。

川の底に落ちていった、自分と同じ顔をした奴《やつ》のことを思い出す。

今を生きる自分の目の前で、過去のあいつは、あのときそれをちゃんと理解して、自ら消えることを選んだ――ように万里《ばんり》には思えた。一度は多田《ただ》万里のスペース争奪戦から脱落したのだ、あいつは。それなのに、いけしゃあしゃあと、この世に舞《ま》い戻ってきやがった。自分は隙《すき》でもみせてしまったのだろうか。

もしもまた、あの異変が起きたら。そして時をジャンプし、自分が人生から切《き》り離《はな》されてしまったら。そしてもう戻れないのだとわかったら。そうしたらこの自分は、どうするだろうか。「今」の多田万里が見ている前で、今度は自分が「過去」の多田万里になり、すべてを諦《あきら》め、川の底に落ちていくのだろうか。ああやって。もういい、と寂しげに呟《つぶや》いて。摑《つか》もうとした手を振りほどいて。なにもかもを諦めて。

誰《だれ》にも気づかれずに。香子《こうこ》にすら、わかってもらえずに。というか、そのときそこにいる自分は、香子のことすら、わからないのだ。

今ここにいる自分が、リンダのことをわからなかったように。

争奪戦から脱落したら、次に落ちるのは俺《おれ》の番なのか。そうなるのか。

……いや、いやいやいや、と首を振る。そんなこと、考えたって意味などない。余計に不安になり、さらに落ち込むだけだ。大事なのは、多分《たぶん》ただ一つだけ。

「今」からずれてはいけない。それだけだ。

「今」から離れた瞬間《しゅんかん》に、自分は終わるのだ。

まるで自分自身が、時計《とけい》になったようだった。時を刻み続ける時計は一つだけのように見えて、実はいくつもいくつも重なっている。なぜだかわからないけれど、自分はそうなってしまったらしい。

なにかの拍子で、時計のどれかが、「今」の瞬間からずれて遅れてしまったら。そうしたら、その時計は終わりだ。川底に投げ捨てられる。砕けた鏡《かがみ》の破片みたいに。

だから遅れてはいけない、絶対に。「今」の瞬間から、ずれてはいけない。「今」の自分から、置いていかれてはいけない。日曜日《にちようび》には、あやうく遅れるところだったのだ。時刻を合わせろ。必死についていくんだ。

「1、にーさんし、2、にーさんし」

コッシー先輩《せんぱい》が号令をかけるのに合わせて、万里は身体《からだ》をさらに大きく左右に捻《ひね》る。隣《となり》では香子《こうこ》が、同じように動いている。

万里と目が合ったのに気が付いて、香子は唇を窄《すぼ》めるようにして小さく微笑《ほほえ》んでみせた。

この恋人と、ずっと一緒《いっしょ》にいようと万里はとっくに決めている。香子だってそれを望んでくれている。

だから、絶対に、置いていかれるわけにはいかないのだ。失うことなどできない。

「3、にーさんし、4、にーさんし」

香子《こうこ》とはぴったりと動きがあった。大丈夫だ、と万里《ばんり》は身体《からだ》を動かしながらこっそりと息をつく。自分は今は、遅れたりしていない。ちゃんと今を生きている。ここに今、自分自身でいる。ずれていない。大丈夫だ。

「私たち、本当に踊っていいのかな……？」

四年生の先輩《せんぱい》たちが、身を寄せ合って小さく囁《ささや》きあうのがそのとき偶然耳に入った。

「いいかどうかはわからんけど、今こうなって、俺《おれ》らがこれで踊るのをやめたら、なんかそれこそ、こいつらがやってきたことが俺らのせいで全部なしになっちゃうだろ」

「うん。とにかくやるしかねえよ。練習しよ」

「だな」

万里は声には出さないまま、先輩たちの言葉に同意する。とにかくやるしかない。踊るしかない。怖くても、不安でも、踊るのだ。

誰《だれ》が何度、川の底から舞《ま》い戻ってこようと、ここにいるのは俺だと叫べ。自在に身体を躍《おど》らせて、このスペースは俺のものだ、と見せつけろ。びびってしまったら、隙《すき》になる。俺は俺だと自信をもって何度でも叫べばいい。そうすればきっと大丈夫だ。大丈夫になる。大丈夫になっていく。

喉《のど》から今にも溢《あふ》れ出しそうな不安に溺《おぼ》れかけ、今にも固まって立《た》ち竦《すく》んでしまいそうな肉体を、そうやってどうにか鼓舞《こぶ》しようとする。黙《だま》っていたら消えてしまう。突っ立っていたら遅れてしまう。踊るしかない。踊れ、多田《ただ》万里。

鏡《かがみ》に映る、真《ま》っ青《さお》に血の気の引いた自分の顔から必死に目を背けたまま、万里は我知らず奥歯を強く噛《か》み締《し》める。

表面上はなにも変わらないまま、そうやって日々は過ぎていった。

＊＊＊

東京《とうきょう》ディズニーランドがあってもそこは東京ではないように、エッフェル塔《とう》があるからといって、そこがパリとは限らない。

だから一人暮《ひとりぐ》らしの万里の部屋《へや》に、香子が訪ねてきていたからといって、若者二人《ふたり》のお熱《あつ》い夜が進行したとも限らない。さらにいえばそもそもの話、窓辺に鎮座《ちんざ》している不思議《ふしぎ》オブジェがエッフェル塔《とう》である、というのも、制作者が勝手にそう言っているだけのことであって、エッフェル塔《とう》自身は絶対にそいつが自分の名を名乗ることを許しはしないだろう。だって、とりあえずぱっと見、形が思いっきり違うし。似せようとした気があるかどうかすら今となっては怪しいし。

だめじゃないのー、と香子《こうこ》の声が響《ひび》き渡った。

「ん？　なにが？」

「ゴミが分別できてない。これじゃ怒られちゃうよ」

「あれ、そうだった？　後で自分でやるからそのままにしといていいよ」

洗面所でデニムをジャージに穿《は》き替えながら、万里《ばんり》はキッチンでごそごそやっている香子に返事をした。しかし香子は顔を上げないままでいるらしく、くぐもった声で、

「でも今ゴミ出すんでしょ？　ああほら、これだ。こんなのだめよ、アルミは不燃《ふねん》だよ。燃《も》えるゴミに一緒《いっしょ》にしちゃったら……なにこれ……？」

いけない。お嬢様《じょうさま》に、庶民のゴミの分別までさせてしまうとは。

洗濯《せんたく》しておいたフェイスタオルを首に引っかけ、万里は慌てて部屋《へや》へ戻った。

「いいよいいよ、自分でやるからかして」

口を開いたゴミ袋の前で、そのとき香子が手の中のなにかをじっと見つめているのに気が付いた。

一体なにを、と万里が覗《のぞ》き込もうとすると、香子はそれを素早《すばや》くポケットに押し込んだ。そ

の行動を不思議《ふしぎ》に思うが、

「……ねえ万里、もうあんまり時間が」

「おっと、そうだ」

時計《とけい》を見て、慌ててゴミ袋の中身を再確認《さいかくにん》する。

まだ七時過ぎ、急いで帰らないといけない時刻でもなかったが、さっき香子には加賀《かが》家の母から電話があって、贈答用《ぞうとうよう》に注文したお菓子を今日中《きょうじゅう》に店舗《てんぽ》まで取りに行くように仰《おお》せつかったのだ。店は八時には閉まってしまうので、部屋で夕飯を一緒に食べる予定は急遽《きゅうきょ》変更と相《あい》成《な》った。

紛れていた不燃ゴミは香子が拾い出してくれたのか、ゴミ袋には特に混ぜてはいけないものはなさそうだった。口をしばり直して、軽く手を洗い、イヤホンをつなげたスマホと家の鍵《かぎ》をポケットに突っ込む。いこ、と香子の背中を軽く押してゴミ袋を摑《つか》み、部屋の明かりを消す。

玄関から出て、鍵を閉めている間に香子がエレベーターのボタンを押してくれた。誰《だれ》とも会わずに一階まで下りて、ゴミステーションにゴミを置いてきてエントランスへ戻ると、香子は俯《うつむ》いてスマホをいじっていた。用事を言付《ことづ》かった店までのルートでも検索していたのだろうか。

万里に気が付いて、香子はすぐにスマホ画面を消してスマホをバッグにしまった。

「お待たせ。遅れたらいけないから、ちょっと早足でいこう」

「うん。……まだ走らないでね？」

「走らないよ。駅まで送ってく」

「だって万里《ばんり》、今にも走り出しそうなんだもん」

いつもの駅までの道を二人《ふたり》で並んで歩き始めながら、万里は左手で香子《こうこ》の右手を掴《つか》む。柔らかく、温かな指の間に自分の指を滑り込ませて、すこしだけ力を入れて握る。数センチしか目線《めせん》の変わらない高さから、香子が嬉《うれ》しそうに微笑《ほほえ》みかけてくれる。くるん、と上がった睫毛《まつげ》が、その白い頬《ほお》に長く影《かげ》を落としている。

「……走らないで。まだ」

「……それはもしかして、『押すなよ押すなよ!』的なアレなのか? だとしたら」

ふざけて突然猛ダッシュ、走ろうとする万里の腕を香子は本気になって慌てて捕まえて、

「違う!」

万里はうそうそ、と笑ってしまった。両腕でしっかりとぶら下がるように掴まって、香子は本気の目つきでこちらを睨《にら》んでいる。

「うそだって。香子を駅まで送っていって、それからしばらく走って帰るよ」

「……歩くのも、急がなくていいの。普通に歩いても多分《たぶん》間に合うし」

肩に頬をくっつけてきて甘ったれ、香子はそう言って、ストラップハイヒールの足をさらにゆっくりと運ぶ。万里は本当に間に合うのかよ、と少々不安になるが、片腕に香子をぶら下げたままずんずん進んでしまうわけにもいかない。

「どれぐらい走るの？」

「うーん……昨日《きのう》は一時間走ったけど、今日《きょう》はまだ時間が早いから、もっといくかも」

「どこまで行くの？」

「決めてない。適当に、人があんまりいない方に走っていって、程よきところで引き返す」

夜に走ることを始めたのは、ほんの三日前のことだった。まだ習慣化《しゅうかんか》するほど繰《く》り返してはいなくて、自分でも様子《ようす》を見ながら試行錯誤《しこうさくご》していた。

「……走ったら、眠れる？」

自分のつま先辺りを眺めながら、香子は小さな声で、質問を続けて投げかけてくる。

「そんなに即効果が出るもんでもなさそうだな」

おまけんの練習中に、ここしばらくの顔色の悪さをコッシー先輩《せんぱい》に指摘されたのだ。そこで最近寝つきが悪くて睡眠不足でいることを答えたら、走れ走れ！　と勧められた。

『きっと身体《からだ》がエネルギーを持て余してんだろ。寝る前にでも、クタクタになるまでとりあえず走ってみろよ。倒れる寸前、ってとこまで。なあリンダ！　そう思わねえ？』

——離《はな》れたところにいたリンダは、いきなり話を振られて、はあ？　と小首を傾《かし》げてみせた。こっちの会話は聞こえていなかったのだろう。ちなみにその２メートルほど向こうでは柳澤《やなぎさわ》がハンディカム片手にリンダへ接近を試みていたところだったらしく、ほら⁉︎　と言わんばかりの顔で万里を見ていた。な⁉︎　と。……うん、どうだろう。判定はしかねる、微妙な距離感《きょりかん》ではあった。

とにかくそんな先輩《せんぱい》の勧めを素直に真に受けて、万里《ばんり》は走ることにしたのだ。おととい、昨日《きのう》と走ってみた感想としては、意外と自分は持久走の能力に恵まれているらしい、ということ。ペースさえ緩《ゆる》めに保っていれば、いつまでもどこまでも走り続けられそうな気がした。コッシー先輩が言うようにクタクタになるほど疲れるには、相当長い時間がかかりそうだった。効果のほどはまだ感じられないが、それでも先輩の顔を立てるという意味も込めて、せめて一週間は続けてみようと思っているのだが。

「ね、万里」

呼ばれて見下ろした香子《こうこ》の顔は、いつもと変わらぬ完璧《かんぺき》な笑《え》みを湛《たた》えているように見えた。少なくとも、目に見える表面上は。でも、

「……眠れないのは、なにか理由があるんでしょ。それを解決しなかったら、走っても走っても、どうにもならないって私は思う」

表面上のことは、すべてが真実ではない。

繋《つな》ぎ直した香子の右手が、この数秒の間に冷たくなって、わずかに汗ばんできた気がした。そして歩く速度は変えないまま、

「私には、なんでも話して。なにを悩んでるの」

わずかに声を上《うわ》ずらせてそう訊《たず》ねてくる。

なにを悩んでいるのか。

ずばりそう訊《き》かれて、すぐには答えられない自分に気が付いた。これが、と断定できないほどに色々なことが不安なのだ。というか、なにもかもが不安でたまらないのだ。何一つ、不安でないことなどないのだ。今こうしていても、本当のところは、不安で不安でたまらない。恐ろしくて仕方がない。

でもそれを口に出して言ってしまって、認めてしまうわけにはいかない。湧《わ》き上がる不安に弱々しく追い詰められている自分の姿なんかを、香子に見せるわけにはいかない。ランニングシューズの足元が、突然ぐらつき始めた気がして、万里は歩くのを止《や》めた。

「別になんもないよ、大丈夫」

「うそだね。それは」

香子もぴたりと足を止めて、顔から笑みも消した。

「……このあいだの阿波踊《あわおど》りのお祭りの時から、万里の様子《ようす》はずっとおかしい。ていうか、うん、その前もおかしいって思ったことがあった。夏からなにかが変わっちゃった。超音波とも、あれからなにも話してないんでしょ？　もしかして、同窓会でなにかあったの？　嫌《いや》なこととか、ショックなこととか」

「いや、そんな、なにも……」

曖昧《あいまい》に笑みをなんとか作って、万里は首を横に振ってみせた。これは嘘《うそ》ではない。同窓会では、なにも問題はなかった。みんないい奴《やつ》らだった。帰省のひとときは本当に楽しかった。

でも、その後のことは——自分でも、直視したくないのだ。特に香子《こうこ》のいる前では。

そう思うのに、

「逃げないで万里《ばんり》」

香子はしっかりと強く手を繋《つな》いだまま、視線《しせん》を逸《そ》らしてくれはしなかった。二つの瞳《ひとみ》は揺れることなく光っていて、眼差《まなざ》しで万里を貫くようだった。

「俺《おれ》は別に……逃げてなんか」

「逃げたがってる。それぐらい、わかる。私の目の前にいる万里は、今にも走ってどっか行っちゃいそうだよ」

「そんなことない」

「ある」

「ねえよ」

「ある！」

「あのさ、いきなりそんなこと言われたって、」

無意識《むいしき》に香子と繋いでいた手を解《ほど》こうとして、しかし香子にがっちりと掴《つか》まれて解くことはできなかった。右手と左手、繋がってしまったままで上下に揺さぶってもどうしても解けない。

万里が揺さぶる二人《ふたり》の手は、まるでへたくそなブレイクダンスでも踊っているかのようで、う

ねうねと間抜けな蛇のような影《かげ》をアスファルトに黒く落とした。こんな路上で押し問答などこれ以上続ける気はなくて、

「……遅れてもしらねえぞ」

お使いに間に合わなくなる可能性をできるだけ冷静な声で示唆《しさ》してやったのだが。

「万里こそ！」

返された言葉に、ぎくりと心臓《しんぞう》が跳ねた。

「そうやって私になにも言ってくれなくて！　そのまま時間が経《た》っちゃって！　間に合わなくなっちゃってもいいの⁉　私はそんなのいや！　絶対にいや！」

香子が食らわせたのは、見事な一撃《いちげき》だった。

息の音が止まって、それきり自分でも驚《おどろ》くほどへなへなと、両足の力が一瞬《いっしゅん》で萎《な》えるのがわかった。なにも言えなくなってしまって、万里はそのまま棒立ちになってしまう。まるで阿波踊りの途中で異変が起きた時のように、為《な》す術《すべ》なく、動くことができなくなってしまう。

「……万里……？　大丈夫？　どうしたの？」

大丈夫、と、いつものように答えることすらできなかった。

「俺は……」

ずっと喉《のど》に詰まっていた弱音がするすると、恐ろしいほどなめらかに、意志とは無関係に口から這《は》い出した。

「遅れちゃったのか？　もしかしてもう間に合わないのか？」

香子《こうこ》と繋《つな》いでいない右手を、顔の前にかざしてみる。これは本当に、自分の身体《からだ》なのだろうか。かすかに震《ふる》えて、五本指の全部が強張《こわば》っている。

「気が付いたら、誰《だれ》も、俺《おれ》のことを知らないとか……誰にも気づかれないまま、俺はただ消えていくとか……そんなことばっかり考えて、」

声が震えた。口ごもる。普通に喋《しゃべ》ろうと、頭では思っている。その一方で、このまま黙《だま》ってしまおうとも思っている。口は、思うようには動いてくれなかった。普通にも喋れない。黙ることもできない。か細い弱音を恋人の前で、溢《こぼ》すことしかできない。

「……やなっさんにも。岡《おか》ちゃんにも。二次元《にじげん》くんにも。他《ほか》の友達にも。おまけんの先輩《せんぱい》たちみんなにも。俺、自分のことを、ずっと言いそびれたままなんだよ……。この俺のことを、本当は、誰も知らないままなんだよ……みんな、誰も、全員」

香子の目が、さらに一回り大きく見開かれるのを見た。長い睫《まつげ》は花咲く瞬間《しゅんかん》みたいに綺麗《きれい》だったが。

「私は、万里《ばんり》のこと全部知ってるよ！」

いいや、あなたは俺を知らない。

頭の片隅で、誰かが囁《ささや》く。やめてくれ、と万里は思う。

あなたはかつての俺を知らない。——そんなことを囁く奴《やつ》がすぐ傍《そば》に今は隠れていることを、香子には知られたくない。

『俺が今もこの世に存在していることを、あなたは知らない』

――やめてくれ！

「……っ」

襲《おそ》いかかる影《かげ》のような不安を、がむしゃらに振り払おうとしたのだ。万里は無意識《むいしき》に身体を翻《ひるがえ》そうとして、繋いでいた手のことも忘れていて、勢いのまま香子を振り払ってしまった。

ハイヒールでバランスを崩し、香子は小さな声を上げて膝《ひざ》からアスファルトに転んでしまった。気づいて、万里が鋭《するど》く飲んだ息の音はほとんど悲鳴に近かった。

「ご、ごめ……！」

助け起こそうと屈《かが》めた身体に、しかし香子は飛びつくように、突き上げる勢いで下からしがみついてきた。そのままがしっと息もできなくなるほど、脇《わき》から通した両腕を万里の背中で交差させて、香子は強く抱き締《し》めにかかる。温かい身体が、痛いほど強く、全方位から万里を包み込む。

「万里、それが不安なの？　自分のことを話しそびれてわかってもらえてないことが？　超音波ともうまくいかなくなって、光央《みつお》とリンダ先輩の関係にも影響《えいきょう》するのが不安？」

甘い香りのする髪の中に、今にも泣き出してしまいそうな顔を突っ込んだ。必死に頷《うなず》いていた。

香子《こうこ》に抱きしめられて、支えられて、やっとのことで立っている。

「……ずっと眠れないのは怖いからなんだ。怖いことばかり考えて……考えることをやめられない。どこにも行けないいし、逃げ場がないし、もうどうしていいか、自分でもわか……わから……」

「大丈夫。大丈夫だよ」

香子の答えに、迷いなど一ミリも一秒もなかった。

「絶対に、大丈夫。私が大丈夫にしてあげるよ。安心して、全部任せて。だって私は加賀《かが》香子だから」

必死に跳ねかけた息を飲み、落ち着こうと呼吸を整《ととの》える。香子の声は、宥《なだ》めるように優《やさ》しく低く万里《ばんり》の肌の上を滑っていく。そうか。君は加賀香子か。説得力があるようでいて、実はなくて、でもあるような気分になってくる。

君は、加賀香子か。

じゃあ、大丈夫なのか。

「だから……じゃあ、全部話しちゃおう？　ね？　私が一緒《いっしょ》にいてあげるよ。ちゃんとみんなにわかってもらえるように、私がフォローしてあげる。そうしたらきっとよく眠れるようになるから。私が眠れなかった時には、万里が助けに来てくれた。あの暗い夜の連続から、若干キレつつ救い出してくれた。だから今度は私がちゃんと眠らせてあげる。そして万里の世界に、

『次の朝』を呼んであげる。全部、うまく流れていくようになるよ。私が言うんだから、絶対にそうなる」

——全部言おう。

そうだ、まずそこが詰まっているのだ、ずっと前から。香子の言葉を聞いていると、本当に全部がうまくいくような気がしてきた。

「……わかった。みんなに、話を聞いてもらうよ。それが不安の始まりだったんだ、きっと」

身体《からだ》を離《はな》して、香子はふふん、と顎《あご》を突き上げて微笑《ほほえ》んでみせる。

「安心して。私が一緒にいれば世界征服だってできるよ」

「……マジで、できそうな気がするのが恐ろしいよ……」

そのまま十秒、なにも言わずに抱きしめ合って、そのあとは九十秒、キスをした。声は出していないはずなのに、優しい想いがどんどん頭に流れ込んでくるような、それは不思議《ふしぎ》な九十秒だった。

もしもこれが最後のキスなら、万里は絶対に、触れ合った唇を離しはしなかった。これが一生でも、永遠になっても、よかった。

＊＊＊

いつまでも、どこまでも走れるなんて、本当だろうか？

ペースを保ったまま、万里《ばんり》は夜の街の登り坂をどんどん先まで上っていく。試してみようか、と思う心よりは、ちゃんと帰りたい気持ちの方がまだ強い。明日《あした》は一限だし。

よし、ここまで、と決めて、坂の途中でくるりと折り返した。てっぺんまで上がってしまったら、その先にどんな道があるのか余計に気になって、もっともっと走り続けてしまいそうな気がしたのだ。

コンビニでジュースでも買って帰ろうかと考えて、そういう無駄遣《むだづか》いが積《つ》もり積もってすごい金額《きんがく》になるという話を思い出す。部屋《へや》に帰ればペットボトルの水もあるし、実家から持たされてきたお茶もある。

でもな。

走った後には、甘くて酸《す》っぱくて冷たいものが喉《のど》においしいんだよな。

あらゆるメーカーのジュース、グレープフルーツやリンゴ、炭酸の味をたまらなく恋しく思い出す。今一番欲しい味は……あれこれの挙句、結局みかんかもしれない。オレンジではないのだ。みかんがいい。

——あのときのみかんは、すごく酸っぱくておいしかった。卒業式の次の日に、待ち合わせにいく前に食べたやつ。テーブルの上にあったのをひょいっと摑《つか》んで皮を剝《む》いて、半分に割って口に突っ込み、靴を履《は》きながら二口で食べた。

もちろん、今の万里の記憶《きおく》には、それは自分の過去の感覚としては残っていない。今万里が思い出しているみかんの味は、あの異変の時に蘇《よみがえ》った感覚を、「あいつ」の経験《けいけん》した過去として追体験した、いわば「思い出の思い出」の味だった。

自分の中にはない感覚でも、この肉体には沁《し》みついているのだ。多分《たぶん》。部屋へ帰る道を走りながら、そんなことを思う。

6

その日、二次元《にじげん》くんを捕獲《ほかく》したのは二限の直後のことだった。大講義室《だいこうぎしつ》にほど近い男子トイレから排泄《はいせつ》後特有の穏《おだ》やかなアルカイックスマイルで出てきたところを、

「肉よ！」

と真正面。香子《こうこ》が立ちはだかって両手両足を大の字に広げる。ちょうど今日《きょう》の香子のニットはポンチョ。手首からウエストまでシルバーグレーのカシミアが綺麗《きれい》な半円を描いて広がって、そのシルエットはさながらエイ。もしくはむささび。あるいは大凧《おおたこ》で舞《ま》い上がる石川五右衛門《いしかわごえもん》。いい具合に二次元くんの行く手をふさぐ。

驚《おどろ》いた顔で一瞬《いっしゅん》立ち止まりかけたものの、よせやい、とでも言うように片頬《かたほお》を緩《ゆる》ませ、男にしては長くて綺麗な中指でついっと眼鏡《めがね》を押し上げ、二次元くんはサイドステップを踏む。香子の脇《わき》をそのまますり抜けようとする。彼には、突然出現して立ちはだかる半円型に脚が生《は》

えたような生き物の存在は、悪い冗談《じょうだん》としか思えなかったのかもしれない。それか、頭部と足だけ露出《ろしゅつ》した新しいゆるキャラか。

しかし、そのすぐ先の柱の陰《かげ》にもたれて、万里《ばんり》は彼を待ち構えていた。被《かぶ》ってもいないハットのつばを押し上げる素振りだけして、ゆらり、と身を起こす。はっ、と顔を上げた二次元と目があう。

歩み出しながら確信《かくしん》がある。すでに、勝負はついている。

彼は講義が終わるや否や、相当ギリギリの形相《ぎょうそう》で他《ほか》の学生たちを押しのけ、後部ドアから一目散に駆け出して行った。その様子《ようす》を、万里ははっきりと見ていた。駆けていった方向、勢い、速度、表情の切羽詰《せっぱつま》り感からして、行先はトイレだともわかっていた。二次元くんの腸は人より少々脆弱《ぜいじゃく》で、朝食の量や質、わずかな気温の変化、精神状態のちょっとした揺れ、その他もろもろの微細な要因により、いともたやすく雷撃《らいげき》の神竜獣《しんりゅうじゅう》を時空のバトルフィールドに召喚する（＝下す）仕様になっているのだ。以前からテレビでは、電車内で若いサラリーマンが神竜獣を召喚し、顔色蒼白《がんめんそうはく》で悶絶《もんぜつ》しているさまを職場《しょくば》の女たちに目撃され、「大丈夫かしら！」などとひそひそ噂《うわさ》されている……という設定のコマーシャルが頻繁《ひんぱん》に流されていたのだが、二次元くんは、「俺はあんな辱《はずかし》めを受けるぐらいなら故郷の父から授けられた懐剣《かいけん》で胸を突くね」と嘯《うそぶ》いていた。突くべき時は今かもしれない。

行動のすべては、かように筒抜けに等しかった。故に、どこへ逃れようと、どの個室へ籠《こも》ろうと、二次元《にじげん》くんは万里《ばんり》と香子《こうこ》の追撃《ついげき》からは逃れられない運命であった。

「肉だ。二次元」

「……なんなんだよ！　いきなり肉ってわけわかんねえな！　とりあえずうんこしてきた直後に肉の方へスッと思考の照準を動かすのはそうスムーズにはいかねえってことぐらい常識《じょうしき》で判断しろよ！　おまえも！　おまえも！」

びし、びし、と万里と香子の顔を二次元くんは交互に指さす。香子は口を噤《つぐ》んでさりげなく、しかし思いっきり大きく一歩後ずさって二次元くんの利き手人差指から距離《きょり》を取ろうとする。

「洗ったよ手は！　つか、なんだよほんとにうるせえな。メシ食いにいこうぜ。学食？」

「メシ食いにいくけど、学食でいいけど、うちにメシ食いに来ないか？」

「はあ？」

二次元くんが顎《あご》を歪《ゆが》めながら首を傾《かし》げる。その顔の前、香子が万里の背後からにょきっと斜めに生《は》えるように顔を出し、

「お・に・く・よ！」

そう。肉なのだ。

佐藤《さとう》ジャックナイフ隆哉《たかや》がそろそろ本格的に切れてしまいそうな気配《けはい》を感じ、万里はふざけるのをやめた。普通のテンションで、二人《ふたり》して二次元くんをここで待っていた理由の説明を改めて始めさせていただく。

「いや、あのさ、急な話なんだけど、うちに集まってみんなで肉を食わない？　今日《きよう》か明日《あした》、まあだめでもあさって。バイト入ってたりする？　やなっさんと岡《おか》ちゃんにもこれから声かける予定なんだけど、まず二次元《にじげん》くんから捕獲《ほかく》しとこうと思って」

「なに？　肉がマジであんの？」

「あるんすよ。っていうか、こちらの香子《こうこ》嬢《じよう》が」

フード付きのポンチョに黒のミニスカート、黒のタイツに編《あ》み上げブーツで香子はおもむろにモデル立ちを決める。強めに巻いた髪に、リボン付きのシルクカチューシャも黒。今日もファッション雑誌からそのまま飛び出してきたような完璧《かんぺき》に麗《うるわ》しい出《い》で立《た》ちで、得意げに鼻先をつんと上げる。まあ、まだ東京《とうきよう》は十月も半ば。カシミアのポンチョは少々季節を先取りしすぎているかもしれないが、

「お肉、あるの。頂き物の神戸《こうべ》牛《ぎゆう》が。大きな塊で昨日《きのう》届いて、うちの冷蔵庫に余ってしまっているの。なぜ余っているかというと、弟は学校の研修旅行で今ロンドン、父も学会で今週は留守にしていて、母は胃が悪いから脂っこいものは食べられない」

得意満面の美《び》貌《ぼう》にはミクロンレベルの隙《すき》すらない。

香子から「お肉があるよ！」と連絡が来たのは、昨日の帰宅後のことだった。友人たちにあれこれ話を聞いてもらおうと決めたものの、いざ具体的にどんなふうに切り出したものか、と二人《ふたり》してしばらく考えていたのだ。そこへ神戸肉がひらひらと舞《ま》い降りて……いや、香子曰《いわ》く、

どさっ！　と塊で落下してきた。

肉を食べようとみんなを呼んで、美味、満腹、至福の状態で話を始めたらどうかしら、と香子は言うのだ。しもふりの柔らかな神戸牛をたらふく食べて難《むずか》しいことを考える奴《やつ》はきっといないし、わいわい楽しく過ごしながら話を聞いてもらえたら、自然に受け入れられやすい状態に持っていけるのはないか、と。

香子の提案はなるほどと思えたし、ものすごくありがたかった。ただ、「肉ならこないだみんなして死ぬ手前まで食ったばっかじゃん、もう食い飽きたし今回はパス」などと言われてしまうことだけが心配ではあったのだが。

「肉ならこないだみんなして死ぬ手前まで食ったばっかじゃん、じゃあ今回はついに越えてはいけないラインを越えてみるって話だな⁉　いやったぁ、神戸牛！　当然いくいく、いつにする⁉　俺《おれ》はもういつでも、ていうかバイトなぞ休んでいくし！　早く予定決めようぜ、それによっては今日の昼飯のメニューから調整《ちょうせい》入れないといけないから！」

二次元くん、改めて確保《かくほ》。香子と目と目を見交わして、万里《ばんり》は一つ息をついた。

次は柳澤《やなぎさわ》と千波《ちなみ》だが、柳澤の方から先に行った方がいいだろうか。千波とはいまだ会話も挨拶《あいさつ》もしないまま今日まで来てしまっているし、正直、どんな顔して声をかけたらいいのかまだわからない。

「やなっさんは二限なに出てたんだっけ」

「電話してみろよ。岡《おか》ちゃんには加賀《かが》さんかけてみたら？　最近あんま喋《しゃべ》ってないし、学食来いって呼んでみて」

「わかった」

香子《こうこ》がスマホをバッグから出すのを見やりながら、万里《ばんり》も柳澤《やなぎさわ》に電話をかける。千波《ちなみ》は、果たして来てくれるのだろうか、自分の招待になど——考えているうちに、柳澤が電話に出た。

『もしもし？　万里？』

「おお、今大講義室《だいこうぎしつ》で二限終わったんだけど、どこにいんの？」

『外、っつうかすぐ近く。学部棟の外周の植え込みんとこ。わかる？　あの、ちょっと段差があって高くなってて、木とか植わってるとこあるじゃん』

「え？　なんでまたそんなとこに？」

柳澤の言う場所は、歩道と建物の間に設けられた、高さ1メートル、奥行きほんの数メートルのしょぼいスペースのことだろう。つつじの植え込みの向こうに、幹の細い木が目隠しに植えられているだけで、少なくとも、いい年こいた大学生が真昼間からわけなく侵入したいような場所ではない。飲み会の後に酔っぱらった奴《やつ》がつつじの向こうで吐いていたり、そのまま捨てられたりしているゾーンだ。時には野性味あふれるホームレスの方々が、ダンボールでベースキャンプを築いておられたりもする。

『映研の先輩《せんぱい》に頼まれごととして、結構めんどくさいことになってんだよ。昼メシ行くの？　二《に》次元《じげん》は？』

「一緒《いっしょ》、香子も。今から学食行こうって」

『あー……俺《おれ》も行きたいんだけど、どうしよっかな、もうちょっとで……行ける、かもしんねえ、んだけど……うーん』

「どうした？　なにか手伝《てつだ》おうか？」

『いいのか？』

いいですとも。今後の展開をより円滑に進めるために、自分に手伝えることがあるならなんなりと。目の端では、香子が「出ないよ超音波」とスマホをバッグにしまい直していた。

香子と二次元くんには先に学食へ行ってもらうことにして、万里は一人《ひとり》、学部棟の玄関から階段を下りて外へと出た。

秋の晴天は今日《きょう》も抜けるような青さで心地《ここち》よく、冷えた風が透明な匂《にお》いで古いビル街を吹き抜けていく。

ちょうど昼時、コンビニの袋を持った学生たちが大笑いしながらなにか言い合い、騒《さわ》がしく歩いていく。その後ろから来た事務服のＯＬの集団は、揃《そろ》いの小さなトートバッグを片手に、せかせか早足で学生集団を追い抜いていく。路上喫煙はこの区では禁止のはずだが、ビルの外《がい》壁《へき》のへこみが無理やり作った喫煙スペースになっていて、目隠しの塀の向こうから漂ってきた煙草《タバコ》の煙がいきなり強く目に染みる。

乾いた歩道をぐるりと建物沿いに回って、

「万里《ばんり》、へい、ここここ」

つつじの植え込みの奥で手を振ってくるイケメンを発見した。その姿に、通りすがりのサラリーマンが胡乱《うろん》げな目を向ける。やや他人のふりをしたい状況でもあったが、万里はよいしょ、と煉瓦《れんが》積《づ》みの段差をジャックパーセルで踏み上がった。

「助かった、一人《ひとり》でここにいるとリアルに不審者《ふしんしゃ》っぽいんだよ俺《おれ》」

「うん、リアルに不審者が話しかけてきたぜ、と俺も思った。ていうか一体なにをやってんの？」

これ、と柳澤《やなぎさわ》が傍《かたわ》らに置いてあったのを摑《つか》んでみせたのは、透明のゴミ袋。その底には赤や黄色《きいろ》の枯れ葉が入っている。

「映研の先輩《せんぱい》が、色が綺麗《きれい》な枯れ葉がどうしても必要とか急に言い出してさ」

「やなっさんが集めさせられてんの？　えー、CGとかでやれよなあ、そんなのパパパと。もしくは適当に絵かなにかで誤魔化《ごまか》して、下の方に※イメージ映像です、って入れとけよ」

「言ってやってくれ、マジでそれ」

端正な面《おもて》を笑顔《えがお》でくしゃくしゃにしてしまいながら、柳澤は古着のデニムにダメージの入ったパーカー姿で、屈《かが》みこんで足元を見やる。

「しかし今の時期、まだ枯れ葉ってそんなに落ちてないもんなんだな」

「10月じゃこんなもんよ。どれぐらい集めればいいんだ?」

「あと、今ある分の半分ぐらいかな」

「この辺はもう拾い尽しかけてんじゃないの? 俺、裏側に回って良さそうな枯れ葉集めてくるよ」

「あ、万里、」

「いいからいいから。さっさと終わらせて、メシ行こうぜ。ていうかメシ来ない? って話もする予定だからよろしく」

「……はあ? なんだそりゃ」

不思議《ふしぎ》そうに首を傾《かし》げる柳澤を背後に置いていきながら、今のはまあ、前振りというやつのつもりだった。肉だぜ肉。

植え込みの中をガサガサと一人で歩いていって、万里は建物の裏手に回り込んだ。落ちている葉のほとんどはすでに茶色《ちゃいろ》く土に同化してしまいそうな色をしていたが、その中にちらほらとだが、鮮《あざ》やかな色をした枯れ葉も混ざっている。

さっそくしゃがみこんで手近なところから拾い集め、

「あ、そういえば袋的なものがなんにも……」

はたと気が付いた。この計画性のなさ。両手に枯れ葉を摑《つか》んだままできょろきょろと辺りを見回していると、すこし離《はな》れたところに白いコンビニ袋が一枚落ちているのを見つけた。不法投棄のゴミだろうが、今はとりあえずラッキー。さっそくそれを手に取り、広げて、集めた枯れ葉を中へ落とすが、

「どろぼう」

突然かけられたその言葉に、びくっ、と跳ね上がってしまった。

衝撃的《しょうげきてき》に甘ったるい、わざと極限まで子供っぽく作ったようなアニメ声。

振り返るとそこには、思った通り、

「……それ、あたしのだから。返して」

千波《ちなみ》が立っていた。

片手を突き出し、万里《ばんり》の目は絶対に見ずに。木々の隙間《すきま》に現れた、妖精《ようせい》の国を総《す》べる姫君みたいに。

ショートカットの頭には今日《きょう》もふわふわとしたモヘアの帽子をすっぽりとかぶり、透き通るほどに真っ白い、小さな顔は無表情。コットンレースのひらひらとしたワンピースにニットのカーディガンを合わせて、女子が履《は》くには相当ゴツい、見るからに重そうなエンジニアブーツをくるぶし丈《たけ》で履いている。

「岡《おか》ちゃん」

立《た》ち竦《すく》んだ万里の声を静かに無視し、千波はつかつかと歩み寄ってきた。そして万里の手からコンビニの袋を無言で奪い取る。中に万里が集めた枯れ葉がすでに入っているのに気が付いたのか、一瞬《いっしゅん》だけ途方に暮れたような表情になるが、千波はそのまままくるりと踵《きびす》を返して万里に背中を向けた。

「待ってくれよ。……ごめん、ビニール袋、岡ちゃんのだって気づかなかった。岡ちゃんも先《せん》輩《ぱい》に言われて、枯れ葉、集めてるのか？」

「……あたしはヤナを、手伝《てつだ》ってるだけ」

「俺《おれ》もだよ、やなっさんの手伝い。じゃあ一緒に集めようよ、さっさと終わらせて学食行こう。最近あんま、なんか……なんていうか、あれじゃん？　まあ、とりあえず……香子《こうこ》も二次元《にじげん》もいるし、今日《きょう》は一緒《いっしょ》に昼飯を、あーあっ！」

変な声が出た。

なにを思ったのか、千波は、万里が集めた枯れ葉をそのままばさっと全部地面にひっくり返して捨てたのだ。

「なにすんだよ！　せっかく俺がやなっさんのために集めたのに！」

喚《わめ》いた万里に、千波はなにも言い返さない。黙《だま》ってちんまりとしゃがみこみ、足元に落ちた枯れ葉を再び集め直し、ビニール袋に入れる。

「これはあたしが集めた枯れ葉です。あなたには関係ありません」

これは相当、感じが悪い行動だった。さすがに万里《ばんり》もむっとして、下手《したて》に出るのももうやめた。

「……岡《おか》ちゃんが、そんなに根性悪いことをするとは思わなかった」

「あたしは知ってた。かなり前から」

「……いつからそんなにひん曲がったんだ？」

「万里には関係ない」

「……関係ないとか言うなら、俺《おれ》が誰《だれ》となにしてようと、それこそ岡ちゃんには関係ないはずだよな。なんでいきなりそんな態度とるんだよ。こないだからずっとじゃんかよ。俺のことを思いっきり避けて、みんながいてもわざとらしくシカトして」

万里は思う。これはもはや、亀裂《きれつ》ですらない。向かい合って立つ自分と千波の足元から、二人《ふたり》の次元ははっきりと断絶していくようだった。陸地が割れる。離《はな》れるように移動していく。このまま別々の島に住む二人になってしまいそうな気さえした。

「ヤナに隠れてこそこそなにかしてるような人とは、関係したいとは思わない」

「だから、その論理《ろんり》でいくんなら、前提の部分からして岡ちゃんにはそもそも関係ないって言ってんだろ！　……あ」

そう言ってしまってから、慌てて口を押さえようとした。が、汚い枯れ葉をさっきまでこの手で摑《つか》んでいたことを思い出し、やめる。間抜けな「真実の口」ヅラを丸出しにして、

「……じゃ、なくて。そうじゃない。違う。関係なくない。……関係ありたい」

万里はやり直そうとした。割れた陸地をどうにかして、また引き寄せようとする。

今は加賀家《かがけ》のキッチンスタジアムで冷蔵されている肉は、なんのための肉だ。やり直すための肉じゃないか。それに香子《こうこ》もついているではないか。今ここにはいないけれど。

「俺は岡ちゃんと、関係ありたい！」

「あたしは関係ありたくない！」

「肉食いに来ない⁉」

「肉⁉」

背中を向けて、千波はずんずん歩いて万里から遠ざかりながら、

「いかない！」

鋭《するど》く一声、刺々《とげとげ》しく振り返って言い放つ。

「そう言わず！」

「言う！」

「肉食って、それで、俺の話を聞いてくれよ！　簡単《かんたん》に説明できることじゃないんだけど、岡ちゃんにはどうしても知ってほしいことが、わかっててほしいことがあるんだよ！」

「いやだ！」

「肉だぞ⁉　神戸《こうべ》牛《ぎゅう》だぞ⁉　香子が持ってきてくれるんだぞ⁉　ほんとに食べそびれてもいい

のか⁉　俺《おれ》とは関係なくなりたいのか⁉」

くるりと突然、再び向きを変え、千波《ちなみ》はずんずん今度は近づいてくる。覚悟のドスでも構えていそうなその勢いに、え、え、と思わず万里《ばんり》は避けようとしてしまうが、

「……あたしは、万里のことを避けてるわけじゃない！」

「はい⁉　避けてるだろ⁉　あからさまに！」

「ただ、ただ、あたしは、」

ずいっと、枯れ葉入りのコンビニ袋を差し出してくる。押し付けるように無理矢理《むりやり》万里に持たせて、そのまま千波はモヘアの帽子をむしりとる。噛《か》みつくような勢いで、

「ただ……！　髪の毛、失敗したと思ってるの……！」

「……な？　……え？　お、岡《おか》ちゃん……？」

細く伸びた首の、剝《む》き出《だ》しになった白いうなじ。きっと誰《だれ》もが見とれてしまう、繊細《せんさい》な作りの華奢《きゃしゃ》な骨格。顔の形も、晒《さら》した肌も、千波はどこもかしこも本当に良くできているのに。こんなにかわいい顔をした、みんなが褒《ほ》めそやす美少女なのに。失敗などしているわけがないのに。意味がわからない。

「岡ちゃん！」

表情を見せずに向きを変え、千波はそのまま段差を飛び越えて下りた。エンジニアブーツの踵《かかと》を鳴らして、歩道を走っていってしまう。

「岡ちゃん、肉！　今日《きょう》か明日《あした》か、もしかしたらあさってだから！」

遠ざかる背中にそう叫ぶと、千波は随分遠くから耐えかねたみたいに一度振り返り、

「曖昧《あいまい》すぎるんだよ！」

小さな身体《からだ》を弓のように反らしつつ、血管ぶち切れそうなテンションで叫び返して、駅の方へと走り去ってしまった。

＊＊＊

千波には、少なくとも今回は、話を聞いてもらうのは無理なのだろう。

そう思っていた、結局その日の放課後《ほうかご》、夕暮どき。

二次元《にじげん》くんがホットプレートを家から持ってきてくれることになり、万里の部屋《へや》への集合時間は七時になった。香子《こうこ》は肉を取りに帰り、柳澤《やなぎさわ》は映研での一年生奉公を済ませてから来ることになっていて、万里は一人《ひとり》で先に部屋へ戻ってきていた。

買い物を済ませてきたが、まだ午後六時半。集合まではもうしばらくあって、頭の中で話す内容を整理《せいり》しながら、部屋の掃除をしておこうと思い立った。床を拭《ふ》くクイックルワイパーを

バーにセットしていると、玄関のチャイムが鳴った。

香子《こうこ》が早めに来たのだろうか。鍵《かぎ》はかけていないからそのまま入ってくればいいのに、と思いながら裸足《はだし》のままで玄関に下り、一応ドアスコープを覗《のぞ》いてみて、驚《おどろ》いた。慌ててドアを開いた。

「……ど、どうした⁉」

そこには、数時間前に相当険悪な雰囲気で別れたはずの千波《ちなみ》が立っていた。

「ごめん。結局……来ちゃった」

「いや、ごめんってことはないよ、誘ったんだから……でも来てくれないかと」

「……肉は今日《きょう》になった、って万里《ばんり》、メールくれたでしょ？　それ見て、すごく迷って、それで……」

「来ようって、思ってくれたのか」

頷《うなず》き、千波はもう一度、ごめんと呟《つぶや》いた。

「あ、でも実は集合時間は七時でまだ誰《だれ》も来てないんだ。俺《おれ》なんか間違えてメールしたかも。とりあえず上がってくれよ、掃除したりバタバタしててアレだけど、肉は後から確実《かくじつ》に来るから！」

「あのね……あたしも万里にわかってほしいことがある、かも……って思ったの」

玄関に入ってきてブーツを脱ぎ、ソックスで部屋《へや》に上がりながら、千波は帽子をかぶってい

ないショートカットの襟足《えりあし》にちょっと触れた。自分でもどうしていいかわからないみたいに短い髪を引っ張って弄《もてあそ》び、

「だから、早めに来たんだ。ちょっと他《ほか》のみんなが来る前に話したくて。いいかな？」

思い詰めた目で、万里の目を見る。本当に久しぶりに、この女友達と視線《しせん》が合った気がした。

もちろん、悪いわけなんかありはしない。もちろんもちろん、ともごもご答えながら、妙にしょんぼりした様子《ようす》でいる千波に冷やした緑茶を出してやった。

しかししばし、沈黙《ちんもく》が続く。どうしたものかと少々緊張《きんちょう》しながら、万里はテーブルを挟んで向かいに座ったまま、千波の唇が動くのをじっと待った。ていうか、テレビはつけたままでいいのだろうか。消そうかどうしようか一瞬《いっしゅん》考え、そのままでいいかということにして、次には温かい飲み物の方がよかったかと迷う。もはや女子にはホットの季節なのかもしれない。

「……岡《おか》ちゃん、あのー、お茶をあったかいのに換えようか」

「え？　ううん、これでいい」

「本当に？」

「冷たいのでいいんだ。……実はついさっき、すごい馬鹿《ばか》やっちゃったの。だから冷たいのがいい、クールダウンしたかったところ」

千波はくにゅっと自分の唇を指でいじり、数秒間そのまま息を詰め、

「今ね、このマンションのエントランスで……あの人……リンダ先輩《せんぱい》と会っちゃって」

じわり、じわり、と食いしばった歯の間から言葉を洩《も》らす。

「あ、ほんとに？　じゃあ隣《となり》だな」

ひどく喋《しゃべ》りにくそうにしている千波《ちなみ》が楽になるように、万里《ばんり》としては、できるだけいつも通りの言い方をしようと心がけたつもりだった。

「そっち隣の部屋《へや》、三年生の元おまけんの先輩《せんぱい》の部屋なんだよ。あの人たちすごく仲良くしてるから、多分《たぶん》遊びにきたんだと思う」

しかし万里の言葉に、ああ、と千波は肩を落としてしまう。

「やっぱそっか。そうなんだ。……最低だよ、あたし。勘違いして、思いっきりあの先輩を睨《にら》んじゃった」

「え」

「で、万里の部屋に行くつもりなんですか⁉　本当はどういう関係なんですか⁉　思いっきり怪しいんですけど！　とか、言っちゃった……」

「ええぇ……！」

「……リンダ先輩、すっごくびっくりした顔してた」

そりゃそうだろう。

聞いてる万里もびっくりなのだから、そりゃ、当事者のリンダのびっくり具合ったらないだろう。一度顔を合わせただけの下級生、それもこんな小さな妖精《ようせい》みたいな、見るからに無邪気そうな小動物系女子に、いきなりそんな言い方で食いつかれたりしたら。誰《だれ》だってびっくりだ。

「……あたし完全に勘違いしたの。万里と話しようって決めてここまで来たけど、こういうことか、ならもういい、もう万里の部屋になんか行くもんか、ていうか行ってヤナも加賀《かが》さんもいるところで全部ぶちまけてやろうか、どうしてやろうか、みたいな破天荒状態でふーふー毛を逆立ててたら、そのときね、外からすごい細身の、こう真ん中わけの、すっぴんに黒のライダースにショートパンツの危なそうな人が入ってきてね、」

「ああ、それ、隣の……」

「なにしてんの。とか言われて。すっげー怖いの。うちの客になんか文句あんのかよ、とか睨まれて。すっげーデスボイス、まじで超怖いの。おわああ、って思ってる間に二人《ふたり》して先にエレベーター乗って上がっていっちゃって……そこでやっと、気が付いた。もしやリンダ先輩は、別に万里のところに来たわけじゃなくて、たまたま同じマンションに住むあの怖そうな人のお客なのか、と」

「……その人はNANA先輩っていって、おおむねいい人ではあるんだけど、でも危なそうなのも怖そうなのも伊達《だて》じゃないっていうか……うん、無事にすんでよかったよ岡《おか》ちゃん」

「エレベーターでその人と行っちゃうまで、リンダ先輩、ずっとあたしのこと気にして、何度も振り返って見てた。『どしたの？　なんかあった？　大丈夫か？』って、心配そうに何度も声かけてくれた。……いきなりケンカ売った、あたしなんかに。ずっと」

コップを両手で持ち、熱《あつ》いお茶をすするみたいにちょっと口をつけ、千波《ちなみ》はぎゅっと眉根《まゆね》を寄せた。

「……あたししばらく、エントランスで動けなくなってたの。多分《たぶん》、十分ぐらい。あたし、こんなノリで、きっといろんなことを勘違いしたままそこにほっぽって置き去りにしたんだな、って思ったら、本当にいろいろ、今までのことたくさん、あたし……うわあ！　あたし！　って、なって」

テーブルに置いた万里《ばんり》の手のあたりに一度視線《しせん》を落とし、視線が合うまでそろりそろりと上げていく。透明に光る眼球《がんきゅう》が、万里の目の中になにかを探そうとしているように揺れる。

「あたしがこんなに根性曲がりになったのは、それはね、」

「ちょっと待て！　ごめん、それは俺《おれ》が言い過ぎた。忘れていい」

「ううん、曲がってるの。そうなった理由もわかってるの。ていうかわかっちゃった。私は……取り返しがつかないことになってるんだよ」

にゃは、と。

「八方塞《はっぽうふさ》がりの袋小路《ふくろこうじ》で、窮鼠《きゅうそ》、もはや猫でもなんでも自分の巻き添え、めちゃくちゃにし尽くすまで狂って暴《あば》れてる、って感じ。はは、なんだそれ……」

癖《くせ》のように無意味に笑ってみせながら、しかし千波は泣き出すのをこらえるみたいに眉のあたりを指でぐりぐりやっている。

「あのとき。あたしが文句つけた夜。万里とあの先輩《せんぱい》が仲良くしてるのを見て、あたしが最初になにを思ったかわかる？」

「それは……俺が、やなっさんの片想《かたおも》いの相手と香子《こうこ》の目を盗んで浮気《うわき》してる、って……？」

「違うよ。やった！　って、思ったんだよ。やった！　これでいいじゃん！　て。最低だよこいつ。もう死んじゃえよ。あたしのことだけど」

「……死んじゃえなんて……それはだめだろ。やめてくれよ……」

「でもそうなんだもん。やった！　だよ？　加賀《かが》さんのことを、思い出しすらしなかった」

「……俺の友達の岡《おか》千波に、なんてひどいこと言うんだよ」

「でも最低なんだもん。万里とあの人がそういうことなら、やった、しめた、ラッキー、ヤナは振られるじゃん！　そしたらあたしが、あたしがって、あたし、あ……ははは」

女友達の二つの瞳《ひとみ》から、そのとき、透明の滴《しずく》がどっと勢いよく零《こぼ》れ落ちるのを万里は見た。たまらなくて、テーブル越しに震《ふる》える細い手首を摑《つか》んだ。

「……もういいよ、岡ちゃん……いいから、ほんとに、ちょっと、やめよう、休憩《きゅうけい》しよう」

「ううん、聞いて。あたしはヤナが好きだった。そのことに、ヤナがあの人に恋をしているのを知った瞬間《しゅんかん》に、気が付いた。本当は誰《だれ》にも渡したくなった。あたしの男のように思ってた。気のない素振りで、でもそれがヤナには気に入られるんだろう、そういうあたしがヤナは好きだろう、って……一人相撲《ひとりずもう》で悦に入って立ち止まってるあたしの何万光年も遠くで、世界はガンガン動いてた。盗《と》られるもクソもない、そもそもあたしは関係なかった。ばかだよね。しかも、それがわかっても、まだ取《と》り繕《つくろ》えるって思ってた。ああはいはい、なるほど、そうだったんだあ、まあ別にいいけどって顔して、そんなもんかってやり過ごすフリで、普通に髪の毛なんか切ったりした。ばっさりやって、いきなり見た目が随分変わって、そしたらあたしは、」

ショートカットの頭を抱えて、千波《ちなみ》は顔をテーブルに伏せてしまった。その肩に、とにかく触れ続けていなければと万里《ばんり》は思っていた。友達に体温を分け与え続けなければ。

「あたしは自分がこんなにも、何年も長くしていた髪を切るほど、それほど傷ついていたんだってはっきり理解せざるを得なくて、この目で自分の弱さを見つめざるを得なくて、嫌《いや》で嫌でたまらなかった。すごくすごく後悔した。……っ、……っ、……だ、……っ、」

激《はげ》しくひきつけるように泣き出しながら、千波の言葉は止まらなかった。

「万里とあの人を見て、やった、って思って、そんな最低な自分に気が付いて、あたしは頭がおかしくなった。話も聞かずに万里をとにかくめちゃくちゃ責めて、だいっきらい！　って思って、そうしなければ耐えられなかった。本当に嫌いなのはあたし自身だよ。弱くて醜くてどうしようもない、取り返しもつかないばかの自分。自分を責める代わりに万里を責めたんだよ。自分を責めたら、『やった！』なんて思えちゃう自分の存在を、認めることになるから。あたしはそれすらできなくて、万里を……ごめん。責める的の、身代わりにしたんだ。本当にごめんなさい。嫌な思いさせちゃった、本当に弱くてばかだった」

「謝《あやま》るな岡《おか》ちゃん」

必死になって、それだけを万里はなんとか口にした。

ぐしゃぐしゃになった泣き顔を上げて、千波は万里の顔を見た。千波が勘違いをしたのは自分の隠し事のせいだ。そして千波の心にふと落ちた影《かげ》のような弱さは、誰《だれ》にも責める権利なんかない。

「……ごめん、あたし、こんなに泣いたりして。でもどうしてもこのことは、万里には話しておきたかったんだ。あーあ、こんなになっちゃった。みんなが来る前に顔洗わないとだね……ていうか、そうだ」

手の甲で顔を乱暴《らんぼう》に拭《ふ》きながら、千波は自分の皮のバッグからオカメラを取り出してみせた。スイッチを入れて、

「万里、ちょっとあたしを撮《と》っておいてくれる？」

まだ泣きながら、いきなり信じがたいことを言う。え⁉　と万里は固まってしまうが、

「お願《ねが》い。あたし、自分の失恋ぶりを時々こうやって記録《きろく》してるの。いつか作品にしたいって思ってるの」

千波は本気のようだった。

「マジか……」

恐る恐る、オカメラをそっと構えて、千波の泣き顔にレンズを向ける。ひどくしょぼくれた

ツラをした大学一年生の女の子が、そこにはぽつんと映っている。万里《ばんり》の部屋《へや》を背景に、その女の子は短く片手を振ってみせ、頬《ほお》に伝う涙を手で拭《ぬぐ》い、あーあ、とでも言いたげに肩を竦《すく》めた。

しばらくそうして映してやって、やがて、

「……俺《おれ》も、岡《おか》ちゃんに言わないといけないことがある。そのせいでこんなに苦しめるなんて思ってなかったんだ」

万里はオカメラをどうしていいかわからないまま、操作《そうさ》はなにもせずにそっとテーブルに置いた。

「え……？」

「みんなが来てから話すつもりだったけど、岡ちゃんには今、聞いてほしい。……俺とリンダは、本当は、」

川のにおいが、ふと濃《こ》くなった気がした。

あれ？　と思いながら、頭の片隅では全然違うことを考えてもいた。

（全部話してもいいか、リンダ？　俺がこのことを話したら、おまえにも影響《えいきょう》するかもしれない。どうしよう、いいか？　大丈夫か？）

言っちゃいな、と囁《ささや》いたリンダの声が蘇《よみがえ》る。

それしかないじゃん、と。

『そっか。全部……かあ』

——そういえば、あれは、どういう意味だったのだろうか。

『無理だなそれ』

小さくそう呟《つぶや》いて、リンダはどんな顔をしていたんだっけ。もしかして、自分はなにか見落としているのか？　なにか聞き逃した？　聞き間違えた？　なにかを知らずに、確《たし》かめないまま、間違えた方向へいこうとしている……？

詮無《せんな》いこととわかっていながら、つい、壁《かべ》の向こうにいるはずのリンダの姿を振り返って捜そうとしてしまった。

そのとき、サッシの向こうには、凄《すさ》まじい夕焼け空が輝《かがや》いていた。

その燃《も》えるような朱色《しゅいろ》とオレンジの眩《まぶ》しさに、万里は思わず目を瞬《しばたた》かせた。

街全体が黄金の光のベールをかぶせられたみたいに静まり返って光っていて、まるでいつか見た凪《なぎ》の海の、あの、胸が潰《つぶ》れそうな苦しさと、そして、

＊＊＊

「……！　……！　……れ！　……くれ！」

なにが起きたのか、今ここで誰《だれ》が泣き叫んでいるのか、万里《ばんり》にはわかっていた。

嗄《か》れた喉《のど》から必死に、全力で、

「香子《こうこ》には言わないでくれ！」

それだけを自分は、狂ったように絞り出しているのだ。

部屋《へや》の戸口では、千波《ちなみ》が目を限界まで見開いて壁《かべ》に背を貼《は》り付け、両手を口に当てて、全身を見てわかるほどに激《はげ》しく震《ふる》わせていた。

目の前には、NANA先輩《せんぱい》が膝立《ひざだ》ちになっている。右手でこの頬《ほお》を思いっきり張り倒したポーズのまま、石像みたいに硬直している。

そしてNANA先輩の背後では、リンダが声を上げずに泣いている。

ぺったりと座り込み、しがみついた万里を引きはがされた時の形のままで動けずに、真っ青《まさお》に血の気を失った頬に涙を滂沱《ぼうだ》と流している。

「香子には言わないでくれ！　香子には言わないでくれ！　香子には言わないでくれ！　香子には」

床に頬を擦《こす》りつけるような体勢で、万里はそれしか叫べなくなっていた。

香子に知られてはいけない。

自分がこんなふうに消えるなんて、こんなふうにいなくなるなんて、絶対に知られてはいけない。ずっと一緒《いっしょ》にいると約束したのだから、香子にだけは知られてはいけない。

——ここがどこなのか、わからなくなったのだ。

自分が多田《ただ》万里であることはわかっていた。高校を卒業したばかりで、ついさっきまで、橋の上でリンダを待っていたはずだと、そう思っていた。

突然夜の街の祭りの輪《わ》の中に放り込まれた。

わけがわからず叫んだら、今度は知らない部屋にいた。

凄《すさ》まじい恐怖だった。自分がどうなっているのか、本当にまったくわからなかった。

知らない女の子が自分を見て、驚愕《きょうがく》したように「万里⁉」と名前を呼んだのも恐ろしかった。一瞬《いっしゅん》だけメイコなのかと思って、でも見ればやっぱり全然知らない人で、万里はとうとう絶叫した。

近づいてくるその人を必死に押しのけ、転がるように壁際で身体《からだ》を縮《ちぢ》め、自分の身を守ろうとした。なにをされるかわからなかったのだ。そして、泣きながら母を呼んだ。狂ったように、父も呼んだ。待ち合わせをしていたはずの友達の名前も、声を限りに呼んだ。

——リンダ！　リンダ！　リンダ！　助けてくれ！　早く来てくれ！　リンダ！

甲高《かんだか》い金切声になるほど叫びながら、メイコに似た知らない人が脱兎《だっと》のごとく駆け出していくのを見た。

その人は外へ飛び出していって、ドンドンドン！　と恐らくはすぐそこのドアを、激《はげ》しく叩《たた》いているようだった。そして自分の叫び声よりもさらに大きな、甲高《かんだか》い声を上げた。

『リンダ先輩《せんぱい》！　リンダ先輩！　お願《ねが》いです来てください！　万里《ばんり》が、万里が！』

やがて複数の人間の足音がして、さっきの人も含めた三人の女がこの部屋《へや》に入ってきた。すぐに、その顔を見つけた。

リンダだった。リンダがいた。やっと来てくれたのだと思った。髪形も服も変わってしまっていたが、でも絶対にリンダだった。助けに来てくれたんだ。必死にしがみつき、ほとんど押し倒すみたいに両手でリンダの胴体に摑《つか》まった。

ここがどこだかわからないんだ、なんで俺《おれ》はこんなところにいるんだ、どうしたらいいかわからないんだ、昨日《きのう》は卒業式だったよな、俺はおまえを待ってたんだよな、そうだよな——無我夢中で泣《な》き喚《わめ》きながら、リンダがなにも答えてくれない理由に、薄々《うすうす》気が付きつつあった。

（……ああ、そうじゃん）

身体《からだ》はいまだ、狂ったようになったまま。

（……俺は、今、大学生じゃん。ここに住んでるんじゃん。あれから一年半が経《た》ってるし、今は香子《こうこ》と付き合ってるんじゃん）

そうだ。香子。

（……俺がいなくなってしまったら、取り残されて、香子は泣いちゃうよな……）

生まれたばかりの赤ん坊みたいに自分が泣きながら、それでもまだどこか遠いところを彷徨《さまよ》っているような、眠りの中にいるような心地《ここち》でいた。でも口からは、ここはどこだとか、どうなったんだ、とか、そんなふうに漏れていた叫び声がいつしか、

「香子には、言わないでくれ！」

変わっていた。そして、NANA先輩に思いっきり頬《ほお》を張り倒されたのだ。張り倒されて真横に倒れていきながら、前回こうしてこの人に殴り落とされた時のことを思い出していた。あれは、春のライブの時だ。ステージから、ギターで、ブン殴られて落とされたのだ。香子と手を取り合って、二人《ふたり》で「こわいよー！」とかガキみたいに叫びながら、暗闇《くらやみ》の底へ落ちたのだった。

落ちてばかりだ。

考えてみれば。

まるで、なにかの練習かよ。うまく落ちていけるように練習させられてるのか俺は。だったら一人《ひとり》でじゃなくちゃ意味がないじゃないかよ。本当に落ちていく時は、香子と一緒には、落ちられないのだから。

落ちていく時は、たった一人なのだから。

NANA先輩は、

「……溺《おぼ》れてる奴《やつ》には、これしかねーだろ。さもなきゃ、しがみつかれた奴も諸共《もろとも》沈んでいくだけだ」

そんな冷たい言葉を吐いた。誰《だれ》に向けられた言葉かはわからなかった。でも、とりあえず事実かもしれない。そんな声を聴《き》きながら、万里《ばんり》は、確《たし》かにこの世に帰ってきた。

しかし、もう無理だ、とも思った。

時計《とけい》は、ずれてしまった。

そろそろ誤魔化《ごまか》しようもなくなってきていて、終わりの時は確実《かくじつ》に近づいてきているらしい。

「香子《こうこ》には言わないでくれ……っ！」

破滅だ。

このままでなど、いられないのだ。見てみろ、このざまを。さっき戻ってきた自分の感覚の方が、なんだかずっとリアルじゃないか。これでは自分は遠からず消える。いなくなる。誰《だれ》にも別れも告げられず、誰にも知られないまま、「なにかの間違い」になってなくなる。

怖くて怖くて、転がったまま、万里は両手で自分の顔を覆《おお》った。

「……いやだ！　いやだ、いやだ、いやだー！　香子と一緒《いっしょ》に生きていきたいんだ、香子と離《はな》れ離《ばな》れになりたくない、このままで、大丈夫だって、そうやって生きていたいんだ！　俺《おれ》は死にたくない！　ここから消えたくない！　ここにいたい！　大丈夫なんだ！　俺は大丈夫なんだ、大丈夫なんだ、大丈夫なんだ、大丈夫ってことにしたいんだ！　そうやってどうにかやってくしかない、だから、香子には言わないでくれ……！」

最初から、偶然に与えられたひと時だったのかもしれない。

多分《たぶん》。

こんなふうに終わっていくなら、なかった方がマシだった――そう思ってしまったら、あの橋から落ちることを決めた「あいつ」の気持ちも理解できそうだった。

そして今、万里はやっと理解した。

「あいつ」はおめおめと蘇《よみがえ》り、戻ってきたわけじゃないんだ。

あのとき存在することを諦《あきら》めて、もういい、と落ちていった奴《やつ》は、今の自分と同じように、ぐしゃぐしゃの結び目からはみ出してしまったループの一つにすぎなかった。そして、確かに、川の底で死んだのだ。

あいつは果たして、いつ、ずれてしまった時計なのだろうか。いつから傍《そば》に存在していたのだろう。あいつの存在になど、まったく気が付かなかった。

そして次は俺の番か。とうとう。

過去と今を結ぶ一線上《いっせんじょう》に、自分は存在しない。あいつも存在しない。俺たちの居場所などない。繋《つな》がれない。ぐるぐると、意味のない輪《わ》っかは、やがて処理され、切り落とされるだけ……。

自分自身のそんな思考から逃れるように、万里はもがくようにして立ち上がった。必死に両足を動かして、逃げ出した。しかしどこにも行けるわけなどないのは、当然とっくにわかっていた。

7

後ろを振り返ることもせずに、裸足《はだし》にサンダルだけをつっかけて玄関から飛び出した。
ホールに出るとちょうどエレベーターが一階から上がってくるところで、反射的に、なんの裏付けもなく、しかし妙な確信《かくしん》をもって、万里《ばんり》はそれが「香子《こうこ》だ」と思った。実際には柳澤《やなぎさわ》かもしれない。二次元《にじげん》くんかもしれない。知らない他《ほか》の住人か、宅配の人かもしれない。ただ上の階から呼ばれただけの空の箱かもしれない。でも、なぜだか万里にはこのとき、香子がここへ、自分のところへ、上がって来ようとしているのだと思えた。

　こんな自分を見せられない。香子には今は絶対に会えない。上がってくるエレベーターの階数表示から視線《しせん》をもぎ離《はな》し、身を翻《ひるがえ》し、階段を猛然と下り始める。半分は落下するように、ただ飛び降りるようにめちゃくちゃな勢いで駆け下りて、途中の階で上がっていくエレベーターとすれ違った。落ちていく万里とは逆方向に、彼女を載せた箱は上がっていく。鉄製のドアの

細い隙間《すきま》からは白い糸のようにほのかな光が一瞬《いっしゅん》だけ漏れて、やがて消えていく。

「……っ」

振り切って、階段を再び駆け下りた。ジャンプするように着地して、無人のエントランスを夢中で横切り、ガラスのドアを両手で押しあけた。日も暮れた外へと走り出していく。

一体どこへ逃げようとしているのか、どうなれば逃げきることができたといえるのか、なにがしたいのか、どうなりたいのか、もはや自分ではわからなかった。ただ、ここにはもはやいられないと思ったのだ。もう続けていけない。大丈夫なんかじゃない。変わってしまう。変わってしまった。

万里は無我夢中で走り、自分の部屋《へや》から、香子から、残してきた人々から逃げ、遠ざかるために両足を動かし続けた。

夕焼けは終わって、街を暗い夜が覆《おお》い隠そうとしている。影《かげ》のように透ける闇《やみ》が、万里の生活を侵《おか》していく。冷たい空気が肺を潰《つぶ》す。

(——どこまでも走れそうな気がして、いつか試してみようとか思っていたんだっけ)

それなら今。このまま、もう戻れないと自分ではっきりわかるまで、遠くへ走っていってしまおうか。

大通りの歩道を、万里はただ猛然と走り続けた。スマホも、家の鍵《かぎ》も持っていない。財布もない。どこかでこのまま果てたとしても、この肉体が誰《だれ》なのか、証明するものは一切ない。いつか消えてしまうなら、今、このまま消えても同じことではないか。未来などないという意味においては、多分《たぶん》同じだ。

（大丈夫だと思いこもうとした。このままいけると。そう信じて頑張っていれば、そうなるって思っていた）

考えてみれば、どうやったって、大丈夫ではないではないか。それがわかってしまうのが怖いから、考えないようにしてきただけだった。

いきなり、自分がどこにいてなにをしているのかもわからなくなってしまうような奴《やつ》。高校の卒業式の翌日の朝で、時が止まってしまっていた奴。そしてその肉体をしれっと乗っ取っていた奴。どこかでそれを眺めていて、川の底に沈んでいった奴。……どいつが最後に残るとしても、どいつもどこかが欠けている。一人前の人間として、普通に生きてきた時を全《まっと》うしている奴などいない。全員だめじゃないか。どいつがどうなるにせよ、だめじゃない未来なんか、多田万里《ただばんり》の人生には用意されていなかったのだ。

この一年半、散らばってしまった欠片《かけら》をかき集め、なんとかしようとしてきたつもりだった。家族も友達も手伝《てつだ》ってくれて、どうにか多田万里という人間の欠片を、拾い集められそうだとも思えていた。そんなふうにやってきた時を、すごい、と、素晴《すば》らしい、と、そう言ってくれる人だっていた。でも勘違いだった。間違っていた。

苦しく喘《あえ》いで走り続けて、万里はまだ頰《ほお》を濡《ぬ》らす涙を手首で拭《ぬぐ》った。そういえば、あんなに泣いていた千波《ちなみ》はどうしただろう？　千波はあんなふうに自らの傷を開いて見せてくれたのに、それは恐らくこんな自分とちゃんと関係したいと思ってくれているからだったろうに、応《こた》えることができなかった。自分は彼女を置いてきてしまった。それにリンダは巻き添えだ。勝手に自分は爆発《ばくはつ》して、自爆するだけならまだしも、リンダが築いてきた日々も一緒《いっしょ》に吹き飛ばして破壊《はかい》してしまったかもしれない。

あの場に居合わせてしまったみんなに、一体、どう思われただろうか。多田万里という人間がとっくに壊《こわ》れていたということが、ついにバレてしまった。装ってきたような普通の大学生なんかじゃなくて、本当はまともに生きることなどままならない、バラバラに砕けてあちこち欠けて、どうにか貼《は》りつけて誤魔化《ごまか》しただけの紛い物人間だと、自ら正体を披露《ひろう》してしまった。拾い集められそうだと思っていたのに。ここまで懸命《けんめい》にやってきたのに。……全部、はなからだめだったのだ。目覚めたことすら間違いだった。生まれたことが間違いだった。もうめちゃくちゃだと思う。砕けた欠片は拾い始めた最初よりも、もっと細かく粉々に、木端微塵《こっぱみじん》に破壊されたような気がする。もう元には戻れない。元の一人《ひとり》の人間に戻れないだけではなくて、その次に寄せ集めた張りぼてにすら戻れない。今の自分は、もっと、もっと、もっと壊れているのだ。死人よりももっと壊れた、半端に浮遊して行き場もない、間違ってこの世に残されてしまった魂。結ばれ損なった糸のループ。それが自分だ。

あの、過去の自分が味わった、知らぬ間に時が過ぎていたという恐怖。一瞬《いっしゅん》前まで持っていたはずのすべてがすでに失われているという感覚。そして今の自分が味わった、消えていくのだという恐怖。一瞬《いっしゅん》前まで持っていたはずのすべてが奪われていくという感覚。この恐怖を乗り越えて、先に進むことなどできるわけがなかった。

どっちのドアを選ぼうとも、その先にあるのは必ず『喪失』なのだ。

——なにも考えたくない。この先どうなるかなんて、もう想像できない。きっとこれが多分《たぶん》、終わるということなのだろう。

「……あれ？　万里《ばんり》？　おい！」

その声が、どこから掛けられたのかすぐにはわからなかった。万里は一瞬驚《おどろ》いて、思わずその場に立《た》ち竦《すく》んでしまう。

「……っ！」

「やっぱ万里じゃん。おまえんちに集合じゃねえの？　どこ行くんだよ」

車が行き交う四車線《よんしゃせん》の道路と、イチョウ並木の植え込みを挟んで向こう側の歩道。約束していた買い物の袋を片手に、遠目にも役者のように整《ととの》った顔立ちをして、長身。そいつが誰《だれ》かはすぐにわかった。

身を翻《ひるがえ》し、再び駆け出した。

「おい!?」

柳澤《やなぎさわ》に、見つかってしまった——無茶苦茶《むちゃくちゃ》に走ってきたつもりが、駅から部屋《へや》までのルートに気づかないままかぶってしまっていたのだ。

「万里⁉　どうしたんだよ⁉　おい！」

無視してそのまま振り切ろうとするが、柳澤は驚いた顔をして車道の向こうを伴走してくる。そのうち逃げ切れるとは思った。随分先まで横断歩道はないし、この大通りの次の曲がり角を住宅街の方面に入ってしまえばもう見つからないだろう。

「万里！　なにしてんだ！　万里！」

柳澤の声を無視して万里はそのまま必死に走り、すこし先に見えている曲がり角を目指す。

「万里てめえ！　なに逃げてんだよ⁉　あっ、なんかやったのか⁉」

買い物袋をぶん回しながら柳澤はしかし、すこしも諦《あきら》めてはくれずに、

「俺《おれ》から逃げないといけねえようなことしたのか⁉　そうなのかよ⁉　一体どこに逃げるつもりなんだよ！」

顔だけ横に向けて、車道を挟んで万里を見ながらぴったりついて走ってくる。行き過ぎる人がぎょっとしたように、喚《わめ》きながら全力疾走しているイケメンを見ている。万里はそのまま闇《やみ》色《いろ》の口が開いたような暗い曲がり角へ飛び込もうとするが、

「逃がすか‼」

鋭《するど》いクラクションが耳をつんざく。つい振り返り、柳澤の方を見てしまって、万里はとっさに悲鳴を上げた。釘《くぎ》づけられたように足も止まる。

「やなっさん⁉　……なにして……危ないっ‼」

柳澤《やなぎさわ》は万里《ばんり》が曲がり角に入ろうとしているのに気が付き、無理やり車道を渡ろうとしているのだ。植え込みをハードルみたいに軽やかにジャンプ、ガンガン車が行き交う車道に飛び出し、急ブレーキを踏む車の間をターンしながら強引に縫《ぬ》って、「バカ野郎！　なにしてんだガキが死にてえのかッ⁉」怒鳴《どな》ってくる運転手に「すいません！　ごめんなさい！」と謝《あやま》りながら、まるでフロアを滑る社交ダンスの踊り手よろしく、華麗《かれい》なステップでするするくる、うまいこと本当に渡りきってしまって、

「待ててめえぇぇぇ！」

「……うわああ！」

息もできずに見守ってしまっている場合ではなかった。慌てて万里はまた駆け出す。住宅街の暗い道に飛び込むが、すぐ後ろにすごい形相《ぎょうそう》でイケメンが迫ってきている。

脚の長さの差はともかく、これでもかつては陸上部。走る速度で劣る気はしないが、サンダル履《ば》きは不利だった。向こうはいつものレッドウィングを装備しているに決まっている。

「逃げてんじゃねえぇぇぇ！」

気を抜けばすぐに捕まってしまいそうで、後ろを振り返ることすらもうできなかった。全力で、必死で、万里は逃亡し続ける。息が苦しくて心臓《しんぞう》は爆発《ばくはつ》寸前、喘《あえ》ぐ声はぜいぜいと割れ、サンダルの足は指の股《また》が裂けそうだ。ようやく悟る。これ、無理。どこまでも走れるなんてこ

とはない。やっぱりない。絶対にない。限界はある！　はい、わかった！

「待てこの野郎ぉぉぉ！」

しかし、まるで、これでは、ひったくりか、痴漢《ちかん》が、正義の、イケメンに、追われてる、みたい、ではないか！　倒れる寸前、万里は思う。このままでは善意の第三者に通報されてしまうかもしれない！

賭《か》けに出て、交差点の角を曲がったところで、壁際《かべぎわ》にいきなりびたっと貼《は》りついた。柳澤は万里がそのまま突っ走っていったと思いこんで、信号のない横断歩道をまっすぐ駆け抜けていく。ブーツの足音が遠ざかる。

「……ああ……、はあ……！　く……くるし……、……っ」

やっと深呼吸して、よろよろと、柳澤が走り去ったのと逆方向に身体《からだ》を向けた。

心臓が跳ねるたびに、脇《わき》の下から前腕のあたりに痺《しび》れにも似た衝撃《しょうげき》が走る。ドン、ドン、と血管が凄《すさ》まじい血流に爆発的に押し広げられているんだと思う。

どうにかこうにかそれでももう一度、ペースを落として走り始める。行くあてなどないけれど、とりあえず右手に現れたコンクリの階段を上がろうと思った。高低差も利用して、今も自分を捜しているであろう柳澤をここで完全に振り切ろうと思ったのだ。

階段を上り始めると、その先からタッタタッタッタタッタッ、と、軽い足音が聞こえてビクッとなる。いや、でも柳澤のブーツの足音とは違う。ただここを通ろうとしている人がいるのだろ

う。気にせずそのまま重い足で階段を上がろうとして、

「目標はっけ――――――――――んっ！　とう！」

ぶわっと、目の前に舞《ま》い降りてきたその影《かげ》。驚愕《きょうがく》のあまり、心臓《しんぞう》はとうとう止まった。

「うあ……！」

が、

「っとっと……⁉」

階段のてっぺんから影が舞い降りてきた……までは、よかった。そいつは妙にでかい、四角い物体を片手の脇《わき》に無理矢理《むりやり》抱えていて、もう片手にはスマホらしきものを持っており、そのせいで着地のバランスを崩し、

「……おおーう！」

抱えている物体ごと、万里《ばんり》に覆《おお》いかぶさるように倒れてきたのだ。階段を数段分、後ろ向きに薙《な》ぎ倒されながらついでに物体の角がガンッ！　と、

「う……が……！」

まず鼻。そして、

「……ごっ！」

後頭部。これは倒れて受け身もとれず、自分で思いっきり地面に打ち付けた。火花が散った脳裏には、なぜかこんなときだというのに、しどけない下着姿で頭を抱えてごろごろのたうち

回っていた香子《こうこ》の姿が思い浮かんだ。奇《く》しくも時をジャンプして、今、万里も似たような痛みに襲《おそ》われて、ごろごろ路上をのたうち回っている。逃げた罪の重さの分を追徴されたか、鼻の奥からは鉄のにおいの熱《あつ》い液体がせり上がってきているのが分かる。

「す、すまん万里……！　目測を思いっきり誤った！　おーいやなっさん、ここ、ここ！　捕まえたけど俺の兵力はややオーバースペックだったようだ！　ああ、やべえ……どうしよう、まじでごめん万里！　なんか結構ひどいことに……」

携帯を尻《しり》ポケットにしまいながら、息を切らして柳澤《やなぎさわ》が現れた。二次元《にじげん》くんと並んで、倒れている万里の頭の方から顔を覗《のぞ》き込んでくる。そして、うわ！　と大きな瞳《ひとみ》を見開く。

「鼻血かよ!?　ていうか万里……おまえ一体、なにから必死に逃げてたんだ？」

答えられない。

鼻血が今、ボタボタ喉《のど》の方にまで流れ込んできているから。

＊＊＊

階段の上には、近所に住む万里も知らなかった小さな児童公園があった。夜になって人気《ひとけ》はなく、やたらと冷たい風が通り抜けていく。

「大丈夫かよ万里《ばんり》」

男三人は、万里を真ん中に挟んでベンチに並び、腰かけていた。万里の右からは柳澤《やなぎさわ》が顔を覗《のぞ》き込んできてくれる。左からは二次元《にじげん》くんが、

「あーあ、ゲロまで吐いてなあ……」

と。

そう。吐いたのだ。

水飲み場でとりあえず鼻から滴《したた》る血を流そうとして、しゃがんで俯《うつむ》いた瞬間《しゅんかん》、万里はげろっと勢いよく胃の中身を全部吐いてしまった。飲み込んでしまった血の味が気持ち悪いとは思っていたが、まさか吐くとまでは自分でも予想していなくて、「うわあ……～ろろろろ～……あああ……～ろろろ～」と、驚《おどろ》きプラス嘔吐《おうと》の不思議《ふしぎ》な二重唱を洩《も》らしてしまった。おまえ意外とホーミーの才能ありそう、と柳澤が小さく呟《つぶや》いたのが聞こえたが、肝心のホーミーがなにかわからなかった。ホーミーってなによ、と訊《き》く元気もなかった。嘔吐は胃がからっぽになってもしばらく止まらなかった。

走り過ぎたせいか、精神的に弱ったせいか、肉のために昼を軽くしたせいか、二次元くんにホットプレートで殴り倒されて鼻血を飲んでしまったせいか。とにかく万里は吐いて、水を飲んでまた吐いて、何度も吐いて、そのまま軽い貧血を起こした。そして友人二人《ふたり》に支えられて、

なんとかこのベンチにふらふらと座り込んだのだ。

人通りはまったくなくて、風が木々を揺さぶる音だけが聞こえる。公園を取り囲むように植えられているのは、きっと春には見事な花を咲かせて人を呼んでいただろう、桜の木だった。今はしけた色の枯れ葉だけを、なんとも景気悪く、びらびらとハゲ損ねた髪の毛みたいになびかせている。

「俺《おれ》さ、」

風の音に負けそうな声音で、万里はどうにか喋《しゃべ》ってみた。

もう逃げられないのは、散々追われて、とっ捕まって、身に染みてわかっていた。それ以前に疲れ切って、もはやここから一歩たりとも歩ける気がしなかった。

「今日《きょう》、みんなに、聞いてもらいたい話があったんだ」

どうにもならない。

わかってる。

どこへもいけない。

わかってる。

でも、

「……話さないと、話さないと、ってずっと思ってて、でもなかなか言い出せなかった。ていうかなんで話せないんだろう、俺なにぐずぐずしてんだろうって、ひたすら自己嫌悪してた」

ここにいる。いてしまっている。自分は今ここにいて、そして今を生きている。左右には友達がいて、こんな自分が座るスペースを、ちゃんと真ん中に空けてくれている。

そうである以上、その対価みたいなものを、やっぱり世の中に払わないといけないのではないか。ここまでたどり着いて、やっとそう思えた。

過去なく生きているのなら、忘れてしまったその分の責任を。ぶっ壊《こわ》れているのなら、ぶっ壊れている自分のパーツをありのまま。ありったけ並べて、晒《さら》して。

そうやって、どこかで、どうにかして、一人前分の帳尻《ちょうじり》を合わせないといけないのではないだろうか。

だから、それをしなければ世の中から逃げる羽目になる。でも生きてしまっている以上、本当に逃げ切ることなどできない。どこまでも走ることなどできない。人間て、もしかしてそういうものなんじゃないかとも思い始めていた。

必死の帳尻合わせでも、とりあえずでも、破れかぶれでも。それでも誰《だれ》もがみんな、一人分《ひとりぶん》の人生を生き切ることと引き換えにして、この世のスペースを分けてもらっているのではないだろうか。

そして今。

多田万里《ただばんり》の分の支払いをするのは、生きているこの自分。ぼろぼろだろうが、へとへとだろうが、自分以外には誰もいないと思えた。

誰にもこの崩壊《ほうかい》寸前の人生を、傷だらけの身体《からだ》を、生きてきた自分の時間そのものを、押し付けることなどできない。今ここにある、このスペースは、確《たし》かに自分のものだから。ほんの瞬間《しゅんかん》に移り変わるものであろうとも、いずれ失われるものであろうとも、今この瞬間、このスペースに、自分が生きているという事実だけは絶対に揺るがない。

「……うそつきって思われるのは嫌《いや》だなとか、みんなのこと信頼してなかったとか言われたら嫌だなとか、ぐずぐずしている理由を、いろいろ……そんなふうに考えてみたりしてたんだけど……」

髪を切って、自分の姿と直面した千波《ちなみ》。彼女の言葉を聞いて、思ったのだ。

俺《おれ》も同じだ、似ている、と。そして千波は勇気を振り絞って、自分がなかなかいけなかった先へいった。

「……そうじゃなくて。言えないのは、自分が自分のその傷を、深さや大きさや取り返しのつかなさを、ちゃんと知るのが怖かったからだった。もういける、もう大丈夫、何度もそう思って、やっていけるって思ったけど、やっぱり全然、大丈夫じゃなかった。俺は俺の傷を、本当には全然見れてなかったんだ。わけわかんないな。ごめん」

結局涙がまた流れてしまった。洗ったはずだが、血のにおいでまだベタベタする手で目元を拭《ふ》いた。あの岡《おか》ちゃんの涙ならまだしも、自分の涙など野郎にとってはきっと迷惑千万。そう思うのだが、

「いーよ。なあ」

柳澤《やなぎさわ》のシンプルな言葉に、二次元《にじげん》くんがひょいっと許容のサインで頷《うなず》くのが見えて、その視界がさらに滲《にじ》んで揺れた。

「いーよいーよ。全然いーよ」

いーのか。わけわかんなくても。

喋《しゃべ》ってみていーのか。いーよ。俺《おれ》、ここにいていーのか。いーよ。情けなく泣いちゃってもいーのか。いーよ、いーよ、全然いーよ。

そう言ってくれた奴《やつ》の声が、頷いてくれた奴の顔が、記憶《きおく》の底にじんわりと沁《し》みる。ここにいていいのだと、認めてくれた。この俺でいいのだと。ベンチに座ったまま、命を救われたとはっきり思う。この夜のことだけは、永遠に忘れたくないと万里《ばんり》は強く思う。

止まらない涙に震《ふる》えてしまった肩を、どし、と二次元くんが拳《こぶし》で叩《たた》いた。

「言いにくいことがあるなら無理すんな。今宵《こよい》は適当に、バイパスしとけ」

「バイパス?」

すぐには意味がわからずに、万里は眼鏡《めがね》をかけた友人の顔を見返してしまった。

そんな言葉を聞いて、脳裏に浮かぶのは、詰まってしまった太い血管。その先に酸素が供給されなくなって、組織《そしき》はやがて壊死《えし》してしまう。でも別の血管を繋《つな》げられれば、詰まってしまった血管の代わりに酸素を運ぶことができるようになる。滞《とどこお》ってしまった血流を、再び蘇《よみがえ》らせることができる。

もう一度、いや何度でも、そうやってやり直してもいいのか。

詰まってしまった流れを、これはもう破裂するのだと諦《あきら》めなくても——嗚咽《おえつ》と一緒《いっしょ》に、言葉が漏れた。

「ひ……ひどいことが、あったんだ……!」

友達に甘え過ぎだろうと自分でも思うが、止まらなかった。

「ものすごく怖いことがあって……それは多分《たぶん》、死ぬのと、同じようなことだった。俺は、そこから生き返ってきて、今日《きょう》までどうにかやってきて……でもやっぱ死んだことは事実で、それをなかったことにしてきた分だけいろいろうまくいかなくなって、やっぱ難《むずか》しくて……もうどうしたらいいんだろう? わかんねえ。とにかく怖くて、たまんないんだよ、ほんとに怖くなってきて、どんどん耐えられなくなってきて、それでとにかく逃げてみたけど……逃げられないことだけはわかって……」

二次元くんはホットプレートを脚の間に挟み直し、みっともなくまた泣いてしまった万里の傍《かたわ》らで「なるほど」と呟《つぶや》いた。

「うん、そうか。じゃあまあとりあえず、具体的には、なにが差し迫って怖いんだ? 万里はどうなることを恐れてるわけ?」

「……ぐ、具体的には……」

肉、どうなっただろう。いきなりそんなことをふと思ってしまい、でもそれじゃない。考えながら、万里《ばんり》は言葉を口にする。なんとか涙はのみ込んだ。

「み……みんなに気づいてもらえずに、消えること……だと思う」

「消えるってなにが？」

「俺《おれ》、が。……ここから消えたら、きっと、誰《だれ》ももう俺を見つけられないと思う。俺が生きていたことが全部なかったことになって、俺が消えたことすら、なかったことになってしまうと思う」

「うーん、そうか。やっぱ全然わからん！」

そりゃこんな言い方じゃ誰にもわからんだろうな……と万里は自分の言葉の拙《つたな》さに項垂《うなだ》れるが、

「それはでも、じゃあ、なんとかしましょう。俺たちが。な、やなっさん」

「おう。わかんねえけど、とりあえず任せとけ」

「え？　……ええ……？　そんな、闇雲《やみくも》に……？　任せろと？」

イケメンがぐっと親指を立てて見せる。

「そうだよ。今は闇雲に、俺らに任せろ。いざという時には見つけてやるよ、どうにかして。実際、今だって逃げたおまえを見つけただろ？　こうやってさ」

二次元《にじげん》くんは自分の膝《ひざ》に肘《ひじ》をついて万里の顔をしっかりと覗《のぞ》きこんできて、

「そうそう。だからおまえも、そんな必死に逃げたりとかしないで、ちゃんと見つけてもらえるように工夫《くふう》してみろよと。策を練ってさ。もしもに備えてさ。そうすることでしか多分《たぶん》、おまえの不安をこなすことはできないとも思うよ。……まあ、そりゃおまえが消えるなんて、本気で思っちゃいないけど……でもおまえがそれが怖いっていうんだから、もうしょうがねえよな。はい、受けて立ちましょう」

ごつ、と柳澤《やなぎさわ》と二人《ふたり》して、拳《こぶし》を万里の鼻先で軽くぶつけ合ってみせた。

——工夫だとか、策だとか。

そういえば、そんな切り口で自分の恐怖を見つめてみることすらしてこなかったな、と万里は思った。

新鮮《しんせん》な見方を得た代わりに、鼻から少々の血液と、胃液を失ったわけか。この身は。

「まあ、っつーかさ、香子《こうこ》だっているじゃん。あいつなら、もしもおまえが消えたりしたらどんな手段を使ってでも見つけ出すと思うけどな」

「ははは、それ、確《たし》かに。加賀《かが》さんなら絶対に見つけそう。それこそ地獄《じごく》とか極楽《ごくらく》とかまでもブランド物ハイヒールでガンガン乗り込んできそう。『万里どこよ!?　愛してる!』って」

ひっひっひっ!　と自分が出した幼馴染《おさななじみ》の話題に柳澤が笑う。万里もつい、ちょっと笑ってしまって、

「……肉、どうしたかな」

香子《こうこ》は、どうしただろうか。

「女子からは特に連絡ないし、まあ、肉はあいつらに任せておこうぜ。それより万里《ばんり》、鼻、マジでごめん。まだ痛い？」

「あー……痛いっていうか熱《あつ》い。血は止まったみたいだけど」

ホットプレートでどつかれた鼻の具合を確認《かくにん》してみようと、尻《しり》ポケットからミラーを出した。鍵《かぎ》もスマホもないのに、これだけはいつもポケットに突っこんであったから、今もここに持ってこられた。

ぱか、と開くのを覗《のぞ》き込んできて、

「それ割れちゃってんじゃん」

柳澤《やなぎさわ》が言う。ミラーは、同窓会の夜に橋の上で落としてしまったときに中心から放射状にバリバリになって割れてしまって、集めた破片をパズルのように接着剤でくっつけてあった。でも何か所かの破片はどうしても見つけらなくて、隙間《すきま》から土台の白いプラスチックが見えてしまっている。二次元《にじげん》くんも首を伸ばしてきて、三人の野郎のツラが割れたミラーに映りこむ。

「ほんとだ。あーあ、バッキバキ。時計《とけい》の文字盤《もじばん》みたいだな」

言われて、確《たし》かに、と思った。張り合わせた破片はちょうど時間を線《せん》で区切った文字盤のようになっていて、そして、いくつかの時間が、剝《は》がれ落ちて失われてしまっていた。

それでもちゃんと映っている。今、ここにいる三人の顔が、でこぼこになりながらもちゃんと全部。

なぜだかそのことが、そんなことなんかが、万里にはものすごく有《あ》り難《がた》い奇跡みたいに思えた。こんな小さな奇跡が、嬉《うれ》しくてたまらなかった。

「……まだ使えるよ。だからいいんだ、これで。香子にもらったヤツだし」

くるっと裏をひっくり返せば、そこにはくっきりと『リメンバー逃亡記念日！　心の友・加《か》賀《が》香子より』と書いてある。部屋《へや》から飛び出した時には、身分証明できる物などなにも持って来なかったと思っていたが、ここに彼女の名前があったか。まるでこの身とこの世を繋《つな》ぐ、か細いへその尾のように。

「へえ、じゃあ大事にしないと。ギフテッドバイ加賀さんならいいヤツだよな、きっと」

「おう。宝物だぜ」

のろけだ、のろけだ、と両サイドの顔がからかうように笑顔《えがお》になる。その真ん中で、万里の顔も、笑い始めている。笑えるじゃんかよ。まだ全然、笑ったりできるんじゃんかよ俺。思って、自分でも驚《おどろ》いた。肉はまた次だな、と口が動いて、それにも本当に驚いた。

あんなに思いっきり、終わったと思ったのに。もうあの部屋に戻らないと思っていたのに。まだこの次が、あるらしい。

次があって、自分は走ってきた距離《きょり》をまた折り返しでもう一度走り、……いや歩いてもいいかもしれないけどとにかく同じ距離を戻り、部屋に戻り、置いてきてしまった女性陣と話をして、香子《こうこ》と肉がどうなったかを確《たし》かめて——工夫《くふう》して、策を練って、もしものときに備えよと。あっちこっちとバイパスしながら、そうやってとりあえず続くのだから、とにかく次のドアを開けてみろと。怖くても不安でも。ボロボロのめちゃくちゃでも。

ここにある限りは、大事にして。

どうもこの世の中は、そんな話になっているらしい。そして人生というやつは、とにかく「流れていく」ものらしい。良いも悪いも関係なく、納得いこうがいくまいが、完璧《かんぺき》だろうがつぎはぎだろうが、ただ生命のポンプによって人は次の瞬間《しゅんかん》へと運命を流されていく……ものらしい。

「ていうかさ、ちょっと万里《ばんり》、ゲロくさいかも」

柳澤《やなぎさわ》に不意に言われて、前へ傾けていた身を起こす。

「え！　それはいやだ！」

「あー、ほんとだ。服になにやら怪しげなシミが……そこだけちょっと流したら？」

立ち上がり、水飲み場まで再びいって、長袖《ながそで》Tシャツの裾《すそ》付近を引っ張って水で洗おうとする。どうもうまくいかなくて、人目もないしもういいやと、このひんやりとした秋の夜に万里は公園で上半身裸になる。

しゃがみこんでびちょびちょとシミのあたりを流していると、柳澤が小さく「今まで気づかなかった」と呟《つぶや》くのが聞こえて振り返った。

「万里。おまえ、傷だらけじゃん」

そうなんですよ、と、情けない顔で応える。

はい。傷だらけなんですよ。

「……そんなんで、よくやってきたよ」

柳澤は、万里を見ながら大きく頷《うなず》いてみせてくれた。

「うん。ありがとう」

あなたたちのような友達や、愛してくれる香子、関係しようとしてくれた岡《おか》ちゃん、関係しようとし続けてくれるリンダ、張り倒してくれるNANA先輩《せんぱい》、居場所を作ってくれるおまけんの先輩たち、そして家族、東京《とうきょう》や静岡《しずおか》のみんな——傍《そば》にいてくれていなければ、この世を生きていくことは、こんな自分にはとっても難《むずか》しいんですよ。

もう、なにしろ、なかなか一人前が揃《そろ》わないし。

本当にすべてを清算するその時がきたら、ありったけをかき集め、差し出して、どうにか帳《ちょう》尻《じり》を合わせないといけないし。

部屋《へや》へ戻る前に郵便受けを覗《のぞ》くと、鍵《かぎ》が入っていた。香子に渡してある合鍵なのは、白い革製のハート型キーホルダーを見てすぐにわかった。

エレベーターで上がって、自分の部屋《へや》のドアをちょっと回してみる。鍵《かぎ》はかかっている。つまり香子《こうこ》は、確《たし》かに一度はこの部屋までやってきて、そして鍵を閉めて出ていってくれたのだ。

ドアを開き、自分の部屋だというのになんとなく恐る恐る、中へ入った。

誰《だれ》もいなかった。カーテンも引かれていて、部屋の中は暗かった。

明かりをつけると、まるでなにも起きてなどいないような、あまりにもいつもどおりの見慣《みな》れた光景しかそこにはなかった。ちょっと辺りを探してみたが、置手紙などもない。肉のにおいもしない。ふと思いついて冷蔵庫を見てみるが、そこに肉も入っていない。

スマホが光っていた。

メールがきていて、香子から、「超音波が『なにも訊《き》くな』というので今はなにも訊きません。おやすみなさい、また明日《あした》」とだけ、香子にしては短いメッセージが綴《つづ》られていた。

その夜は、久しぶりに強烈かつ健全な眠気に襲《おそ》われて、万里《ばんり》は暗がりに引き込まれるみたいに自然と眠りに入った。寝入りながら、コッシー先輩《せんぱい》の言うこともあながちウソではないのだと思った。

そして朝が来て、自然と両目が光の中で開いて、万里は一つの工夫《くふう》、あるいは策を、実行に移そうと決めた。

＊＊＊

「……で、どんどん走って逃げ続けて、やなっさんもまいたと思ったんだけど、」

千波《ちなみ》は万里におごられた巨大なフラペチーノを両手で掴《つか》み、頬《ほお》をへこませて一生懸命《いっしょうけんめい》ストローを吸っている。まだ冷えて硬く、スムーズに飲めないで困っているらしい。

「ていうか、聞いてる？」

「聞いてる聞いてる」

千波はストローから一度口を離《はな》し、頷《うなず》きながらそう答える。話を続けることにする。

「……そう思ったんだけど、どうも携帯で連絡を取られてたみたいで、気づいたら二次元《にじげん》くんに追い詰められてて、」

目だけで「それで？」と先を促される。

「ホットプレートでガーン！　鼻血ブー！　っす。そしてゲロゲロゲロ、と。以上」

「……以上なの。それで？　ほんとに？」

「まあおおむねのところ、リアルにそんな流れ」

もちろん、これであれだけ大騒《おおさわ》ぎをしてみせた千波《ちなみ》に納得してもらえるような説明が済んだとは、さすがの万里《ばんり》も思ってはいない。フラペチーノなんぞの一杯でなかったことにしてもらえるとも思ってはいない。それがたとえ千波の顔よりでかいグランデであろうと。エスプレッソのショットも千波の好み通りに追加してあろうと。

千波とはちょうど一緒《いっしょ》にとっている一限の講義《こうぎ》があり、始まる前に買ってきたフラペチーノを捧《ささ》げ、深々と全身全霊《ぜんしんぜんれい》で拝《おが》み倒して、ともにサボってもらったのだ。厳《きび》しく出席をとる講義ではなかったのが、とにもかくにも幸いだった。

二人《ふたり》は、この時間は使われていない小さな教室に侵入していた。前後左右にちょっと間を空けて、人目がないのをいいことに行儀《ぎょうぎ》悪《わる》く机に腰かけた。

ここで、万里はとにかく昨日《きのう》の騒《さわ》ぎと逃走を謝《あやま》り、あれからなにがあったかを千波に話して聞かせていたのだが。

「で……そっちは、どうなった？」

「どうもこうもだよ。万里が加賀《かが》さんに言うなっていうから、なにも言ってない。加賀さんがお肉持って来て、あたしは『万里は逃げちゃった』ってだけ言ったの」

「……香子、なんて？」

「加賀さんは、そうなのって。逃げちゃったの、って。それだけ」

「それだけ？　ほんとに？」

「うん。ほんと」

あの香子が、自分が突然いなくなってしまって戻らなかったことを、本当にそれだけで済ませたとは思えなかった。しかし、千波が嘘《うそ》をついているとも思えなかった。

「で、ヤナも来ないし二次元《にじげん》くんも来ないし、連絡もないし。しょうがないんで、NANA先《せん》輩《ぱい》の部屋《へや》でリンダ先輩と四人、いきなり女子会で肉食べました～」

「そ、そうなの!?　なんか意外な展開だな……つか、NANA先輩、一応調理《ちょうり》道具持ってんだ……」

「だって加賀さんが『これもう私たちで食べちゃおうか！』っていうからさ。いや～……驚《おどろ》き。あんな肉がこの世にあるとはね……あれはすごいよ。味に底力があった。あたし、まだまだこの世のことをなんにも知らないんだわって思ったよ。いやはや」

二人が話す声の他には物音のしない狭い教室に、はあ～ん、と千波のうっとりとしたため息が、キラキラ輝《かがや》きながら舞《ま》い散るみたいに響《ひび》き渡る。

「しかし牛ってばかだよねー……あんなおいしくてさ、人間の思うままじゃんね……そう思わない？　カニとかウニもたいがいだけどさ、あのうまさ、都合よすぎるよ人間にとって。あれじゃあ乱獲《らんかく》されて滅びちゃうじゃ……いや待てよ!?　それすら神の采配《さいはい》か!?　おいしくなればなるほど人間がその種を大事に保存しようとするだろうと、そこまで見越してのあの味なのか⁉ はっ⁉ てことはじゃあ人間が遺伝子を人為的に操作《そうさ》することすら、神は見越しての超絶デリシャス⁉ うおおーなんたるジェネシス‼ 宇宙こえー‼ あたしたちは道具なんだよ所詮《しょせん》‼ 利用されてるんだなにかに‼ きゃー‼」

「あの、ジェネシスはさておき俺《おれ》のことは……」

「え⁉ あ、ああ、そりゃもちろん」

「よだれ拭《ふ》けよ……俺の存在を今、肉にかまけて忘れかけてなかったか？」

「やだーなに言ってんの！ あ、いかん、マジでよだれが……めちゃくちゃ心配したよ！ 本当に。あたしも、それに多分《たぶん》リンダ先輩《せんぱい》もＮＡＮＡ先輩も。加賀《かが》さんもね。あんなことがあったんだもん。どうするのこれー、どうなっちゃうのよー、って……でもさ」

フラペチーノを机に置いて、千波《ちなみ》はごついエンジニアブーツの脚を組んだ。チェック模様のオーバーサイズのシャツをワンピースのように着こなして、今日《きょう》は帽子はかぶっていない。透明感のある綺麗《きれい》な黒髪がつやつやとして、千波の頭には天使の輪《わ》ができている。短い前髪の下では白いひたいがまろやかに丸く光っていて、つるつると頬《ほお》から首筋まで、ミルク色の肌が見えている。神は、本当にこの女子をかわいらしくお造りになった。

「なんかすげーって思うのは、信じらんないって思うのはさ、普通に今日、こうやってあたしたちが、またおはなししてるってことだよねえ」

千波は自分と万里《ばんり》を交互に指してみて、笑うとも唸《うな》るとも観念《かんねん》したともつかない、不思議《ふしぎ》な表情をしてみせた。鼻の下をちょっと伸ばして、顎《あご》を上げ、ふにゃふにゃ首を小さく振る。

「また、こうやって普通に『いる』んだよねえ。普通に続いてるんだよねえ、人生が。……あたしもう、昨日《きのう》はかなり人生終わったモードだったんだよ。そのつもりで、次に会うときのことなんか考えもしないで、思いっきり言いたいこと言って、ばーばー泣いちゃった。その後にはもう、新しい日なんか二度と来ないような気がしてたんだよ。でも……来るんだよなあ」

「なあ。来たな、マジで」

万里は机からひょいっと下りて、千波の二列ほど前の席に後ろ向きに座り直した。すこし離《はな》れたところにレギンスに包まれた膝小僧《ひざこぞう》が、ちょうど目線《めせん》の高さにあった。

「これで終わり、なんて、自分で決められるもんじゃないっぽいよな」

「ね。……まあでも、こんな今日が来たからこそ、また万里にこうやって会えたわけで……明日《あした》もあさってもあるんだってわかったからこそ、訊《き》いておきたいことはあるよ」

千波の視線が、万里の目の奥にぴたりと据えられる。覚悟はしていたから、驚《おどろ》かなかった。

「昨日、多分、言おうとしてくれてたことだと思うけど……リンダ先輩とは、一体どういう関係なの？　万里には、一体なにが起きたの？　……どうして、あんなに必死に、リンダ先輩の名前を呼んだの？」

それを訊く権利は、もちろん千波にはあるだろうと思っていた。

「昨日《きのう》、一緒《いっしょ》にお肉食べてわかったんだ。リンダ先輩《せんぱい》って、すっごく優《やさ》しい先輩だ。加賀《かが》さんにも、あたしなんかにも、本当に優《やさ》しくしてくれた。それにタフだった。お肉いっぱい食べて、……きっと普通にいろいろ動揺してたはずだけど、でも、飲み込んであの後はそれを一切見せなかった。あたしがやらしく想像したみたいな、万里《ばんり》と浮気《うわき》とか、ヤナと両天秤《りょうてんびん》とか、そんな人じゃ全然ないってわかった。それと……サークルの先輩後輩ってだけで、あけっぴろげに他人に甘えたりとかできるような人でもなさそうっていうのもわかった。……だから余計、混乱しちゃったんだよ。万里とリンダ先輩がどういう関係でいるのか、あたしにはもう想像もつかない」

「岡《おか》ちゃん。いきなりだけど、オカメラは今日《きょう》も当然持ってるよな？」

「え。うん」

「昨日自分を撮《と》ってたみたいに、俺《おれ》のことも撮ってくれる？　今」

虚を突かれたように、千波は万里の顔を見返す。

「ええ？　今？　……ここで？」

「そう」

「あたしが、万里を撮るの……？　……万里はなにをするの？　あたしの質問には、答えてくれないの……？」

「今からここで、岡ちゃんに説明する。全部。それを撮ってもらうことには、俺としては、ものすごく大きな意味があるんだ。工夫《くふう》っていうか、対策っていうか」

首を傾《かし》げている千波《ちなみ》の顔を見上げながら、できるだけ落ち着いて話そうと思う。

「……自分への証明として、残しておいてもらいたいんだ。俺がちゃんとここに生きてたってことを、この瞬間《しゅんかん》を、未来に残したい。そして未来にいるみんなに、俺がちゃんとここに生きてたってことを、わかってほしい。……ハーケンみたいに、俺は今をここに打ち付けておきたい。振り返ってみた時に目印として、過去の自分をもう二度と見失ったりしないように。そうしたら、俺は、きっとちゃんと自分の傷を覗《のぞ》き込むことができると思うんだ。岡ちゃんが昨日、俺にやってみせてくれたように」

「……どういうことなの？　よくわからないんだけど」

「自分の傷の深さを、知らなくちゃどうにもならないよなって話。それに俺は、岡ちゃんが話してくれたことを、俺に対する信頼とか、友情とか、そういうものと同じ重みで受け取った。俺も、岡ちゃんがくれたのと同じ重みで、真実を返そうって思う。……やなっさんにも、二次《にじ》元《げん》くんにも、きっとそうできるようになる。香子《こうこ》に渡すものだけは、またちょっと違ったりもするんだけど……いいかな？　俺を撮ってくれる？」

わずかに数秒だけ千波は黙《だま》っていて、やがて、

「いいよ」

強く、頷《うなず》いて見せてくれた。万里はほっと思わず息をついた。

「全然話がわからないけど、でも万里《ばんり》がそういうなら。わかった。いいよ。あたしがちゃんと撮って、万里の『今』を『ここ』に、残しておいてあげる」

バッグからオカメラを取り出し、千波《ちなみ》がさっそくレンズを向けてくる。もう録画《ろくが》が始まっているのかどうなのか、ちょっと緊張《きんちょう》し、座る角度を直してみたりして、

「……万里、写真じゃないんだから、動いたり喋《しゃべ》ったりしてほしいんだけど……」

「そ、そうだよな！　あー、えーと、うん。はい、じゃあ……始めます。はい、そしたら、スタート！　……って感じで、よろしくお願《ねが》いします！　あー……」

始めろよ！　と何度かつんのめる千波に改めて一礼。万里は、喋ろうと決めてきたことを頭の中で並べ直した。

静岡《しずおか》で生まれてから十八年間の記憶《きおく》を失ったこと。新たに始めた人生で、リンダと再会したこと。その不思議《ふしぎ》にこじれた人間関係が、これまで呼んだ波紋のこと。いくつかの乗り越えたアクシデントと、今も壁《かべ》みたいに立ちはだかるアクシデントのこと。

そして、自分が今、再び事故前の時間軸へ、戻りかけているということ。

そうなったら、ここにいる自分は、消えてしまうだろうということ。

消えた自分を見つけてもらうためには、見つけてもらいたい人々みんなに、「俺を見つけてくれ！」と頼んでおかないといけないと思ったのだ。それが、この、ビデオの意味だった。

ちゃんと頼んでおきさえすれば、その気持ちを伝えておけたら、きっとみんないつかは見つ

けてくれるだろう。柳澤《やなぎさわ》や二次元《にじげん》くんが約束してくれたのを、万里は信じようと決めていた。あいつらが言うなら大丈夫だ。だから、預けてしまおうと思った。

俺《おれ》を見つけてくれ。

俺は結び目からはみ出してしまったループ。くるくると同じところを、ずっと一人《ひとり》で回り続けている。前にも戻れず、先にもいけず、絡まってしまって困っている。だからどうか力を貸してくれ。この糸を解《ほど》いてくれ。切り落とすよりは、できれば一筋に繋《つな》がるように、引っ張ってみてくれ。

なにもわからなくなって泣く新しい俺がそこにいるかもしれない。そいつに、失われた時間の中で生きてきた過去の俺を、見つけさせてやってほしいんだ。そうやって、今は生きているこの俺を、未来にどうにか引っ張り出してみてくれ。もう一度俺を生かしてくれ。過去と未来を、俺が広げたこの両手に、俺を挟んでなんとか繋げてみてくれ。

そう頼むつもりだった。自分がいなくなったその後で、このビデオを見てもらえれば、きっとわかってもらえる。

——本当にそうなると思うというよりは、それを信じることの方が万里には大事だった。信じていられれば、なんとか、この次も続くであろう日々を恐怖に負けずに生きていけると思えた。

喋《しゃべ》ろうとして、息を吸った。目を閉じ、落ち着いて自分の中身を浚《さら》い出す。

これまで生きてきた時を、流れていく時の中にいた自分を追いかけるみたいに思い出す。まるで背後霊《はいごれい》にでもなったみたいだった。去りゆく自分の背中には今にも触れられなくなりそうで、必死に慌てて手を伸ばした。

なんだかずーっと、慌ててばっかりだった。逃げたり、追いかけたり、遅れそうだったり……思い出す自分の姿は、なぜか必死に走ってばかりいるような気がする。昨日《きのう》もそうだし、そういえば、あの道を一人で半べそかいて走っていたこともある。

あれは四月の、東京《とうきょう》にきてすぐの頃《ころ》だ。確《たし》か入学式の前日。深夜にコンビニをうろついたりして、道に迷って、挙句に職質《しょくしつ》なんてされたんだっけ。あれは今思い出しても本当にしょうもなかった——ああ、ほら。そうそう。走ってる走ってる。あの夜の俺《おれ》が、必死に走って、焦っている。

「……多田万里《ただばんり》が、半泣きで走っている。深夜一時の東京の街は、東京のくせに真っ暗で、人気《ひとけ》もなく、明かりのついている窓もない」

千波《ちなみ》はなにも言わず、息を詰め、語り出した万里に質問をさしはさむようなこともしなかった。ただ、静かに話を聞いていてくれた。

語りながら思うのは、これをみんなが見る頃には、この世に自分はもう生きていないということ。しかし千波に今を託す。この賢《かしこ》い女友達なら、きっとうまくやってくれる。

「……俺は、いうなれば幽霊みたいなもの」

01:21/30:00
●REC

俺《おれ》は今、ここにいる。ここに生きている。このいのちを、みんなに託す。

「かつての名前は多田万里《ただばんり》」

＊＊＊

早いリズムで手拍子を、男たちで揃《そろ》って打ちまくる。

汗をかき、顔を真っ赤《まっか》にして、ジャイアンツはぶつかる寸前までぴったりと間合いを詰めて三列に並び、両腕をほとんどまっすぐ真上に上げて、手拍子に合わせて繰《く》り返し、小刻みにスキップするように跳ねまくる。

「あ、やっとさあ！」

声を上げながら、万里は手拍子を止めることなく、Tシャツの肩のあたりでこめかみの汗を拭《ぬぐ》った。

「……で、この塊の左手から、こうやって俺《おれ》らが一列になってぐるっと取り囲んでいって、」

コッシー先輩《せんぱい》は手を打ち鳴らしながら、ゆっくりとジャイアンツの前を横歩きになって歩いていく。男踊りの振り付けを、みんなに説明してくれているのだ。コッシー先輩の斜め後ろには邪魔《じゃま》にならないように柳澤《やなぎさわ》がくっついて、一糸乱れぬ、の境地までいくにはまだまだ時間がかかりそうな女踊りの全体をハンディカムで撮影《さつえい》している。

女踊りの最前列の真ん中と、後ろの列の真ん中が、不自然に空いていた。

リンダと香子《こうこ》が、今日《きょう》の練習を休んでいるのだ。衣装もお囃子《はやし》もどうなるかわからない、とにかく練習するしかないというこんなときに、とコッシー先輩はピリピリしていたが、体調《たいちょう》不良と聞いては怒ることもできなさそうだった。

一緒《いっしょ》に肉を食べすぎて、胃の調子《ちょうし》がおかしくなってしまったのだと二人《ふたり》は揃《そろ》って申告していた。すぐに練習に復帰します、と。リンダにはもちろん、昨日《きのう》なにが起きたのかを説明しなければいけないと思っていたから、何度か電話をしたが出なかった。

香子には、この練習が終わったら、家に様子《ようす》を見に行ってもいいかとメールを送っておいた。香子からは「いいよ」と返事がきていた。

今日《きょう》、万里のバッグには、紺色《こんいろ》の小さな箱が入っている。

指輪《ゆびわ》を渡すつもりでいるのだ。

ロマンチックな準備などまったくできなかったが、万里には、「いつか」はもう待てないと思えていた。時間の猶予《ゆうよ》があとどれほどあるのか、もはや自分では見当もつかない。次の瞬《しゅん》間《かん》にはもう自分は消えてしまうかもしれないし、十年後も、五十年後も、どうにかこのままやっているのかもしれない。

それを不安に思っていてもどうしようもなかった。それなら、できることをできるうちにしておこうと思ったのだ。声が届くうちに想《おも》いは口にして、抱きしめられる腕があるなら愛《いと》しい人に伸ばそうと。

見つけてくれ、というメッセージは、ちゃんと頼れる人物と、頼れる日本製《にほんせい》のメモリーに託してある。

渡す指輪《ゆびわ》は、万里《ばんり》が香子《こうこ》を見つけるための光——帰り道を照らす、ただ一つの星だった。どっちに行けばいいのかわからなくなって、道を見失ってしまったとき。闇《やみ》から降り注ぐその光があれば、きっと自分を正しく香子のもとへ導《みちび》いてくれる。

また出会えれば、きっとこの愛は、何度でもどこからでも蘇《よみがえ》る。

香子を置き去りになどしない。

一人《ひとり》でこの世に残したりなど、絶対にしない。

だから、なにが起きようと自分を信じていて欲しい。待っていてさえくれれば、絶対に自分はまた香子のところへ辿《たど》りついてみせる。何度でも、どんな道を辿っても、必ず最後に帰ると誓う。

そのために指輪を渡すのだから——迷いもなくそう考えて、万里は自分の位置についた。男踊りの、最後尾。腰をひねって低く落とし、両手を上げる。指先にまで神経が行き渡る。汗がにおって、熱気《ねつき》が濁《にご》る。

＊＊＊

『それは受け取れない』

『万里と未来の約束はできない』

『ずっと言わなかったけど、私は考えてたの。もう潮時《しおどき》だと思う。大学も、そもそも光央《みつお》を追いかけていっただけのことだったし、気は済んだかもしれない。万里のために、私が消えた方がよさそうだね。……初めから、こういうシナリオだったんだよ』

『さようなら』

——香子がそう言って背中を向けたのは、彼女の家の最寄りの駅の、改札を出てすぐの通りの真ん中だった。

具合が悪いはずなのに、今日《きょう》も香子《こうこ》はハイヒールで、よく似合う鮮《あざ》やかな花柄のワンピース姿で、目にも鮮やかな水色《みずいろ》のストールを翻《ひるがえ》していた。深紅《しんく》のリップは、研《と》ぎ澄《す》まされたみたいに真っ白な肌にとてもよく映《は》えていた。ゆるやかにカールさせた髪は、風が吹くたびに柔らかく揺れていた。本当に綺麗《きれい》に、おしゃれをしていた。今まで見たいくつもの姿の中でも、今日の香子は、恐らく一番綺麗だった。

そして香子は、一度も振り返らずに、背筋をまっすぐに伸ばし、そのままどんどん歩いて行った。

万里《ばんり》は、しばらく全身が痺《しび》れたようになって、息をするのも忘れていた。

なにが起きたのか、理解できなかった。なにを言われたのか、まったく理解できなかった。香子がなにを考えているのか、どんな結論《けつろん》に一人《ひとり》で至ってしまったのか、本当に、理解などできるわけがなかった。

呆然《ぼうぜん》と立ちすくむ手の中に、母から預かった指輪《ゆびわ》の箱が残された。

どこへ行けばいいのかわからなくなったときに、道を示してくれる光。じゃあ、どこから射《さ》すんだ。こんなことになってしまった場合は。

一体、誰《だれ》の名前を呼べばいい？

おわり

【参考文献】
「脳からみた心」
山鳥重《やまどりあつし》
角川《かどかわ》ソフィア文庫《ぶんこ》

あとがき

首を痛めてしまい、俯《うつむ》くことができなくなってしまいました。後頭部から首、肩甲骨《けんこうこつ》の間を通って、背中、腰まで一直線。まっすぐ固まってしまって動かないのです。柔軟性を完全に失っております。

肩こり・腰痛は座業の宿命、いつものことではあるのですが、それにしても今日《きょう》はひどい。首の痛みで早朝に目が覚めて、寝返りを打とうとして、ビキーン！　悶絶《もんぜつ》。これはやばいという確信《かくしん》が、寝ぼけた脳に鋭く轟《とどろ》きました。まだ起きる時間ではなかったのですが、寝ていることもできなくなって、椅子《いす》に座っております。ピーン、とまっすぐ硬直したまま、このあとがきを書きつつ、マッサージ屋さんが開店するのを待っております。

夏らしいことをまったくしないまま、季節が変わってしまいました。仕事が忙しかったというのもあるのですが、今年《ことし》はなにしろ暑過ぎて、昼間に行動する意欲が失われたというのもあります。日焼けはしたくないし、熱中症も恐《こわ》いし、外出するのは日が暮れてからだし、寝床は棺おけだし、下僕のコウモリに「伯爵」と呼ばれているし、不老不死だし……ほぼドラキュラの生活です。すいません、後半は嘘《うそ》ですし、老けまくってます。でも旅行もせず、海やプールにも行かず、暗く引きこもっていたのは本当です。

そういえば、唯一、夏にしかできないことをやったな、と思えるのは、テラスの掃除でしょうか。雨が降り出したら、チャンス。集合住宅なので、普段《ふだん》は、埃《ほこり》っぽく汚れたテラスに水を流すのはNGです。もちろん騒音《そうおん》を出すのもNG。大人《おとな》しく、箒《ほうき》で掃き掃除するぐらいしかできません。なので降り出すやいなや、デッキブラシを掴《つか》んで飛び出すのです。雨水で濡《ぬ》れたテラスを激しく擦《こす》りまくるのです。落ちろ着色！　落ちろ鳥糞《ちょうふん》！　落ちろ植木鉢の跡！　今ならきっと、テラス掃除しても迷惑にならないはず！　気づかれもしないはず！　……雷鳴轟く雨の中、ガッシュガッシュと狂おしく、当然頭から全身ズブ濡れです。でも、ふと思いました。この姿、客観的には相当恐くないか、と。端から見たら、デッキブラシには気がつかなくて、私は単に雨の中で、一人《ひとり》で騒いでいる危ない女……？　雨風が弱まらない内に、とさらに激しく掃除しながら、（気づかれないはず！）と（気づいて！）の狭間で心がゆらゆらと揺れました。……というのが、今年の夏の、とっておきの思い出です。

さて、「ゴールデンタイム」七巻をお手に取って下さいました皆様。今回もここまでお付き合いいただき、本当に、どうもありがとうございました！　皆様のお力をお借りして、ここまで巻を重ねることができました。改めまして、心よりお礼申し上げます。少しでも楽しんで頂けましたならば、なにより幸いであります！　この十月からはアニメが始まります。コミック版もございますので、どうぞあわせて「ゴールデンタイム」を楽しんで頂けますよう、お願い申し上げます！　そして駒都《こまつ》えーじ先生、担当の湯浅《ゆあさ》さま、引き続きよろしくお願いします。

竹宮《たけみや》ゆゆこ

◉竹宮ゆゆこ著作リスト

「わたしたちの田村くん」（電撃文庫）
「わたしたちの田村くん2」（同）
「とらドラ！」（同）
「とらドラ2！」（同）
「とらドラ3！」（同）
「とらドラ4！」（同）
「とらドラ5！」（同）

「とらドラ6!」(同)
「とらドラ7!」(同)
「とらドラ8!」(同)
「とらドラ9!」(同)
「とらドラ10!」(同)
「とらドラ・スピンオフ! 幸福の桜色トルネード」(同)
「とらドラ・スピンオフ2! 虎、肥ゆる秋」(同)
「とらドラ・スピンオフ3! 俺の弁当を見てくれ」(同)
「ゴールデンタイム1 春にしてブラックアウト」(同)
「ゴールデンタイム2 答えはYES」(同)
「ゴールデンタイム3 仮面舞踏会」(同)
「ゴールデンタイム4 裏腹なる don't look back」(同)
「ゴールデンタイム5 ONRYOの夏 日本の夏」(同)
「ゴールデンタイム6 この世のほかの思い出に」(同)
「ゴールデンタイム7 I'll Be Back」(同)
「ゴールデンタイム外伝 二次元くんスペシャル」(同)
「ゴールデンタイム番外 百年後の夏もあたしたちは笑ってる」(同)
「ゴールデンタイム列伝 AFRICA」(同)

本書に対するご意見、ご感想をお寄せください。

電撃文庫公式ホームページ 読者アンケートフォーム
http://dengekibunko.dengeki.com/
※メニューの「読者アンケート」よりお進みください。

ファンレターあて先
〒 102-8584　東京都千代田区富士見 1-8-19
アスキー・メディアワークス電撃文庫編集部
「竹宮ゆゆこ先生」係
「駒都えーじ先生」係

本書は書き下ろしです。

電撃文庫

ゴールデンタイム7

I'll Be Back

竹宮《たけみや》ゆゆこ

発　行　2013年10月10日　初版発行

発行者　塚田正晃
発行所　株式会社KADOKAWA
〒102-8177　東京都千代田区富士見2-13-3
03-3238-8521（営業）
プロデュース　アスキー・メディアワークス
〒102-8584　東京都千代田区富士見1-8-19
03-5216-8399（編集）
装丁者　荻窪裕司 (META + MANIERA)
印刷・製本　旭印刷株式会社

ISBN978-4-04-866059-4　C0193　Printed in Japan

電撃文庫　http://dengekibunko.dengeki.com/
株式会社 KADOKAWA　http://www.kadokawa.co.jp/

電撃文庫創刊に際して

文庫は、我が国にとどまらず、世界の書籍の流れのなかで〝小さな巨人〟としての地位を築いてきた。古今東西の名著を、廉価で手に入りやすい形で提供してきたからこそ、人は文庫を自分の師として、また青春の想い出として、語りついできたのである。

その源を、文化的にはドイツのレクラム文庫に求めるにせよ、規模の上でイギリスのペンギンブックスに求めるにせよ、いま文庫は知識人の層の多様化に従って、ますますその意義を大きくしていると言ってよい。

文庫出版の意味するものは、激動の現代のみならず将来にわたって、大きくなることはあっても、小さくなることはないだろう。

「電撃文庫」は、そのように多様化した対象に応え、歴史に耐えうる作品を収録するのはもちろん、新しい世紀を迎えるにあたって、既成の枠をこえる新鮮で強烈なアイ・オープナーたりたい。

その特異さ故に、この存在は、かつて文庫がはじめて出版世界に登場したときと、同じ戸惑いを読書人に与えるかもしれない。

しかし、〈Changing Times,Changing Publishing〉時代は変わって、出版も変わる。時を重ねるなかで、精神の糧として、心の一隅を占めるものとして、次なる文化の担い手の若者たちに確かな評価を得られると信じて、ここに「電撃文庫」を出版する。

1993年6月10日
角川歴彦

ゴールデンタイム6 この世のほかの思い出に

竹宮ゆゆこ
イラスト／駒都えーじ

事故のショックで引きこもりな香子からの――花火大会！　香子も立ち直り、一層の成長を遂げ、万里との絆も深まったように思えたが？　青春ラブコメ第6弾！

た-20-23　2522

ゴールデンタイム7 I'll Be Back

竹宮ゆゆこ
イラスト／駒都えーじ

実家で充実した日々を送った万里は、次の一歩を踏み出そうとする。香子や柳澤も覚悟を決め行動を起こすが、思わぬ事態が待っていて!?　青春ラブコメ第7弾！

た-20-25　2623

ゴールデンタイム外伝 二次元くんスペシャル

竹宮ゆゆこ
イラスト／駒都えーじ

三次元に絶望した男、二次元くん。本名佐藤。脳内にVJという名の嫁を持つ彼は、しかしリアル美少女により心の浸蝕を受け――!?　青春ラブコメ番外編！

た-20-20　2343

ゴールデンタイム番外 百年後の夏もあたしたちは笑ってる

竹宮ゆゆこ
イラスト／駒都えーじ

香子と千波が水着の試着会!?　そのきっかけとなった、万里のイケメン友人、通称・師匠を女子と勘違いした香子の狂騒とは？　中編3作の青春ラブコメ番外編！

た-20-22　2471

ゴールデンタイム列伝 AFRICA

竹宮ゆゆこ
イラスト／駒都えーじ

香子と千波が合コン!?　美人&かわいいコンビなのにそういう気配は皆無な二人が巻き起こす騒動とは？　ほか全3編で贈る青春ラブコメ短編集第2弾！

た-20-24　2585

電撃文庫

明日、ボクは死ぬ。キミは生き返る。

藤まる
イラスト／H_2SO_4

俺の心の半分は、死んだはずの美少女でできています――。1日ごとに心が入れ替わる「ぼっちな俺」と「残念な彼女」。交換日記の中でしか出会えない2人の人格乗っ取られ青春コメディ！

ふ-10-1　2484

明日、ボクは死ぬ。キミは生き返る。2

藤まる
イラスト／H_2SO_4

超絶おバカ少女・夢前光と二心同体生活中の俺は、彼女の日記から衝撃の事実を知る。『い、妹ちゃんに彼氏が！』。なんだと？ だが妹はぷんぷん不機嫌で……。

ふ-10-2　2558

明日、ボクは死ぬ。キミは生き返る。3

藤まる
イラスト／H_2SO_4

『おまえの寿命の残り全てで彼女を生き返らせてやろうか？』。究極の選択を迫られる二心同体ハチャメチャ生活中の秋月と光。いつでも背中あわせの2人が下す決断とは……!?

ふ-10-3　2634

天使の3P《スリーピース》！

蒼山サグ
イラスト／てぃんくる

過去のトラウマから不登校気味の貫井響は、密かに歌唱ソフトで曲を制作するのが趣味だった。そんな彼にメールしてきたのは、三人の個性的な小学生で――!?

あ-28-11　2347

天使の3P《スリーピース》！×2

蒼山サグ
イラスト／てぃんくる

とある事情によりキャンプで動画を撮ることになった『リトルウイング』の五年生三人娘。なぜか響も一緒にお泊まりすることになり、何かが起きないわけがない!?

あ-28-15　2626